상검 7

이현 新무협 판타지 소설

초판 1쇄 찍은 날 § 2003년 6월 17일
초판 1쇄 펴낸 날 § 2003년 6월 22일

지은이 § 이현
펴낸이 § 서경석

편집장 § 문혜영
편집책임 § 박영주
편집 § 장상수 · 권민정
마케팅 § 정필 · 강양원 · 이선구 · 김규진 · 홍현경
펴낸곳 § 도서출판 청어람
등록번호 § 제1081-1-89호
등록일자 § 1999. 5. 31
어람번호 § 제2-0219호

주소 § 경기도 부천시 원미구 심곡1동 350-1 남성B/D 3F (우) 420-011
전화 § 032-656-4452 팩스 § 032-656-4453
http://www.chungeoram.com
E-mail § eoram99@chol.net

ⓒ 이현, 2003

값 7,500원

ISBN 89-5505-591-9 (SET)
ISBN 89-5505-716-4 04810

이현 新무협 판타지 소설

商 劍

7 [상검(商劍)]

도서출판
청어람

목 차

제7권 난세(亂世)

제1장 해남파 7

제2장 분열 39

제3장 목룡군(牧龍君) 78

제4장 깊어가는 전야(前夜) 105

제5장 불타는 장원 145

제6장 하늘은 사랑만 베풀지 않는다 190

제7장 해룡방의 최후 201

제8장 날마다 밤이면 249

제9장 무림에 부는 바람 278

제1장 해남파

　"저 정도라면 우리 병사들을 상륙시켜도 죄다 잡을 수 있겠습니다. 하지만 희생도 적지 않을 것 같군요."

　비실거리는 배를 겨우 항구에 대고 병력을 내리는 저선들을 바라보며 증내도가 은근히 무영의 의사를 물어왔다.

　이미 대부분의 수송선들은 물속으로 가라앉았기에 겨우 세 척만 남았다. 그들은 뭍에 상륙하자마자 추격을 두려워하는지 항구 안쪽으로 스미듯 사라지고 있었다.

　무영은 천리경을 통해 하선하는 병력들 중 누군가를 찾고 있었다.

　"총사령이라면 어쩌겠소?"

　무영이 천리경에서 눈을 떼지 않은 채 말했다.

　"쥐구멍에 몰린 쥐는 끝까지 쫓는 법이 아니지요."

　증대도가 자신의 생각을 말했다.

"이 싸움을 책임진 사람이 누구요?"

그제야 고개를 돌린 무영이 의아하다는 표정을 지으며 되물었다.

"알겠습니다."

중대도는 무영의 말뜻을 알아들었다.

"회군 신호를 보내라."

중대도의 지시에 따라 수송 선단을 쫓던 모든 함선들이 일제히 선수를 돌려 바다로 나갔다.

"요조은, 명줄이 길구나."

무영은 천리경으로 요조은과 맹초가 마지막까지 살아남아 남은 병력들을 지휘하고 있는 걸 확인했다. 아무래도 그를 확실하게 처리하지 않고는 남사도 식솔들이 위험하다는 생각이 들었다.

"해남파를 정리해야겠소."

중대도는 무영의 뜻을 읽었다.

열심히 싸웠던 병사들도 해남파를 건드리면 후일 보복이 뒤따를지도 모른다는 두려움이 있었지만 무영을 믿었기에 잘 따라주었다.

선단은 무영의 뜻에 따라 해남도를 향해 속도를 높였다.

무영은 남북쌍괴와 호소가와만 대동하고 해남파 영내로 들어갔는데, 같이 상륙했던 다른 수하들은 모두 멀찍이서 포위만 하고 있으라고 해두었다.

남궁우는 남궁세가와 해남파 간의 관계를 고려해 모습을 드러내지 않고 남궁화와 함께 배에 남았다.

몰래 숨어들어 관찰을 해보니 요조은도 이미 돌아와 있었다.

그는 무영에게 크게 당한 후유증 때문인지 멀리서 보기에도 얼굴이 말이 아니었다.

사실 그랬다.

요조은은 거의 제정신이 아니었다.

생각지도 않은 해상에서의 기습으로 묘족(苗族), 여족(黎族), 납우족(拉祜族) 등 광동과 해남도의 소수 민족들을 어르고 달래가며 모은 삼만의 대병은 대부분 물귀신이 되었고, 자파의 제자 오백여 명도 수장을 면치 못했다.

그나마 살아남은 묘족 병사들은 모두 겁을 집어먹어 뭍에 도착하자마자 제 갈 길로 달아나 버렸기에 그와 함께 해남도로 돌아온 것은 오십여 명만이 남은 해남파의 제자들이 전부였다.

그는 마치 귀신에게 홀린 듯한 기분이었다.

수정궁 앞.

요조은이 안면 근육을 씰룩댔다.

"장문인의 잘못된 결정으로 인해 해남파의 제자들이 물귀신이 되었으니 무엇으로 그들 고혼을 달랠 수 있냐는 말이오? 그 쇗값을 치르자면 조사전 앞에서 참회를 한 후 스스로 죄인임을 자처하고 지하 뇌옥에 들어가야 마땅하오."

그를 맞은 호법 방국진(方國津)이 문파에 남아 있던 수십 명의 문인들과 함께 요조은 앞에 무릎을 꿇고 말했다. 이미 제자들이 탔던 수송 함대가 남사도 해적들의 공격을 받아 전멸했다는 소식은 분타의 전서구를 통해 며칠 전에 모든 제자들에게 알려져 있었다.

"닥치시오! 그게 감히 장문인에게 할 소리요?"

그 말에 분을 참지 못한 요조은이 수염까지 부들거리며 소리쳤다.

그렇지 않아도 수백의 제자를 잃은 후부터 심한 상실감에 신경 쇠약

중세마저 보여 돌아오는 중에도 잠을 제대로 이루지 못하고 수시로 헛소리까지 했던 그였다.

"감히 자진(自盡 : 자결)하라는 말은 하지 못하겠소이다."

방국진은 고개도 들지 않고 결연한 어조로 말했다.

'이놈이 미쳤나?'

그런데 더 괘씸한 것은 남은 제자 놈들도 모두 그의 뜻에 동조해 무릎을 꿇고 있다는 사실이었다. 하기는 애초 중원 공격에 적극적으로 반대했던 놈들만 남긴 것이니 그럴 법도 했다.

"음!"

신음성이 절로 나왔다.

그러지 않아도 그 문제로 돌아오는 길 내내 마음 아파하며 비통에 잠겼던 그였다.

"험, 험, 방 호법, 장문인께서도 많은 제자들을 잃고 비통함에 잠겨 식사도 제대로 하지 못하고 돌아오는 발길을 재촉하셨소이다. 제자들을 잃은 슬픔이야 방 호법보다 더하면 더했지 덜하지는 않으실 것이오. 방 호법의 마음이야 알지만 너무 심한 말씀을 하시는구려."

보다 못한 맹초가 나서서 중재를 하려고 했다.

"흥, 맹 호법도 아랫사람으로서 장문인을 제대로 보필하지 못한 책임을 면할 수는 없을 것이오."

방국진은 고개를 들어 맹초를 쏘아보며 말했다.

'이키, 괜히 나섰구나.'

무안을 당한 맹초가 얼굴을 붉히며 물러섰다.

"험, 험."

하지만 그래도 계속 쏘아보는 방국진의 눈초리에 가슴이 덜컥 내려

앉은 맹초는 헛기침을 하며 얼른 고개를 돌렸다.

방국진은 팔십여 세에 이르러 사대호법 중에서도 나이가 가장 많았기에 죽은 총호법 아귀장조차도 그를 대할 때면 한 수 양보를 하곤 했다. 심지어는 장문인인 요조은도 그를 쉽게 대하지는 못했다.

"홍, 방 호법이 비록 해남파 최고령의 원로이기는 하나 그렇다고 본 장문인을 능멸할 수 있는 것은 아니오."

잘못을 심하게 추궁하면 누구라도 반발하는 법이다. 지금 요조은이 그랬다.

"수백의 제자들이 장문인을 따라 중원으로 나섰다가 모두 바다의 고혼이 되었소이다. 장문인께서는 이제 무엇으로 그들의 원혼을 달래주려 하시오?"

"그들은 적과 싸우다가 장렬하게 전사한 것이오. 죽은 제자들을 욕되게 하지 마시오."

자신을 따라나섰다가 겨우 살아온 제자들 속에서도 술렁거림이 있다는 것을 알고 있기에 그들의 체면을 하껏 살려주며 역공을 가해 위기를 모면하려고 했다.

"언제부터 남사도의 해적들이 우리 해남파가 전력으로 상대해야 할 적이 되었다는 말씀입니까? 이 모든 것은 장문인이 제자들을 바다로 내몰아 수적질하게 만들어 생긴 일이 아니오? 게다가 무림의 명문정파로서 금기라 할 수 있는 반역의 대열에 뛰어들어 문파 제자들은 물론 다른 부족들까지 동원해 죽게 했으니, 이것이 어찌 장문인으로서 취할 행동이라 할 수 있겠소? 다 장문인의 욕심으로 인해 생긴 일이 아니오이까?"

방국진의 말은 신랄했다.

"음."

조목조목 따지고 들어오니 가뜩이나 심신이 혼란스러운 요조은은 마땅히 대꾸할 말이 없어 얼굴만 붉혔다.

그동안 문파 내에서 든든한 버팀목이 되어주었던 총호법 아귀장과 임수가 죽었기에 이제 남은 것은 맹초뿐이었다. 사실 총호법은 방국진이 되어야 했었지만 그를 상대하는 것이 껄끄러웠기에 정치력을 십분 발휘해 아귀장을 그 자리에 임명했었다. 하지만 방국진은 문파 내에서 여전히 많은 제자들의 존경을 받고 있었다.

요조은의 뒤에 서 있던 제자들이 슬금슬금 자리를 옮겨 방국진의 뒤로 가 무릎을 꿇었다. 그들은 장문인과 눈을 마주치는 것이 두려운지 모두 고개를 숙이고 있었다.

'그만 장문직에서 내려오십시오.'

무언의 압력, 요조은과 맹초 두 사람은 서로를 마주 보았다.

앞장선 저 늙은이!

장문영부를 내세워 자진하라 해도 눈 하나 깜짝하지 않고 제 가슴에 검을 쑤셔 박을 위인이었다.

피할 수 없는 선택을 해야 할 것 같았다.

장문영부를 내놓던지, 아니면 얼굴에 철판을 대고 방국진을 처벌하던지.

줏대가 약한 맹초의 고개가 먼저 숙여졌다.

같이 온 제자들마저 모두 방국진에게로 가 무릎을 꿇으니 자신감을 잃은 것이 분명했다.

"......."

요조은은 말없이 고개를 돌려 멀리 구름 아래 고개를 빳빳이 치켜들고 있는 산봉우리를 바라보았다.

앵가령(鸚歌嶺).

해남파의 상징.

언제 보아도 앵가령은 자신이 철철 넘치는 듯 기개를 보이고 있었건만 그 아래서 짧게나마 한세월을 보냈던 자신은 더 이상 그처럼 당당하게 고개를 들 수 없었다. 하늘을 뚫고 우뚝 솟은 저 봉우리는 젊었던 시절이나 지금이나 변함없이 자신을 내려다보고 있었다.

지금 장문영부를 내세워 방국진을 처단한다는 것은 옳은 선택이 아니었다. 비명을 지르며 죽어간 수많은 해남 제자들의 아우성이 귀에서 들리는 것 같았다. 자신만 믿고 따랐던 제자들이었다.

요조은의 고개가 숙여졌다.

'허허허, 여기까진가?'

요조은의 뺨에 눈물이 흘러내렸다.

줄기차게 앞만 보고 달려왔던 인생이었다. 어떤 걸림돌도 밀쳐 내고, 때로는 베어버리며 앞으로만 달려나왔지만 따라주던 제자들을 모두 잃은 지금에는 더 이상 버틸 힘이 없었다.

그토록 해남파의 영광을 위해 힘써왔건만······.

한동안 조용히 고개를 숙이고 있던 그는 품속에서 장문영부를 꺼내 하늘 높이 쳐들었다.

"호법 맹초는 장문영부를 받들라."

맹초가 깜짝 놀라 황급히 무릎을 꿇었다.

그는 혹시라도 요조은이 자신에게 방 호법을 처단하라는 지시를 내릴까 두려웠다.

"호법 맹초에게는 그간 장문을 세내로 보필하시 못한 쇠를 물이 삼

년간 뇌옥에 가둘 것을 지시한다."

모든 제자들의 눈이 휘둥그레졌다.

'나쁜 놈.'

특히 당사자인 맹초는 분노로 몸을 떨었다.

그제야 장문인이 만만한 자신을 희생양으로 삼아 이번 참사의 책임을 전가하고 위기를 벗어나려고 한다는 생각이 들었다.

"잘못이라면 그간 물심양면으로 전력을 다해 장문인을 보필한 죄밖에 없소이다."

억울했다.

맹초는 고개를 빳빳이 들고 마치 대들듯 그렇게 말했다.

"흥, 맹 호법의 죄가 뇌옥 삼 년이라면 장문인은 몇 년이오?"

방국진도 고개를 들고 말했다.

"닥쳐랏! 그대들은 해남파의 제자로서 이 장문영부가 눈에 보이지도 않는다는 말이냐?"

요조은이 손을 올려 장문영부를 더욱 치켜들며 소리쳤다.

그 말에 맹초는 물론이고 방국진도 얼른 고개를 숙였다. 아무리 불만이 크다 해도 감히 장문영부에 맞설 수는 없었다.

그 순간에도 맹초의 머리가 바쁘게 돌아갔다.

무슨 속셈일까? 이제 와서 모든 책임을 자신에게 전가하고 사건을 덮으려는 술책인가? 하지만 이번 사태를 그 정도로 수습하려 한다면 참고 있을 방국진이 아니라는 건 장문인이 더 잘 알지 않는가?

쉽사리 생각이 정리되지 않았다.

"집법당 제자들은 어서 명을 받들지 않고 무얼 하느냐?"

요조은의 호통에 제자 몇몇이 일어나 내키지 않는 걸음으로 맹초에게 다가갔다.

"제자, 명을 받듭니다."

장문영부 앞이니 더 이상 어쩔 도리가 없었다. 맹초는 흐트러지는 몸을 겨우 수습해 일어선 후 검을 끌러 그들에게 넘겼다.

"가자."

그의 말투는 힘을 잃었다.

그는 제자들에게 이끌려 비틀대는 걸음을 수습해 뇌옥으로 향했다.

요조은은 표정도 나타내지 않고 한참 동안 멀어져 가는 그를 보더니 말을 이었다.

"호법 방국진은 명을 받들라. 본 장문인은 사심에 젖어 문파를 제대로 이끌지 못하고 많은 제자들을 죽음으로 몰아넣었다. 이제 본 장문인은 그 모든 책임을 지고 자리에서 물러나 호법 방국진에게 그 후임을 맡기려 한다. 이 결정에 이의가 있는 제자는 지금 앞으로 나서라."

"헛!"

방국진을 비롯한 모든 제자들은 찜찔 놀라 고개를 들었다.

설마 저토록 순순히… 게다가 가장 사이가 좋지 않았던 방국진에게 장문인의 지위까지 양보한다지 않은가?

"……!"

맹초의 걸음이 일순 멈추었다.

'허허, 사형, 그랬었구려.'

자신을 살려주기 위한 마지막 배려.

한동안 굳은 듯 제자리에 섰다가 다시 걸음을 옮기는 맹초의 눈에서 굵은 눈물이 흘러내렸다.

요조은의 말에 방국진의 어깨가 들썩거렸다.

결국 장문인도 해남파를 위하는 한 사람이었다.

자신이 장문인 자리가 탐나서 그를 질책한 것도 아니었지만 이제 와서 달리 그 자리를 대신할 다른 사람도 없었다.

"제자 방국진은 예를 갖추어 장문영부를 받들라."

요조은이 다시 말했다.

방국진은 무릎으로 기다시피 해서 요조은 앞으로 다가갔다.

'그래, 자네도 해남파의 사람이지.'

아무리 옳지 못한 결정을 했던 요조은이었지만 그도 해남파를 사랑하는 마음만은 누구 못지않다는 것을 잘 알고 있었다. 방국진은 장문영부를 받기 전에 전임 장문인에 대한 예를 갖추어 구배를 올렸다.

그런 방국진을 내려다보는 요조은의 얼굴에는 표정이 없었다.

"윽!"

마지막 일배가 끝나고 장문영부가 요조은의 손을 떠나 방국진의 손에 건네진 순간 갑자기 요조은의 입에서 묵직한 신음이 새어 나왔다.

요조은이 단검을 자신의 심장에 쑤셔 박아버린 것이다.

"사제!"

방국진은 그렇게 부르며 피를 흘리고 쓰러지는 그를 끌어안았다.

"사, 사형… 아, 아니, 이젠 장문어른이지요……?"

요조은이 말했다.

방국진은 요조은의 사형이었던 것이다.

힘겹게 말을 할 때마다 방국진의 품에 안긴 그의 가슴에서 피가 쏟아졌지만 그는 헐떡이며 어렵게 말을 이어갔다.

"잠시 말을 멈추게."

방국진이 재빨리 지혈을 하고 그의 명문혈에 진기를 주입해 주자 잠시 후 조요은의 얼굴에 혈색이 조금 돌며 안정을 찾아갔다. 이미 죽음의 문턱을 넘은 셈이었기에 마지막 할 말을 하라는 방국진의 배려였다.

"내 욕심만이 아니었소. 장문인으로서 우리 해남파가 과거 단운비 어른이 계셨을 때의 영광을 잇길 바라는 마음이었소. 만세야는 내가 협력하면 십마의 무공비급을 다시 넘겨주는 것은 물론이고 무림맹주의 지위를 주겠다고 했소. 물론 맹주 자리에 욕심이 없었다고는 할 수 없지만 그보다 우리 해남파의 영광을 재현해 보고자 하는 마음이 더 컸소. 믿어주시겠소, 장문인?"

요조은이 변명하듯 말했다.

"사제, 나도 책임이 없지 않다네. 자네가 잘못된 길을 가는 줄 알면서도 적극적으로 막지 못했네."

방국진의 눈에서 닭똥 같은 눈물이 흘렀다.

"이제 장문인이지만 마지막으로 사형이라고 부르고 싶구려. 사형은 그동안 내 뜻을 수차 반대해 왔으니 책임을 물을 수는 없는 노릇이오. 방 사형이리면 우리 해남파를 비로 세울 수 있을 것이오."

요조은이 그렇게 말한 것은 앞으로 해남파를 이끌고 갈 방국진이 과거의 잘잘못에 연루되는 것을 막아주려는 배려였다.

"맹초에게는 더 이상 죄를 묻지 말아주시오. 후, 후일 그의 힘도 필요할 게요."

불어넣어 준 진기가 힘을 다했는지 그 말을 마지막으로 요조은의 얼굴에 짙은 먹구름이 끼었다.

"사제!"

방국진은 급히 내력을 불어넣었다.

하지만 마지막 진기 격발도 더 이상 소용이 없었는지 요조은의 목이 옆으로 꺾어졌다.

"사제!"

방국진의 공허한 메아리가 오지산 골짜기를 울렸다.

"장문인!"

머리를 조아렸던 제자들도 그의 죽음을 진심으로 애통해했다.

비록 모두가 그에게서 등을 돌렸건만 마지막 보여준 기개는 해남파의 장문인으로서 조금도 부끄러움이 없었다.

"장문인!"

"허엉!"

모든 제자들이 소리 높여 울며 요조은의 가는 길을 슬퍼했다.

"사제, 걱정 말게. 맹초의 죄는 이미 자네가 벌주지 않았던가?"

요조은이 자리를 내놓기 전에 그에게 죄를 물은 것이나, 자신에게 그를 부탁한 것 모두 해남파를 위한 배려라는 것을 알게 되니 새삼 그의 죽음이 안타깝게 느껴졌다.

이미 아귀장, 임수 등 여러 호법들이 죽었고 수백의 중견 제자들이 남해의 깊은 바다 속 고혼이 된 이 마당에 한 사람의 고수도 아쉬운 해남파였다.

"허허, 원래 자네만큼 장문인 자리에 적격인 사람은 없었네."

방국진은 생을 마감하는 요조은을 그렇게 위로했다.

"기개로만 치자면 요조은도 일파의 장문인이 되기에 조금도 손색이 없는 자였군요."

"흥, 그럼 장문인은 아무나 되는 줄 알았냐? 그래도 한 문파의 수장이면 뭔가 남다른 것이 있게 마련이지."

무영과 남괴는 멀리 숨어서 그 광경을 지켜보며 전음을 주고받았다.

"근데 저거 우리가 공격하려 한다는 것을 알고 짜고 치는 골패가 아닐까요?"

"떽, 동생 눈에는 저게 연극으로 보이냐?"

남괴의 눈에도 언뜻 눈물이 비치고 있었다.

"그냥 봐줘."

원래는 남사도 주민들의 안전을 위해 해남파를 공격해 기를 꺾어놓을 요량이었지만 실상을 보니 그럴 필요가 없었다. 하지만 부하들을 안심시키려면 해남파에게 더 이상 남사도를 공격하지 않겠다는 약속을 받아둘 필요가 있었다.

무영이 뒤쪽을 향해 신호를 보냈다.

해남파의 본산인 오지산은 이천여 명이 넘는 병력에 의해 철통같이 포위됐다.

"해남파가 설립된 이래 단 한 번도 외침을 받아본 경우가 없었거늘, 오늘에 와서는 이렇듯 바다의 해적들까지 감히 본 문을 넘보니 무슨 얼굴로 조사님의 영전을 대한단 말인가?"

장문인의 자리에 앉자마자 항구의 분타에서 급히 올라온 전서를 통해 수천의 남사도 해적패가 복수를 위해 쳐들어왔다는 소식을 접한 방국진은 비통의 눈물을 감추지 못했다.

그는 남아 있는 수십 명의 제자들 모두와 함께 조사전(祖師殿) 앞에 무릎을 꿇고 땅을 치며 울었다.

방국진의 손이 가늘게 떨렸다. 한동안 망연자실하던 그는 뭔가를 결심한 듯 고개를 들었다.

"이제 삼백 년을 이어온 해남파가 문을 닫아야 한다. 지금이라도 늦지 않았으니 제자들은 속히 이곳을 벗어나 구차한 목숨이라도 보전하기 바란다."

그의 눈에서 비처럼 눈물이 흘렀다.

해남파를 책임져 달라며 먼저 간 요조은도 이런 일은 예상하지 못했을 것이다. 이제부터라도 잘 꾸려 나가리라 다짐했는데 남은 후유증이 너무 컸다.

'아! 해남파의 영광이 이렇게 끝나다니……'

방국진은 탄식의 눈물을 흘렸다.

일백이십 청강검수들을 이끌고 중원을 누비며 십마를 처치한 단운비의 공적은 해남파의 존재를 중원 무림에 떨치게 해 무림맹의 역사에 당당히 한자리를 차지한 영광의 기록이요 전설이었다.

그런데 이제 하찮은 해적 무리의 본산 침공이라니……. 수천 명의 해적 떼가 포위하고 있다면 무공의 고하를 떠나 지금의 그들이 감당할 수 있는 수준이 아니었다.

"험!"

바로 그때 무영 등이 조사전 입구로 들어섰다.

그들은 해남파의 본산 입구를 지키는 사람조차도 없었기에 아무런 마찰 없이 안으로 들어올 수 있었다.

"물러가라! 여기는 해적들이 감히 들어올 수 있는 곳이 아니다."

방국진이 호통을 쳤다. 그는 마지막 순간까지 해남파의 장문인으로서 당당한 자존심을 보이고 싶었다.

"그렇게 말하는 그대는 뉘시오?"

모르는 척 무영이 물었다.

"본인은 해남파의 장문인 방국진이라 한다. 남의 집에 침입한 도적이 오히려 주인을 보고 누구냐고 물으니, 천하에 이런 경우가 어디에 있다는 말이냐?"

울분에 가득 찬 목소리였다.

"하하하, 도적 중에 가장 큰 도적은 나라를 훔치는 도적이라 하였소. 나라를 도적질하려는 해남파의 장문인이 머무는 곳이니 도적의 소굴이 당연한데, 같은 동업자로서 이웃을 방문했거늘 어찌 이리도 박정하게 대한다는 말이오?"

무영이 비웃듯이 그렇게 말했다.

"흥, 그런 셈인가?"

방국진은 자조 섞인 어조로 말했다.

무영이 보니 그의 눈언저리가 붉게 물들어 있었고, 다른 제자들도 흐느끼는지라 마음이 아팠다.

"해남파가 무림맹 소속의 명문정파로서 감히 입에 올리기도 부끄러운 해적 행위를 일삼고도 모자라 황실에 대해 반역까지 꾀한 것은 무슨 말로도 변명할 수 없는 수치스러운 일이오. 당연히 만인의 지탄을 받고 멸문을 당해도 할 말이 없는 것 아니겠소? 게다가 우리는 해적이 아니라 상선들이 남해 일대를 안전하게 다닐 수 있도록 보표 역할을 하는 호송대요."

호송대라는 말에 방국진이 의아한 표정을 지었다.

"호송대가 우리 해남파에 무슨 원한이 있어 본산까지 쳐들어왔다는 말이오?"

"해남파의 장문인이 수만의 병력을 이끌고 반역을 꾀하는 행위는 황제 폐하의 백성이라면 누구라도 당연히 막아야 할 의무인데 무슨 다른 이유가 필요하다는 말이오?"

무영이 고개를 빳빳이 세우고 말했다.

그 말에 방국진은 입을 닫았다.

"그 일에 대해서는 사전에 막지 못한 본인에게 책임이 있소. 남아 있는 제자들은 대부분 그 일에 반대한 자들이니 아무쪼록 인정을 베풀어 이들의 목숨을 보전해 해남파의 명맥이나 보전하게 해주시오."

방국진은 비장한 어조로 말했다.

"동생, 겁이나 주고 그냥 가자구. 다 반대했던 놈들이라고 하지 않느냐?"

보기보다 마음이 약한 남괴가 전음을 보내왔다. 그 말에 잠시 생각에 잠겼던 무영이 말했다

"이미 충분한 대가를 치르게 했으니 더 이상 책임을 묻고 싶은 마음은 없소. 대신 다시는 해적 행위를 하지 않을 것과 남사도를 침공하지 않겠다는 약조를 해주시오. 만일 약속이 이행되지 않으면 후일 대병을 이끌고 와서 해남파는 물론이고 이곳의 풀 한 포기도 남겨두지 않겠소."

그 말에 방국진의 얼굴이 펴졌다.

비록 오늘 명문정파로서 수치스러운 일을 당하기는 했지만 그것은 자업자득이라 할 수 있었다. 그런데 수천의 병력을 이끌고 온 상대가 조용히 물러가 준다니…….

"당연한 일이오. 본인은 해남파의 대표로서 다시는 남사도를 침공하지 않을 것을 약속하겠소."

"해남파에 무단으로 침입한 것은 사과를 드리겠소."

무영은 그 말을 끝으로 돌아섰다.

그런데 돌아서는 그의 발길을 잡는 방국진의 자탄이 들려왔다.

"아, 한때 무림맹의 일원으로 강호를 구하기 위해 목숨을 아끼지 않고 당당히 싸웠던 우리 해남파이건만……. 조사님들과 단운비 어른께는 정말 얼굴을 들 수 없는 일이로고."

무영은 일행을 잠깐 기다리게 하고 그에게 다가갔다.

"깜빡 잊을 뻔했구려. 불귀곡에서 단운비 어른이 남기신 편지를 얻었소. 내 물건이 아닌 것 같으니 돌려 드리겠소."

무영은 품속에서 두루마리 편지를 꺼내 건넸다.

"그런 것이 있었소?"

그는 깜짝 놀라며 두 손으로 공손히 받았다.

"이런 귀중한 물건을 찾아주셔서 정말 고맙소. 사실 단운비 어른의 말년에 시중을 들었던 사람은 바로 본인이오. 어느 날 가보니 침상 위에서 눈을 감으셨소. 다른 물건들은 대충 수습을 했는데 이런 편지를 남기셨다는 것은 전혀 몰랐소."

단운비, 단운비…….

이곳저곳에서 여러 번 듣는 이름이었다.

문득 요조은이 제거된 이상 해남파도 더 이상은 적이 아니라는 생각이 들었다.

"본인도 그 어른을 존경하고 있습니다. 이번에 본의 아니게 여러 해남파 제자들을 죽게 하였습니다만 앞으로 중원에서 해남파를 도울 일이 있다면 적극 돕겠습니다."

"말씀만이라도 고마운 일이오."

입에 발린 말로 들었는지 방국진은 건성으로 대답했다.

"그냥 드리는 말씀이 아닙니다. 현 무림맹주인 검제 역무군도 온갖

추악한 뒷거래를 하고 있으니 곧 자리에서 물러나게 될 것입니다. 아마 중원에 다시 피바람이 몰아치겠지요. 해남파가 다시 이름을 떨칠 기회가 올지도 모르겠습니다."

방국진의 안색이 바뀌었다.

"그런 말은 처음 듣는군요. 하지만 사실이 그렇다 해도 해남파의 제자라고는 주변의 분타 몇 개를 제외하고 보시다시피 여기 모인 이들이 전부요. 이걸로 무슨 큰일을 하겠소?"

"옛날 단운비 어른도 백이십 명의 청강검수와 함께 중원천하에 이름을 떨쳤다고 들었습니다. 머릿수에 연연할 필요는 없지요. 만일 중원에 오게 되어 저를 찾으시려면 개방이나 남궁세가, 또는 항주의 석가장에 들르면 행적을 아실 수 있을 겁니다. 그리고 이곳 남해에서 있었던 일은 중원에서 듣지는 못하실 겁니다."

해남파의 수치스러운 일을 소문 내지 않겠다는 말이었다.

"고맙소. 그리하리다."

방국진은 진심으로 감사했다.

무영은 가볍게 포권한 후에 그곳을 떠났다.

방국진은 멀어져 가는 세 사람의 뒷모습을 바라보았다.

'청출어람(靑出於藍)이라더니……'

장무영, 설봉 남궁화를 품에 안아 남궁가의 사위가 된 사내, 팽가 장주 팽수를 무릎 꿇렸다는 강호의 신성. 비록 이름을 밝히지는 않았지만 그가 누구라는 것을 모르는 사람은 없었다.

'해남파에도 저런 젊은이가 나오지 말라는 법은 없겠지.'

그는 무영에게 받은 두루마리 편지를 품속에 넣고는 돌아섰다.

해남파의 숱한 제자들을 바다에 수장시킨 원수였지만 잘못을 따지자면 할 말이 없었다. 그는 모든 원한을 덮기로 했다.

뇌옥 뒤편 숲 속.

무영 일행이 떠난 지 일각이 채 되기도 전에 해남파 제자 하나가 어디론가 전서구를 날렸다.

어산도.

인근 어민들이 거센 풍랑이나 바람을 피하는 쉼터에 불과했던 어산도는 완전히 탈바꿈했다.

원래 이곳에도 주민들이 살기는 했었지만 왜구들의 등쌀을 이기지 못해 주민들이 모두 떠나 공도가 되어버린 지 오래였다.

하지만 그런 어산도에 생명력을 불어넣은 사람이 있었다.

바로 상문인이었다.

그는 어산도를 함대의 기지로 만들기 위해 혼신의 힘을 다했다.

그동안 절상에서 동원해 온 수천의 인부들이 밤낮을 가리지 않고 일한 결과 인근 여러 섬들과 합쳐 십수 척의 함선들이 항상 대기할 수 있을 정도의 선착장이 마련되었다.

섬의 중앙에는 작은 성채를 쌓아 지휘부 및 선원들의 거처와 훈련장을 비롯해 망루며 간단한 무기 제련소 등을 설치했고, 수천의 병력이 능히 몇 달은 버틸 수 있는 식량 창고와 배를 보수하거나 작은 배를 만들 수 있는 선창(船廠)도 갖추었다.

방어 체계의 일환으로 주변의 여러 작은 섬들 곳곳에 망루와 돈대(墩臺)를 설치해 주위를 오가는 배들의 동향을 감시하며 비상시에 본도에 신속히 연락을 취할 수 있게 했고, 작은 소선들도 십어 척 이상 만들어

쉽게 섬들을 오갈 수 있도록 했다.

또한 섬과 섬 사이의 길목에는 중포(重砲)를 설치해 적선들이 함부로 접근하는 것을 차단했고, 불랑기(佛狼機) 같은 가벼운 포도 수십 문을 제작해 섬 곳곳과 선착장 주변에 배치했다.

대장군이라 불리는 중포는 지면에 고정시켜 발사하는 포인데 무게가 천 근이 넘었고, 그 속에 폭약과 자갈 철구 등을 넣어 적에게 큰 타격을 입히는 포였다.

불랑기는 구경이 이 촌 정도의 경포로 쉽게 이동이 가능하다는 장점이 있었는데, 가장 큰 것은 사정거리가 이천 척(700m가량)에 달하는 것도 있었다.

배에 구멍을 낼 수 있는 장군전(將軍箭)을 발사하는 포대도 곳곳에 갖추었다. 장군전은 길쭉한 통나무같이 생긴 것으로 포를 이용해 적선의 옆구리에 쏴 배를 침몰시킬 수 있는 병기였다.

작업 인부들에 대한 관리도 엄격했다.

애초부터 공사를 했던 인부들의 눈을 가리고 바닷길을 돌고 돌아 왔기에 이곳이 어디라는 것을 아는 사람은 아무도 없었다.

무영은 어산도의 모든 상황을 점검하고 나서 감탄했다.

"허, 이런 철옹성이라니……. 중원의 모든 함대가 쳐들어와도 끄떡없을 정도구려."

그는 진심으로 상문인의 노고를 치하했다.

"우선 급한 것만 갖추었습니다. 아직 부족한 점이 많습니다만 차츰 개선할 것입니다."

상문인이 대답했다.

'흠, 인간성도 됐군.'

성질이 급한 줄만 알았는데 의외로 겸양도 아는 인물이었다.

무영은 항주로 돌아가는 중에 선단을 어산도에 남겼다.

선단의 책임자로 상문인을 임명했고 왕극아를 비롯해 여러 도주들을 그의 휘하로 넣어 돕게 했다.

함대를 분산시키는 것이 좋겠다는 호소가와의 의견에 따라 호소가와와 중대도에게 새로운 기착지를 건설하라는 명령과 함께 세 척의 배를 주어 대해로 내보냈다.

무영은 항주로 돌아왔다.

선장에게는 전당강 하구를 오가다가 언제라도 무영이 연락을 보내면 신속하게 포구로 달려올 수 있게 지시해 두고는 장원으로 돌아왔다.

가장 신이 난 사람은 남북쌍괴였다.

"우리 간다."

남괴는 장원에 도착하기 비쁘게 무영에게 한마디 말만 남기고 북괴를 끌고 그날로 도박장으로 향했다.

"하루라도 도박을 하지 않으면 손에 녹이 스는 법인데 그렇게 쉬었으니 썩지나 않았는지 모르겠다."

그래도 미안했던지 남괴가 덧붙였다.

"손 때문이 아니라 가난한 사람들을 구제하기 위해 도박에 손을 댔다고 하지 않았나요?"

부리나케 달려나가는 등 뒤에다 대고 그렇게 말했지만 남괴의 대답은 들리지 않았다.

장원으로 돌아오니 그동안 밀린 일들에 정신이 없을 정도로 바빴다

영호발은 원래 소금을 사고파는 일에 많은 경험을 가지고 있었기에 그간 노력을 통해 휘하에 상당수의 염효들을 거느리는 조직을 갖추고 있었다. 기존의 조직과 크고 작은 마찰이 적지 않았지만 거대 상방들이 휘청거리는 틈을 적절히 파고든 까닭이었다.

시복은 항주의 비단은 물론이고 이제는 소주와 가흥 등으로도 사업을 확장해 절강의 비단업계에서 상당한 이름을 얻고 있었다.

그가 사업을 확장한 것에는 섬서 상방 상인들의 숨은 노력도 적지 않았다. 그들은 시복이 생산한 물품을 전적으로 책임지고 처분해 주어 그가 판매에 대한 걱정을 할 필요가 없게 해주었다.

"잘 있었냐?"

도박장에서 며칠 지내며 원을 풀었는지 남북쌍괴는 며칠 만에 꾀죄죄한 몰골로 장원으로 돌아왔다.

"남은 죽도록 고생하고 있는데 뭐가 좋아서 그렇게 웃어요?"

싱글거리는 얼굴 표정으로 보아 뭔가 좋은 일이 있었던 것이 틀림없는지라 무영이 물었다.

"흐흐흐……."

남괴는 대답을 않고 음흉스런 웃음만 흘렸다.

"도박장에 좋은 일이라도 있었어요?"

뭔가 있을 때 짓는 웃음이었다.

"아, 아니다. 그저 좋아서 그런다."

남괴는 갑자기 당황한 표정을 지었고 북괴는 늘 그렇듯 실내에서도 먼 산 보는 시늉을 했다.

무영이 눈을 가늘게 째고 쳐다보았다.

"험, 험!"

"음, 형님 아우 하자더니……."

무영이 짐짓 섭섭하다는 표정을 지으며 그렇게 말하자 예상대로 남괴는 참지 못했다.

"험, 이, 이걸 얻었는데……."

남괴는 말과 함께 품속에서 물고기의 비늘과 같이 얇고 납작하게 생긴 투명한 각질 같은 조각을 몇 개 꺼냈다. 하지만 비늘이라고 보기에는 너무 커 보였다.

"곤린편(鯤鱗片)이라는 것인데 어떤 놈이 노름판에서 가진 은자를 다 잃더니 이걸 걸겠다지 않겠느냐? 도박장에 눈알 제대로 박힌 놈이 없어 물건 알아보지 못하는 것을 보고 내가 은자 백 냥을 쳐주기로 하고 그자와 노름을 해서 딴 것이지."

곤린편을 만지작거리는 남괴는 자못 의기양양한 표정이었다.

'흥, 어차피 사기 도박인데 아예 십만 냥쯤 쳐주지 그랬어요?'

속에서 그런 소리가 목구멍까지 올라왔지만 물건이 탐났기에 비위나 맞춰주려고 겨우 참았다.

"그게 뭔데요?"

"험, 잘은 모르지만 듣기로는 곤이라는 커다란 물고기의 비늘이라는데 그 강도가 만년한철에 못지않은 것은 물론이고 가볍기까지 하니 가지고 다니기가 그만이다. 게다가 곤린편으로 비엽신공을 전개하니 정말 장관이더라."

남괴는 그렇게 말하며 무영을 정원으로 이끌더니 적당히 자리를 잡고는 곤린편을 허공으로 날렸다.

휘르르르…….

쓰아아아…….

다섯 개의 곤린편들이 저마다 기묘한 소리를 내며 남괴의 손끝을 따라 사방으로 흩어져 마치 춤을 추듯 부드럽게 날았다.

곤린편들이 날아가며 내는 야릇한 음향은 크지는 않았지만 마치 귀곡성을 연상케 할 정도로 귀를 거북하게 했는데 방향을 바꿀 때마다 나는 소리도 달랐다.

쓰아아아…….

남괴가 빙긋 웃으며 살짝 손을 젓자 한 개의 곤린이 주변의 아름드리 나무를 훑고 지나갔다. 다음 순간 나무가 흔들리는가 싶더니 뿌지끈 소리를 내며 서서히 옆으로 기울었다.

쿵!

두 팔로 겨우 안을 수 있을 정도의 나무는 거의 대부분이 매끈하게 베어져 주변의 다른 나무들 사이로 쓰러졌다.

"우와! 대단한데요."

무영의 입이 절로 벌어졌다.

"험, 구하는 것은 물론이고 나 같은 형님을 두지 않았다면 구경하는 것조차도 불가능한 일이지."

남괴가 어깨에 힘을 잔뜩 주고 말했다.

어느새 걸음걸이도 바뀌어 아랫배까지 내미는 거만한 자세였다.

"너도 한번 시범을 보이도록 해라."

그의 비엽신공에 얼마만큼 진전이 있었는지 궁금하기도 했던 남괴가 그렇게 말했다. 무영도 시험을 해보고 싶었기에 망설이지 않고 곤린편을 받아 들고 자세를 잡았다.

"핫!"

곤린편이 허공으로 날자 재빨리 소매를 저었다.

다섯 개의 곤린편들이 그가 손을 젓는 것에 따라 때로는 위로, 때로는 아래로 춤을 추듯 움직였다.

　"허… 밤낮 놀기만 한 줄 알았더니 대단하구나."

　남북쌍괴는 진심으로 감탄했다.

　무영이 손짓하자 곤린편이 그의 소매 속으로 빨리듯 들어왔다.

　"간만에 제대로 된 선물을 받은 것 같아요."

　"헉!"

　남괴의 얼굴이 심하게 찌그러졌다.

　'음, 뺏겼군.'

　사실 워낙 진귀한 물건이다 보니 욕심이 나기도 해 선뜻 꺼내지 못하고 있던 물건이었다.

　무영은 곤린편을 꺼내 품속 깊숙이 갈무리했다. 가볍고 날카로운데다 상대를 위협하는 괴음까지 일으키는 것을 보고는 마음에 쏙 든 까닭이었다.

　'에이그, 이 입 방정, 손 방정.'

　남괴는 입을 손으로 쳤다.

　'녀석, 제자로 들어왔다면 조금도 아까운 마음이 없었을 텐데…….'

　처음 만났을 때 확실하게 제자로 만들지 못한 것이 아직까지 못내 아쉬운 남괴였다.

　아무튼 곤린편은 그렇게 무영의 손에 들어갔다.

　그는 투명하면서도 뭔가 있어 보이는 그것을 무척 마음에 들어했다.

　양산박.

　천험의 요새였기에 역대로 큰 무리의 도적들이 자리를 잡았던 곳이지만 지금 이곳에는 수만의 대군이 숙식을 하며 날마다 훈련에 열중하고 있었다.

뒤로는 절벽이고 좌우로는 큰 물줄기가 감아드는 이곳의 산세는 수만의 병력을 넉넉히 품을 만큼 충분히 넓을 뿐만 아니라 수비에 용이했기 때문이다.

병사들이 묵는 수백 개의 막사들이 금사탄을 앞에 두고 정연하게 자리를 잡았고, 각 막사마다 청홍황흑백의 오색 기치를 꽂아 엄중한 체계와 질서가 잡혀 있음을 보여주었다.

취의청.

당금 천하에서 백련종(白蓮宗) 계파 중 가장 세력이 큰 문향교(聞香敎)의 지휘부가 회의를 갖는 곳이었다. 산 정상 바로 아래 위치한 이곳은 문밖으로 나서면 한눈에 사방을 굽어볼 수 있었다.

취의청 중앙에는 금의를 입은 중년인이 침중한 표정으로 앉아 있었고, 그 아래로 관복을 입은 십수 명의 인물들이 마치 어전 회의를 하듯 조아리고 있었다.

"아무래도 거사는 무리였어."

태사의에 앉은 교주가 말했다.

전서구로 남해에서 들려온 소식에 교주는 자신감을 잃었다.

"묘족 군대가 왔다 해도 그저 약간의 도움을 받을 뿐이었습니다. 그들이 오지 못한다고 해서 거사를 포기할 수는 없습니다."

서홍유였다.

다른 사람들과는 달리 태사의 가까이서 교주를 모시고 있었다.

문향교 내에서 그의 지위는 일인지하 만인지상인데다가 교 내에서 무력에 의한 실력 행사를 지지하는 세력이 거의 그를 밀고 있기에 교주도 쉽게 대하지 못하는 형편이었다.

"아니야, 하늘이 아직 때가 되지 않았다는 것을 암시하고 있어. 아무래도 거사를 몇 년 뒤로 미루는 것이 타당할 것 같네."

교주는 뜻을 굽히지 않았다.

천하를 가늠하려던 그의 계획이 차질을 받자 한때의 호기는 어디 가고 무척이나 의기소침해진 상태였다.

"그렇지 않습니다. 다만 시련을 주시는 것일 뿐이지요. 우리들의 힘은 아직 막강합니다. 이미 동북에서는 금국이 우리에게 협력해 요동의 방어선을 무너뜨리기 위해 나섰고, 산서 상방과 금릉전장에서 들어오는 자금도 끊임없이 쌓이고 있습니다. 이곳에 모인 병력만도 수만이고 소주나 남경, 사천, 복건 등지에서도 우리가 거사를 일으키기만 기다리는 교도들이 수만입니다."

서홍유는 그렇게 말하고 좌중을 돌아보며 물었다.

"여러분들의 생각은 어떠하시오?"

크게 눈을 부릅뜨고 일갈하자 좌중이 숨을 죽였다.

교권은 교주에게 있지만 이번 거사에 관련된 일은 실제에 있어 서홍유가 주도하고 있다 해도 과언이 아니었다.

"모두들 기탄없이 말하라."

서홍유의 기세를 누그러뜨려 볼 양으로 교주가 나서서 한마디 했지만 사람들은 여전히 입을 다물었다. 아무래도 실세인 두 사람이 부딪치자 편을 들기가 쉽지 않았던 모양이었다.

'계획을 실행할 차례군.'

서홍유는 때가 되었음을 느꼈다.

다소 이른 감이 있었지만 교주기 방향을 잡지 못하는 것을 보고 계획을 앞당겨 오늘 거사를 준비한 그였다.

백련종을 표방하는 교단은 중원에 얼마든지 많았다. 그중에서도 문향교의 교세가 일이 년 만에 이토록 급속하게 커진 것은 교주의 영도력이 남달랐기 때문이 아니었다.

그것은 바로 자신의 노력 때문이었다.

교도들이 내는 성금인 향전(香錢)을 모아 가지고는 이렇게 큰 힘을 만들 수 없었다. 수년을 공들인 노력으로 금릉전장을 손에 넣었고, 그 재력을 바탕으로 산서 상방과 광동 상방을 무너뜨려 교단에 끊임없는 영양을 공급해 단시일 내에 살찌워 이제 천하를 넘보려 하고 있는데 교주는 벌써 겁을 먹고 있었다.

'바보 같은 놈.'

그는 교주를 그렇게 치부했다.

"그럼 앞으로 교주님은 교단만 돌보십시오. 이번 거사는 제가 이끌고 나가겠습니다."

그는 마침내 심중에 있던 말을 내뱉었다.

이대로 순조로이 진행되었다 해도 언젠가 교주를 제거하는 일로 고민해야 할 것인데 언젠가 할 일이 당겨진 것뿐이었다.

쿵!

교주의 안색이 백지장처럼 창백해졌다.

'저놈이!'

교 내에서 서홍유의 위세가 하늘을 찌른다는 것은 알고 있었지만 감히 자신에게 정면으로 도전을 하리라고는 생각지 못했었다. 분노에 몸이 떨려왔지만 언제나처럼 그는 품위를 유지하려고 애썼다.

"그게 무슨 소리인가?"

하지만 흥분은 인내심의 한계를 넘었다. 교주는 끝내 참지 못하고 벌떡 일어서며 일갈했다. 두 주먹을 불끈 쥔 손이 부르르 떨리고 있었다.

"이번 거사는 제가 맡겠습니다. 교주님께서는 일반 교인들을 이끌고 안전한 곳에서 계속 하늘의 진리를 일깨워 주십시오. 그렇게 한다면 만에 하나 제가 하는 일이 잘못되더라도 교단에 누를 끼치는 일은 없을 것입니다."

서홍유는 안색 하나 변하지 않고 말을 이었다.

그는 말을 끝내고 시립해 있는 간부들을 훑어보았다. 감히 자신의 말에 반기를 드는 놈이 누구인가 하는 듯한 표정이었다.

"모두들 총사령의 말을 들었겠지? 지금 그의 말이 무슨 뜻인지 알아들었는가 말이다?"

흥분한 교주는 침을 튀겼다.

짝짝짝!

갑자기 서홍유가 박수를 쳤다.

그때였다.

몇 명의 사내들이 취의청 안으로 들어섰다. 형형한 눈매며 절도를 갖춘 자세로 보아 무공을 모르는 사람들이 한눈에 보기에도 상당한 무공 수련을 받은 자들이라는 것을 알아챌 수 있을 정도였다.

그들의 출현을 본 취의청 안에는 적막이 감돌았다.

'헉!'

교주는 가장 앞에 선 중년 사내의 얼굴을 알아보았다.

서홍유가 수상한 자들을 만난다는 직속 감찰단의 보고에 자신도 멀리서나마 살펴본 적이 있는 사내였다.

"무공이 상당하기에 도움이 될까 해서 데리고 있는 자입니다."

당시 서홍유에게 물었을 때 그렇게 대답했었다.

교주의 눈이 취의청의 출입문 쪽을 향했다.

그러고 보니 경비무사들이 자신의 직속 감찰대 소속이 아니었고, 가장 신임하는 감찰대장의 얼굴도 보이지 않았다. 교주는 미처 그 사실을 눈여겨보지 않은 자신의 실책을 깨달았다.

'늦었군!'

이제 누구도 서홍유의 말에 다른 의견을 내는 사람은 없었다.

'후후후. 보았소, 교주? 이제 당신이 떠나야 할 시간이오.'

다시 고개를 돌린 서홍유는 느긋한 표정으로 교주를 올려다보았다.

이제 당신은 어떻게 하겠소? 하는 표정이었다.

"음!"

교주는 갈등했다.

서홍유의 작태가 자신을 몰아내려는 것이란 걸 알기는 했지만 지금 이곳에 모인 수하들 중 누구 하나 자신을 위해 놈을 꾸짖고 나서는 놈이 없었다.

'너무 방심했어!'

그동안 교 내에서 자꾸 커가는 놈의 세력에 은근히 불안감을 느껴 언젠가는 손을 보려 했지만 이미 너무 늦었다는 것을 알았다.

"음……!"

낮은 침음성이 절로 나왔다.

분노에 부르르 몸이 떨릴 정도였지만 자신에게 요구하는 것이 일반 교도들을 데리고 그냥 떠나달라는 것이 전부라는 사실에 일말의 안도

감은 있었다. 일반 교도들이야 자신을 더 따르니 데리고만 가면 앞으로도 향전은 꼬박꼬박 바칠 놈들이라 먹고 살 걱정은 없다는 얘기였다.

'하기는 공연히 잘못되어 역모에 연루되면 나도 아버님처럼 형장의 이슬로 가버릴 수도 있지…….'

그의 아버지였던 선대 교주도 앞뒤 가리지 않고 세력을 확장해 과욕 부리다가 결국은 관병들의 손길을 피하지 못하고 처형당했다는 사실을 항상 잊지 않고 있는 그였다.

'그래, 이쯤에서 손을 떼는 것이 좋겠어. 사실 그동안 놈이 부추겨 대는 통에 일이 너무 커졌어.'

이미 대세는 기울었다. 그동안 조정의 대신 행세를 하던 부하들 모두 고개를 땅에 처박고 석상처럼 굳어 있었다.

'이런 상황에서 버티면 추해지는 법이지.'

그렇지 않아도 늘어가는 군세에도 불구하고 은근히 불안감을 느끼던 그였기에 마침내 욕심을 접었다.

"핫핫핫, 그대의 교단을 위하는 진실한 마음은 본 교주조차도 칭찬을 아끼고 싶지 않구나. 지금 이 나라가 비록 썩을 대로 썩어 새로운 천명을 받을 때가 되기는 했지만, 그대의 말대로 원래 교단이라는 것은 믿음에 전념하는 교인들이 주축이 되어야 하는 법이지."

"휴우……."

"후……."

거기까지 말하자 단하의 곳곳에서 가느다란 한숨 소리가 들려왔다. 모두들 일촉즉발의 위기감에 숨도 제대로 쉬지 못하다가 교주가 꼬리를 내리자 그제야 숨을 몰아쉬는 모양이었다.

"본 교주는 일반 교도들과 함께 전하에 설법을 전하는 고행을 떠나려고 하니 나와 함께하려는 교인들은 준비에 임하도록 하라."

그는 길지 않은 말을 남기고는 벌떡 일어나 뒤도 돌아보지 않고 자리를 떴다. 그의 걸음이 조금 휘청거렸다.

그가 내실로 사라지기 무섭게 서홍유가 성큼성큼 단상의 태사의에 올라가 아무 거리낌 없이 앉았다. 마치 그가 늘 앉던 자리인 양 자연스러운 동작이었다.

무례하기 이를 데 없는 행동이었지만 누구 하나 나서는 사람도, 이상하게 여기는 사람도 없었다. 그저 나이 먹은 늙은 간부 몇몇이 취의청 옆문을 통해 조용히 밖으로 나가 버린 것이 전부였다.

서홍유의 어깨에 힘이 들어갔다.

교도들만이 아닌 중원의 모든 백성들이 인정하는 만세야(萬歲爺)가 되는 것은 이제 시간이 해결해 줄 것이었다.

교주를 차낸 이상 그는 이미 황제였다.

"이미 황실은 썩고 병들어 하늘에서는 새로 천명받을 사람을 고르고 있다. 모두들 알겠지만 그 주체가 바로 우리고, 천명을 받는 자도 우리 중에서 나올 것이다. 하늘의 천명은 준비된 자만이 받을 수 있다는 것을 명심해라."

천명을 받는다는 것은 곧 천자가 된다는 것을 의미했다.

지금 중원의 천자는 북경에 있지만 하늘이 선택한 새로운 천자는 이곳 양산박의 취의청에 있었다.

제2장 분열

    수십 명에 이르는 무림맹 소속의 중원 각대문파 수장들이 모인 정전에는 적막이 흘렀다.

    이번 모임은 개방 방수 유석대를 비롯해 남궁세가 가주 님궁칠성, 당문 가주 당초명, 아미파 장문인 삼환 신니, 화산파 장문인 악중명 등의 연서(連書)로 한 무림맹 임시 회의 소집 요구에 의해 갑작스럽게 열리게 된 회의였다.

    다룰 안건은 알려지지도 않았건만 회의를 요구한 문파의 무게로 볼 때 그 내용이 결코 간단하지 않을 것이라는 예상은 모두가 하고 있었기에 아직 안건을 모른다는 사실이 긴장의 도를 더하게 했다.

    무림맹의 규정상 소속된 방파 다섯 이상이 연서로 요구하면 열리게 되어 있는 총회였지만 무림맹이 창설된 이래 단 한 번도 이런 방식으로 회의가 열린 경우는 없었다.

"음."

역무군은 마른침을 삼켰다.

회의가 필요한 경우라도 맹주의 체면을 세워주기 위해 사전에 안건이 조율되어 맹주가 소집하는 형태로 열리는 것이 관례였건만, 이번에는 그런 관례를 따르지 않았다는 것이 상석에 앉은 역무군의 심기를 불편하게 했다.

"회의를 요구한 방파 중에 어느 분이 대표로 나서겠소?"

편치 않은 심기를 반영하듯 회의를 주도하는 그의 목소리에는 조금의 감정도 실려 있지 않았다.

"본인이 하겠소이다."

유석대가 일어섰다.

그의 앞에는 두툼한 서류 뭉치가 놓여 있어 오늘을 위해 그가 준비한 것이 적지 않음을 보여주었다.

"먼저 지난번 무림맹 비서당에서 천주봉을 조사하기 위해 잠입한 요원들이 실종되었고 인근의 무당파 문인들이 숱하게 실종되었건만, 그런 중대사에도 불구하고 맹주께서 아무런 조치를 취하지 않은 점에 관해 맹주의 고견을 듣고 싶소이다."

그는 역무군을 똑바로 보며 말했다.

'그거였나?'

역무군은 목소리를 가다듬었다.

"험, 그것은 천주봉의 무인들은 금릉전장에서 상인들 간의 다툼을 해결하기 위해 비밀리에 키우는 고수들이라는 기별을 받았기에 그랬던 것이오. 상인들 간의 일에 무림맹이 나설 필요는 없지 않겠소?"

"맹주님의 말씀은 당시에 이미 그들과 금릉전장이 연루되었다는 사실을 알고 계셨다는 것인데 앞뒤가 맞지 않는군요. 상인들 간의 일에 무림맹이 나설 필요가 없다는 지금의 말씀도 지난번 광동 상방에 대한 결정에 비추어보면 맞는 말은 아닌 것 같군요."

"험!"

역무군이 가볍게 헛기침을 했다.

그에게 있어 오늘만큼 유석대의 머리가 크게 보인 적도 없었다. 다른 사람들도 유석대의 날카로운 지적에 모두 그의 입만 쳐다보았다.

"홍, 유 방주께서는 지금 맹주님을 취조하자는 것이오?"

돌연 팽수가 나서며 역무군을 감쌌다.

"취조가 아니라 사실을 밝히자는 것이외다. 그리고 본인은 지금 무림맹주께 질문을 드린 것이오."

함부로 나서지 말라는 표현이었다.

"홍!"

정전 안의 대부분 사람들이 '니가 맹주냐? 왜 끼어들어?' 하는 듯한 시선으로 그를 바라보자 부담을 느낀 팽수가 곳방귀를 뀌며 다시 자리에 앉았다.

"험, 무림맹 최대의 적인 마교가 관련된 광동 상방과는 경우가 같지 않소이다. 당시의 결정은 다수결에 의한 것으로 본인이 내린 결정이 아니었소."

역무군은 슬며시 발을 뺐다.

"그간 본 방에서 그동안 조사한 바에 따르면 맹주께서는 최근 몇 년 동안 금릉전장으로부터 네 번에 나누어 도합 은자 삼백오십만 냥에 달하는 금은보화를 받으셨더군요."

"헛!"

역무군은 자신도 모르게 헛바람을 켰다.

"사, 삼백오십만 냥!"

"허걱!"

"허……."

정전의 여기저기에서 유석대가 밝힌 엄청난 금액에 경악성을 터뜨리며 혀를 내둘렀다.

무림맹이나 대소방파들이 재정적으로 은밀히 상인들의 도움을 받고 있다는 것은 공공연한 비밀이었다. 하지만 은자 삼백오십만 냥이라는 막대한 금액을 뇌물로 받았다는 사실은 심한 정도가 아니라 뭔가 중대한 거래가 오갔다는 말이었다.

'그걸 어떻게……?'

역무군의 안색이 누렇게 변했다.

이런 망신이 없었다. 일단 오리발을 내밀어 이 자리를 모면하고 봐야겠다는 그의 생각에 찬물을 끼얹는 유석대의 말이 이어졌다.

"본인은 맹주님께서 이 일에 관해 부인하시리라 생각하지는 않습니다. 하지만……."

유석대는 말을 하면서 자신 앞에 놓인 서류 뭉치를 만지작거렸다.

'이게 증거요. 부인하는 순간이 망신인 줄 아시오.'

역무군이 보기에 놈은 그렇게 말하고 있었다.

'음!'

입 안이 바싹 타 들어갔다.

유석대의 태도로 보아 만약 버틴다면 물증이라도 제시할 기세였다. 도둑이 제발 저린다고 그의 눈에 유석대가 만지작거리는 서류들이 금릉전장에서 빼내온 뇌물에 관한 물증일 것이라는 확신이 들어 더 이상

부인할 용기가 나지 않았다.

"험, 본인이 그것을 받은 것은 사실이지만 그에 관해서 어떤 대가를 지불한 것은 아니었소. 그저 금릉전장에서 고용한 무인들이 천주봉에 거점을 두고 비밀리에 움직이고 있으니 당분간만 시간을 달라는 것이 요구의 전부였소."

그는 있는 그대로 말했다.

정면 돌파.

이런 경우에는 차라리 까발리고 말하는 것이 낫다는 것을 그는 경험으로 잘 알고 있었다. 하기는 금액이 엄청나기는 하지만 그들에게 특별히 해준 것도 없었다.

은자를 받으면서도 '금릉전장 금태산이 중원 제일의 거부라더니, 이런 사소한 일에 대한 대가가 이토록 엄청난 걸 보아 과연 그 말이 틀리지 않는구나' 했을 따름이었다. 액수가 크니 금릉전장이 천주봉에서 벌이는 일이 당사자에게는 중요한 일이겠거니 했을 따름이었다.

하지만 그 말은 듣는 다른 사람들은 선혀 납득할 준비가 되어 있지 않았다는 것이 문제였다.

"허어……."

"저런……."

의외로 그가 쉽게 사실을 시인하자 각 파의 수장들은 서로 눈을 마주하며 고개를 끄덕였다.

"핫핫핫, 은자 수백만 냥을 내고도 그 대가로 그런 사소한 것을 요구했다니 삼척동자로 웃을 일이구려. 미안하오만, 본인은 물론 여기 계신 다른 분들도 전혀 납득할 수 없을 것 같구려."

화신의 악종명이 비웃듯이 그렇게 말했다.

그는 한때 소림의 불광 선사와 함께 무림맹주의 후보로 선출되었던 자였다.

소림과 화산의 지지자로 각각 나뉜 무림맹 내부의 파벌 다툼이 치열해지며 무림맹주를 선출하는 일이 혼탁해지자, 결국 중소방파 출신의 역무군이 어부지리 격으로 무림맹주가 되었기에 사람들은 그가 은근히 무림맹의 행동에 제동을 걸곤 한다는 걸 알고 있었다.

하지만 지금 그의 말은 누가 듣더라도 고개를 끄덕일 수밖에 없었다.

"무량수불, 역 맹주는 지금 우리더러 그 말을 믿어달라는 것이오?"

이번에는 무당의 청운자가 나섰다.

그는 자파의 제자들이 제보를 받고 마교와 관련이 있다는 천주봉을 조사하다가 십여 명도 넘게 행방이 묘연해지자 무림맹의 처사에 적지 않은 불만이 있던 처지였다.

"우리 당문의 호법들이 마교의 잔당에 의해 죽어간 지가 언제인데 아직까지 밝혀진 것이 아무것도 없다는 것에 필시 무슨 곡절이 있을 것이라는 생각은 하고 있었소."

"아미타불, 삼음 신니와 이대제자들의 죽음에 관해 끝내 배후가 밝혀지지 않고 묻혀진 이유를 이제야 알겠구려."

당초명과 삼환 신니가 차례로 일어서 울분에 찬 표정으로 그를 노려보며 질타하듯 말했다.

"흥, 여러 사람들이 이토록 본인을 핍박하니 어찌 무림맹주의 지위에 연연하겠소?"

역무군이 얼굴을 붉히며 말했다.

맹주 자리에서 물러나겠다는 간접적인 표현이었다. 하지만 그의 사임 발언도 쏟아지는 비난의 화살을 멈추게 하기에는 역부족이었다.

"그런 말을 듣자는 것이 아니라 금릉전장과 맹주 사이에 어떤 거래 가 오갔는가를 밝히라는 것이오."

이제는 노골적으로 나오는 유석대였다.

그는 몇백만 냥이 오간 배경의 뒤에는 틀림없이 천하가 경천동지할 만한 어떤 거래가 오갔을 것이라는 확신이 있었다.

"홍, 유 방주는 나도 모르는 많은 것을 알고 있나 보구려. 다시 말하 지만 내가 말한 것 이외에 다른 거래는 전혀 없었소. 있지도 않은 사실 을 가지고 계속 본인을 모욕한다면… 홍, 그때는 이 역 모도 더 이상 체면을 돌보지 않겠소."

역무군의 눈에서 불꽃이 튀었다.

팍!

무척이나 심기가 상했는지 태사의 모서리를 쥔 손에 힘이 들어가 고급 자단목의 나무들이 우수수 가루가 되어 바닥에 떨어졌다.

"핫핫핫, 은자 수백만 냥을 뇌물로 받은 사람이 체면 운운히디니 듣 기가 거북하구려."

화산파 장문인 악중명이 비꼬듯 말했다.

"후후후, 악 장문, 화산파의 체면을 보아 계속 참아주었건만 건방이 끝을 모르는구나."

역무군은 더 이상 참지 못했다.

자리에서 벌떡 일어난 그는 이 자리에서 내뱉기 어려운 심한 표현까 지 써가며 악중명을 노려보았다.

정전 안에 무거운 침묵이 감돌았다.

객관직으로 지금 이 지리에서 가장 무공이 고강한 사람을 꼽으라며 누구라도 역무군을 가리키는 데 주저하지 않을 것이었다.

"흥!"

악중명도 지지 않고 코웃음 치며 일어나 역무군을 노려보았다. 해볼 테면 해보자는 행동이었지만 어딘가 모르게 한풀 꺾인 모습이었다. 무공에서는 악중명이 불리하다는 것을 아는 유석대와 당초명, 청운자 등이 악중명의 뒤로 자리를 옮겼다.

장내는 순식간에 서릿발 같은 살벌한 분위기에 압도되어 누구 하나 입을 여는 사람이 없었다.

쿵!

"아미타불."

일촉즉발의 긴장을 깨는 불호를 외며 불광 선사가 선장으로 바닥을 치며 자리에서 일어났다.

"역 맹주와 관련된 일은 빈승이 듣기에도 과한 면이 없지 않소이다. 하지만 이렇듯 감정적으로 일이 처리가 된다면 그 또한 옳지 못한 일이오. 역 맹주께서 책임을 지고 자리에서 물러난다고 하니 이 일은 이쯤에서 덮어두는 것이 어떻겠소?"

무림의 태산북두 소림사 방장의 말은 어디에서나 그 무게를 무시할 수 없었기에 모든 사람들이 자리에 앉았다.

'저, 저런 땡중 놈이……!'

역무군이 주먹을 불끈 쥐었다.

점잖게 나서서 사태를 수습하는 체하며 하는 말이란…….

"역 맹주께서 책임지고 자리에서 물러난다고 하니."

그저 분에 못 이겨 내뱉은 말인데 놈은 그걸 기정사실로 만들려 하고 있었다. 과거 맹주 자리를 놓고 다투다가 역무군에게 어부지리를 취하게 한 것이 못내 아쉬웠던 모양이었다.

'흐흐흐, 아직도 맹주 자리에 미련이 있다 이거냐?'

생각 같아서는 일 장에 쳐 죽이고 싶었지만 그는 이를 악물고 겨우 참았다. 흘깃 둘러보니 화산파의 악중명 또한 고개를 끄덕이고 있는 것이 불광 선사의 말뜻을 새기는 모양이었다.

대전 안의 상황은 갈수록 복잡하게 돌아갔다.

팽수가 벌떡 일어나더니 침을 튀겨가며 역무군을 옹호했다.

"하하하, 이거야말로 뭐 묻은 개가 뭐 묻은 개를 나무라는 격이 아니오? 오늘 이 자리에 앉아 있는 사람들 중 그런 도움을 받지 않고 문파를 유지해 갈 수 있는 사람이 몇이나 되오? 흥, 소림이 산서 상방으로부터 해마다 수십만 냥의 은자를 시주받는 것은 물론이고 무당도 그렇지 않소?"

그 말에 불광 신사는 물론 청운자도 움찔했다.

팽수는 말을 이었다.

"화산파는 어떻소? 산서 상방과 섬서 상방 양쪽에서 다 받아 챙기지 않았소? 남궁기는 휘주 상방, 당문은 섬서 상방의 재정적 도움을 받지 않았소? 이 팽 모 또한 산서 상방의 도움을 적잖이 받고 있음을 부정하지 않겠소. 흥, 삼백오십만 냥이 크다면 큰 액수이기는 하지만 소림이나 무당이 그간 받은 도움에 비하면 그 또한 조족지혈에 불과한 것, 어째서 옥허궁은 금릉전장의 도움을 받아서는 안 된다는 말이오?"

그 말에 은근히 내심으로 역무군을 옹호하던 문파들이 힘을 얻었다.

"소주 금검문이 문주로 있는 나곤이라 하오. 본인은 역 맹주가 맹주의 자리에서 물러날 만한 행위를 했다고 생각하지 않소이다."

"개봉 대도문의 우종휘라 하오. 본인 역시 팽가 장주의 말에 하나도 틀린 것이 없다는 생각이오."

그들의 말에 몇몇 군소방파의 대표도 이에 호응해 역무군의 행위를 비호했다.

그들은 비록 같은 무림맹에 소속되어 있기는 하지만 그동안 회의 때마다 명문정파의 위세에 밀려 제대로 된 발언 기회조차 잡지 못했던 문파의 대표들이었다.

거대 상방이 밀어주는 지원금도 대개는 큰 문파에만 몰려 있어 평소 불만이 적지 않았는데 역무군 역시 군소방파 출신의 맹주라 은근히 지원을 보내고 있었다.

무림맹 정전 안은 순식간에 두 패로 나뉘었다.

하나는 유석대를 위시한 명문정파로 뭉쳐진 패였고, 다른 하나는 역무군과 팽수를 위시한 개봉의 대도문, 형산파, 북경의 비천문 등 군소방파들이었다.

비록 그 무게에서는 차이가 났지만 숫자로는 이십여 명에 이르는 군소방파 대표들의 지원은 역무군에게 큰 힘이 되어주었다.

"내가 금릉전장으로부터 지원을 받은 것이 적절하지 못한 행동임에는 틀림없지만 유독 나에 대해서만 비난을 하는 것은 받아들일 수 없소. 이번 사례야말로 소위 명문정파가 말하는 기준이라는 것이 자신들의 틀에만 맞추어 적용하는 것이라 볼 수 있는 것 아니오? 무림맹 안에서는 어떤 문파라도 한 표의 권리는 동등하니 거수로서 본인의 진퇴를 묻는다면 군말없이 따르겠소."

군소방파들의 가세에 힘을 얻은 역무군이 말을 바꾸었다.

거수로 하면 지금 그를 지지하는 군소방파들의 수가 더 많을 것이니 결국 맹주의 자리에서 물러나지 않겠다는 말이었다.

'저런 낯짝 두꺼운……!'

'여우 같은 놈.'

역무군의 말에 많은 사람들은 모두 격분해하는 표정이었다. 하지만 너희들도 뒤가 구리지 않느냐는 팽수의 말에 찔끔했기에 감히 먼저 나서지는 못했다.

그러자 다시 유석대가 앞으로 나서며 일갈했다.

"흥! 역 맹주, 구파일방이 등을 돌리고 있는데도 끝까지 자리에 연연할 셈이오?"

다른 문파는 몰라도 거지들의 방파인 개방은 상인들로부터 후원금을 받은 적이 없었으니 그는 당당했다.

"그래서 중지를 모아 거수로 하자는데 무엇이 문제란 말이오? 지난번 광동 상방에 관한 결정도 그런 과정으로 진행되었는데 맹주의 진퇴라 해서 별다를 것이 없지 않소? 그때는 가만히 있다가 지금에 와서는 문제를 삼으니 그야말로 구파일방의 횡포가 아니오?"

비천문주 한상아였다.

귀에 걸면 귀걸이, 코에 걸면 코걸이가 되는 것이 논리라는 것의 실체가 아닌가? 게다가 틀린 말도 아니었다.

"음!"

그의 말이 영 틀린 것은 아니었는지라 기세 좋게 나섰던 유석대도 대답이 궁해져 말을 잇지 못했다.

'흐흐흐, 잘한다. 모든 일이 각본대로군.'

멀찍이 정전 구석진 곳에 서 있던 무림맹 소속의 무인 하나가 의미

심장한 미소를 날렸다.

그는 무림맹을 지키는 호맹당 소속의 무사였다.

'음, 이제 슬슬 터뜨려야겠군.'

정전 안의 열기가 너무나 뜨거웠기에 밖으로 사라지는 그를 주의하는 사람은 아무도 없었다.

무당파의 현하는 청운자의 막내제자로 이번에 강호의 경험을 쌓으라는 사부의 배려에 그를 따라 무림맹에 처음 왔다.

회의가 끝날 동안 이곳에 함께 온 사숙, 사형 등과 얘기를 나누며 있다가 소피가 마려워진 그는 슬며시 자리를 떠 정전 뒤로 돌아 한적한 숲으로 들어가 바지를 내렸다.

"험!"

시원하게 한줄기 뽑으려던 그는 때마침 자기 쪽으로 다가오는 호맹당 소속의 무사 하나를 발견하고는 사람이 있음을 알리기 위해 가볍게 헛기침을 했다.

무사는 그제야 그를 발견한 듯 어색한 웃음을 지으며 현하에게 다가왔다.

'이자도 소피 볼 곳을 찾고 있었나?'

헛기침에도 물러가지 않는 그를 보며 현하가 그렇게 생각하고 못 본 채 고개를 돌리는 순간 갑자기 허리가 뜨끔함을 느꼈다.

'헉!'

하지만 그 소리는 목구멍을 넘지 못했다.

사내는 재빨리 현하를 안고는 나무 뒤로 돌아갔다. 그곳은 무림맹 담장을 따라 만들어진 작은 숲이었는데 현하를 제압한 사내는 무림맹의 지리를 잘 아는지 그를 옆구리에 끼고 숲 뒤를 돌아 고양이처럼 담 장을 넘었다.

그는 담장 맞은편에 현하를 내려두고는 재빨리 옷을 갈아입었다.

'아니!'

현하는 사내가 갈아입는 옷이 무당파의 복장임을 알고는 뭔가 크게 잘못되어 간다는 것을 느꼈다.

옷을 갈아입은 사내는 현하를 버려두고 다시 담장 안으로 넘어갔다. 사내가 몸을 숨기고 찾아간 숲 뒤에는 호맹당 무사 하나가 혈도를 제 압당한 채 쓰러져 있었다.

사내는 맹주의 집무실인 정천당으로 향하는 길로 들어섰다.

"누구냐?"

"이곳은 맹주님의 집무실로 통하는 길이니 외부인은 들어올 수 없 소. 무당의 제자는 어서 물러서시오."

호위무사가 그를 발견하고는 소리쳐 경고하자 사내는 재빨리 달아 나 담장 아래 숲 뒤로 들어가서는 미리 제압해 숨겨두었던 호위무사의 혈도를 풀었다.

"누구……."

사내는 그가 미처 무슨 말을 하기도 전에 현하에게서 빼앗은 송문검 으로 무사의 목을 베었다.

"잘 가라."

"으악!"

호위무사는 혈도가 풀리자마자 영문도 모르는 상태에서 비명을 지 르며 죽어갔다.

"무슨 일이냐?"

경고를 했던 무사가 비명 소리가 나자 소리치며 숲으로 달려왔다. 사내는 기다리고 있었다는 듯이 숲에서 튀어 나가며 그를 베어갔다.

"적이다!"

그것이 호위무사의 마지막 말이었다. 그는 검을 피하려고 몸을 틀며 고개를 숙였지만 사내가 더 빨랐다.

"헛!"

어느새 호위무사의 이마에 가느다란 혈선이 그어지더니 그대로 고꾸라졌다.

그 소리는 혈도가 제압되어 담장 바깥쪽 수풀 속에 뉘어진 현하의 귀에도 들렸다. 자신의 검을 빼앗아간 그가 음모를 꾸민다는 것을 짐작할 수 있었지만 어쩔 수 없었다.

짐작을 해보니 비명이 터져 나온 곳은 정전의 뒤로 난 소로로 맹주의 집무실인 정천당으로 통하는 길목이었다.

"잡아랏!"

무당파의 도복을 입고 호맹당 무사를 죽인 사내는 마치 자신의 신법을 과시라도 하듯 호맹당 무사들이 지키고 있는 정전 앞을 피 묻은 송문고검을 들고 지나쳐 갔다.

"서랏!"

"저자가 살인범이다!"

"무당파 문인이다!"

갑자기 정전 주위가 소란스러워지며 도검을 뺀 든 호맹당 소속의 무인들이 사방에서 쏟아져 나왔다.

무림맹에 상주하는 호맹당 소속 무사들의 수는 원래 삼십여 명도 채되지 않았지만 그간 역무군이 계속 세를 불려왔기에 지금은 백 명도 넘는 인원으로 불어 있었다.

"잡아라!"

일단 고함이 터지자 여기저기에서 순시를 돌고 있던 무인들이 정전으로 몰려들었다.

도복 차림의 사내는 재빨리 담장을 넘어 달아났고 그 뒤를 호맹당 무인들이 쫓았다.

담장을 넘어온 사내는 들고 있던 검을 현하의 심장에 박았다.

'으헉!'

현하의 경악에 가득한 눈빛이 이내 생기를 잃고 사그라들었다.

사내는 그의 죽음을 확인하고는 검을 빼 현하의 손에 쥐어주고는 즉시 모습을 감추었다.

"아니!"

뒤를 쫓아 내려선 사람들은 담장 아래서 피를 흘리며 죽어 있는 도사를 발견하곤 서로의 얼굴만 마주 보았다.

날카로운 설전이 오가던 정전 안에도 바깥에서의 비명 소리가 들려왔기에 역무군이 밖으로 나왔다. 그는 호위무사들이 담장 쪽으로 몸을 날리는 걸 보고는 재빨리 그들의 뒤를 쫓았다.

미처 상황을 파악하지 못하고 있던 각 파의 장문인들도 무림맹의 분위기가 예사롭지 않은 것을 알고는 변괴가 생긴 것을 짐작했기에 그의 뒤를 따랐다.

"무슨 일이냐?"

역무군을 비롯해 정전 안에서 치열하게 설전을 벌이고 있던 각 파의 수뇌들도 비명을 듣고 뒤를 쫓아 속속 현장에 도착했는데 가장 먼저 달려온 사람은 역무군이었다.

그는 죽어 있는 사람이 무당파의 도사 차림인 것을 보고는 눈살을 찌푸렸다.

'이런!'

무당파의 문인이 다른 곳도 아닌 무림맹 안에서 피살당했다면 일이 시끄러워질 것이 뻔했다.

"이자가 정천당으로 잠입하려다 수하들에게 발각되자 호맹당 소속 무사 둘을 죽이고 달아나기에 뒤쫓았는데 이곳에서 이렇게 죽은 채 발견되었습니다."

호맹당주 뇌광이었다.

그도 부하가 죽고 달아나던 흉수마저 잇달아 이곳에서 주검으로 발견되자 황당한 표정이었다. 현하의 가슴에서는 아직도 뜨거운 피가 흘러내리고 있었다.

그 말에 역무군의 눈에 생기가 돌았다. 그의 말이 사실이라면 오히려 잘된 일이었다. 증거만 충분하다면…….

"흉수는 누구냐?"

"저희가 도착했을 때에는 이미 심장에서 피를 흘리며 죽어 있었습니다."

"흉수가 달아나는 것도 보지 못했다는 말이냐?"

"그렇습니다. 그림자 하나 보지 못했습니다."

호맹당 소속의 무인들은 모두 역무군이 데려온 수하였기에 뇌광도 원래는 옥허궁 출신이었다.

'음, 쉽게 마무리될 사건 같지 않구나.'

무림맹은 자신이 관할하는 곳이고, 이곳을 찾은 모든 사람들의 안전은 자신의 책임이었다. 가뜩이나 구파일방의 공세에 시달리던 그는 안색을 펴지 못했다.

"현하야!"

뒤늦게 도착한 청운자는 피를 흘리며 숨져 있는 자신의 막내제자를 발견하고는 황급히 달려가 끌어안았다. 현하는 노년에 거둔 제자라 남다르게 애틋한 애정을 갖고 가르쳤었다. 이번에 강호 경험이나 쌓으라며 데리고 나왔는데 그만 변을 당해 불귀의 객이 되고 만 것이었다.

현하를 안고 비통에 잠겼던 청운자가 이글거리는 눈으로 역무군을 보며 돌아섰다.

"무량수불, 본 도장은 어째서 무당의 제자가 이곳에서 시신으로 발견되었는지 듣고 싶소이다."

역무군은 뇌광에게 들은 말을 전했다.

"흠, 호맹당주의 말로는 그는 본 맹주의 집무실에 침입하려다 발각되자 호위무사를 둘이나 죽이고 달아났는데 이곳에서 죽었다고 하오. 무당파의 문인이 죽은 것은 안된 일이기는 하지만 그가 무슨 일로 징천당 침입을 시도하고 살인까지 저질렀는지 도장께서 먼저 밝혀주시는 것이 순서일 것 같구려."

역무군은 무당파 제자의 죽음에 최소한 일방적으로 당하는 일은 없을 것이라는 생각이 들어 내심 호맹당 무사가 둘이나 죽었다는 사실에 안도하고 있었다.

"현하가 무림맹 사람들을 죽였다는 말이오?"

난데없이 아끼던 제자를 잃은 분노에 몸을 떨던 청운자는 그 말에 기가 막힌다는 표정이었다.

"흠, 귀 제자가 들고 있는 송문고검에 피가 묻어 있는 것이 보이지 않습니까? 정천당에 잠입하려다가 발각되어 호맹당 무사들을 죽이고 이곳으로 달아나다가 죽었다고 합디다."

청운자의 얼굴이 흙빛으로 바뀌었다. 자신도 '무당파의 문인이다'라고 소리치는 무사들의 소리를 들은 기억이 났다.

'그럼 그 무당파의 문인이 바로 현하?'

자식같이 아끼던 제자 현하가 죽었지만 상대를 추궁할 명분이 없었기에 입이 열 개라도 할 말이 없는 처지였다. 아니, 오히려 역무군의 말대로 그가 이제 현하의 행동을 해명해야 했다.

"그게 사실이냐?"

청운자는 즉시 현하와 함께 있었던 사제와 제자들에게 사실을 물었으나 그저 잠깐 자리를 비운 것이기에 소피라도 보려나 하고 제지하지 않았다는 것이었다.

소피를 보려고 나선 그가 자리를 잘 몰라 정천당으로 향하다가 충돌이 일어난 게 아닌가 생각도 해보았지만 호맹당 소속 무사 둘을 죽인 이유를 설명할 수는 없었다.

혹시 무림맹에서 자신을 겨냥해 모종의 음모를 꾸민 것이 아닌가 하는 생각도 다른 호위무사들의 증언이나 정황, 그리고 자신이 들었던 소리들을 고려할 때 설득력이 없었다.

"무량수불, 본 도장도 어찌 된 영문인지 모르겠소. 아무튼 현하가 무슨 생각으로 그런 일을 저질렀는지는 모르겠지만 그가 잘못을 저질렀다는 사실을 부인하지는 못하겠구려. 죄송하게 되었소이다."

"흥, 무림맹주 자리를 내놓으면 그만이지 아랫사람을 시켜 무림맹 사람을 죽이다니……. 무당은 본 맹주의 체면을 전혀 돌보지 않는구려! 이것이 소위 말하는 구파일방의 법도요?"

역무군은 이것이 상황을 반전시킬 좋은 기회라고 생각했기에 청운자의 사과에도 불구하고 질타를 계속했다. 청운자는 제자의 죽음에도 슬퍼하지 못하고 그저 얼굴만 붉으락푸르락거렸다.

남궁우는 현하의 죽음이 아무래도 석연치 않았다.

중원으로 돌아온 그는 무림첩이 돌자 남궁철상과 동행해 무림맹에 와 있었다.

'아니야, 뭔가 잘못됐어.'

뭔가 석연치 않다는 생각을 지울 수 없었다.

현하는 인사차 청운자와 만났을 때 자연스럽게 소개받은 제자로 무당에 입문한 지 겨우 오 년밖에 되지 않았다는 말을 들었었다.

자신이 알기에 호맹당의 무사들은 옥허궁에서도 가려 뽑은 자들로, 아무리 무당파의 검술이 고명하다 해도 이십여 세도 되지 않은 현하에게 순식간에 두 명이나 당할 정도는 아니었다.

'조사를 해볼 필요가 있겠군.'

심중(心中)의 의문을 지울 수 없었던 그는 재빨리 호맹당 무사들이 죽었다는 곳으로 몸을 날렸다.

정천당으로 가는 길목에서 일이 벌어졌다는 말을 들은 터라 두 무사의 사체는 금방 찾을 수 있었다. 호맹당 무사들은 급히 흉수의 뒤를 쫓아 지금 현하가 죽은 담장 주위에 몰려 있기에 아직 누가 시체에 손을 댄 흔적은 없었다.

그는 예리한 눈길로 죽은 무사의 상세를 살폈다.

'음, 일도에 목이 베어졌다. 검을 어설프게 쥐고 있는 것으로 보아 이자는 진허 반항할 엄두를 내지 못했군.'

남궁우는 고개를 저었다.

'현하는 아니야. 목에 이런 정도로 간결하게 흔적을 남기고 상대를 절명케 하려면 적어도 십 년 이상의 내공을 쌓았거나 몇 년에 걸친 혹독한 훈련을 받은 전문 살수의 솜씨가 틀림없어. 하지만 호맹당 무사들의 수준을 고려한다면 십 년 이상의 고련을 받아야 가능한 일이지.'

그의 눈길이 이번에는 이마를 베인 자에게로 갔다.

'음, 이자는 제법 흉수의 공격을 피하려고 한 것 같은데……'

이마를 베인 자는 아직도 손에서 검을 놓지 않고 있었다.

주변의 어지러운 발자국은 흉수도 상대를 죽이기 위해 약간의 신중을 기했고, 당한 무사가 최소한 저항은 했다는 것을 말해 주고 있었다. 게다가 이마에 난 상처 또한 수십 년의 적공을 쌓은 자만이 보여줄 수 있는 상처였다.

'음, 적어도 현하는 아니군.'

그는 재빨리 사람들이 모인 곳으로 돌아갔다.

"정천당에 들어갈 일이 있다면 본 맹주가 굳이 거절을 하겠소이까? 이번 무당파의 행위는 구파일방이 말하는 도덕과 정의가 무엇인지 여지없이 보여주는 사건이었기에 본인은 큰 충격을 받았소."

역무군은 여전히 청운자에게 면박을 주고 있었다. 그는 유석대나 불광 선사 등 여러 문파의 수장들까지 싸잡아 성토했다.

'잘하고 계시오.'

'정말 속이 후련하오이다.'

자리에 함께한 중소방파의 대표들은 속이 다 시원하다는 표정을 지으며 말은 하지 않았지만 연신 고개를 끄덕여 은근히 역무군을 지원해 주었다.

남궁우는 남궁철상의 곁으로 다가가 작은 목소리로 말했다.

"가주어른, 아무래도 이번 사건은 누군가 무당파를 난처하게 하려고 음모를 꾸민 것 같습니다."

비록 작은 목소리였지만 그 말을 알아듣지 못할 사람은 아무도 없었기에 모두의 눈과 귀가 남궁우에게 쏠렸다.

"그게 무슨 소리요?"

남궁철상이 물었다.

"제가 죽은 호맹 무사들의 사인을 살펴보았는데 도저히 현하 소도장의 솜씨라고 보기 어려운 점이 많습니다."

"죽은 무당의 소도장이 쥐고 있던 피 묻은 송문검이 모든 사실을 말해 주고 있는데 그 사실을 부인할 만한 무슨 증거라도 있소이까?"

듣고 있던 역무군은 잘 나가고 있는데 초를 치는 남궁우가 얄미워 증거를 대라는 듯이 윽박질렀다.

"이번 사건은 무림맹에서 일어난 매우 중대한 사건이니 확실한 물증이 있어야 할 것이오."

그는 불쾌한 어조로 그렇게 덧붙였다.

"그렇다 해도 우리가 미처 발견하지 못한 점이 있을지 모르니 들어 보는 것이 좋겠습니다."

남궁우의 말은 결코 그 무게가 가볍지 않았다. 귀가 번쩍 뜨이는 소리인지라 청운자가 얼른 나서며 그렇게 말했다.

"험, 험."

남궁철상도 연신 헛기침을 하며 남궁우가 남궁가의 봉공임을 상기시켰다.

"음!"

역무군도 더 이상 고집을 피울 수 없었다.

"자세히 보시지요. 죽은 현하 도장의 심장에 난 상처는 깊숙하게 찔린 자국입니다. 그러나 검을 쥐고 자신의 심장을 정면으로 찌르려면 손잡이를 쥐고는 나올 수 없는 자세지요."

"허!"

청운자는 그제야 남궁우의 말뜻을 알아들었다. 자신이 간과한 부분이었다.

남궁우는 말을 이었다.

"오늘 죽은 세 사람은 모두 동일한 적에게 당하지 않았나 하는 생각이 듭니다. 쉽게 생각하실지 모르지만 심장을 찌르더라도 정확한 자리를 골라 일격에 숨을 멎게 하는 것은 쉬운 일이 아니지요. 상당한 경지에 도달한 자입니다. 그런데 지금 이 자리에서는 그 흉수에 대해서 언급조차 되지 않는군요."

남궁우가 역무군에게 눈길을 주며 말했다.

"그게 소도장이 호맹당 무사들을 죽이지 않았다는 증거라는 것이오?"

역무군이 심드렁한 어조로 물었다.

"제가 죽은 호맹당 무사들을 살펴보고 왔는데 현하 도장의 짓이라고 하기에는 의심스러운 점이 많습니다. 일단 그리로 가보기로 하지요."

그의 제안에 구파일방의 사람들이 그를 따르니 역무군도 하는 수 없이 내키지 않는 걸음을 옮겼다.

남궁우는 호맹당 무사의 시체 옆에 섰다.

"시신을 잘 보시지요. 현하 도장은 이제 입문한 지 오 년 정도밖에 되지 않았다고 했는데 죽은 자들은 전혀 반항조차 하지 못한 것으로 보입니다. 두 사람 모두 단 일 격에 명을 달리했습니다."

따라온 사람들은 모두 무림의 명숙들이라 그게 무엇을 뜻하는지 이미 짐작하고는 고개를 끄덕였다.

남궁우는 말을 이었다.

"도저히 현하 소도장의 솜씨는 아니지요. 게다가 이마에 검을 맞고 죽은 이 사람을 보면 주변에 어지럽게 난 발자국으로 보아 반항을 시도한 것으로 보입니다. 하지만 역시 단 일 초에 급소를 당하고 죽은 것으로 보아 상대의 무공은 그가 막을 수 있는 한계를 벗어났다는 증거입니다. 호맹당 호위무사의 실력이 현하 도장의 일검도 버티지 못할 정도라고 생각하기는 어렵군요."

그는 사람들을 보며 하나하나 설명을 해 나갔다.

"그렇소, 막내 현하는 입문한 지 오 년밖에 되지 않아 이제 막 삼재검법과 오행검법을 체득한 정도요. 이번에 이리 데려 나온 것은 현하가 본인에게 무림맹을 구경하고 싶다고 간절히 부탁했기 때문이오."

입장이 난처했던 청운자는 그 말에 마치 구세주라도 만난 듯이 남궁우의 설명에 대한 부연 설명을 했다.

"그럼 호맹당주가 내게 거짓을 고했다는 말이오?"

그의 조리있는 말에 반박하기가 어려웠던 역무군이 발끈 성을 내며 되물었다.

"그런 것이 아닙니다. 호맹당주께 묻고 싶군요. 호위무인을 죽인 흉수의 얼굴을 직접 보셨는지요? 그리고 아까 흉수의 뒤를 추적해 현하 소도장이 죽어 있던 곳까지 오셨다니 흉수의 신법을 보셨을 것 같은데… 신법 정도로 흉수의 부공을 심삭한다면 본인과 비교해 어느 정도

일 것으로 생각하시는지요?"

남궁우의 말에 뇌광이 역무군의 눈치를 살폈다.

"있는 그대로 말씀드려라."

뇌광의 눈길이 부담스러웠던 역무군이 다그치듯 말했다.

"부하들도 흉수의 얼굴은 보지 못했고 비명 소리를 듣고 달려가니 도복을 입은 자가 달아나기에 소리치며 뒤를 쫓아간 것이라고 합니다. 저는 당시 정전 앞을 경비하고 있었는데 그자가 경공을 전개해 정전 옆을 달려가는 걸 목격하고 뒤를 따랐지만 사실 흉수의 신법은 저로서도 쫓기 어려울 정도였습니다."

"음!"

그 말에 역무군은 안색이 변하며 침음성을 내뱉었다.

호맹당주 뇌광은 옥허궁에서도 손꼽히는 고수였기에 무림맹으로 불려와 당주에 임명되었다. 그런데 그도 감히 쫓기 어려울 정도의 고수라면 이제 입문한 지 오 년밖에 되지 않았다는 현하 도장 같은 하수는 아닐 것이 분명했다.

"현하의 경공은 같이 이곳에 온 그의 사형 현성보다도 훨씬 못한 수준이오. 아무리 능운보(凌雲步)를 익혔다고는 하나 결코 뇌 대협과 견줄 수준은 아니지요."

확실히 책임을 면할 기회를 잡은 청운자가 얼른 나서며 말했다.

"음!"

역무군은 머리가 복잡했다.

옥허궁의 무인들 중에서 분광검(分光劍) 뇌광은 강호에 알려진 몇 되지 않는 고수 중 하나였다. 구대문파의 호법 정도는 되는 것으로 인정을 받고 있는 뇌광이 쫓기 어려울 정도의 신법을 가진 흉수였다면 자신이 생각하기에도 분명 현하는 아니었다.

"게다가 뇌 당주님의 말씀을 참조하자면 호맹 무사를 살해하고 밖으로 달아날 요량이었다면 담장을 따라 있는 숲길로 가면 될 터인데 굳이 정전 옆을 지나 자신을 노출시킨 것은 이해하기 어렵군요."

뇌광의 말에 근거해 남궁우가 다시 의문점을 제기했다.

그의 말에 따라 주변을 살펴보니 과연 정천당 쪽에서 나와 무림맹을 벗어나기 위해 정전 옆을 지난다는 것은 공연히 길을 돌아서 가야 하는 불필요한 행동이었다. 사람들은 그 말이 상당히 타당성있다고 생각했기에 모두들 고개를 끄덕였다.

"아미타불, 아무래도 이번 사건은 무림맹의 내분을 바라는 자가 저지른 짓이 아닌가 하는 생각이 드오."

불광 대사가 말했다.

"지금 맹주님이나 무당파나 모두 같은 피해자라는 것입니다. 분명 누군가 무림맹 안의 내분을 노리고 있습니다. 바꾸어 말하면 누군가 무림맹의 간섭이 예상되는 큰일을 벌이고 있다는 뜻이지요. 외람된 말씀이지만 조금 전에 사소한 일로 정전 안에서 언쟁이 있었다고 하는데 지금은 그럴 때가 아니라는 생각이 듭니다."

남궁우가 분위기를 바꾸어보려는 듯 부드러운 어조로 말했다.

"그렇소, 빈승도 그 의견에 동조하오. 물론 개방 유 방주의 생각이 틀렸다는 것은 아니지만 지금은 그런 것을 추궁하기보다는 화합을 하는 것이 더 중요하다는 생각이오."

불광 대사는 중용을 택했다.

각 파의 수장들도 너나 할 것 없이 고개를 끄덕이며 그의 말에 동조했다.

'음, 자리를 내놓으라는 것은 아니군.'

역무군으로서도 손해가 없는 말이었기에 군이 이견을 제시할 필요가 없었다.

무림맹 수하들과 무당의 문인들이 시체들을 수습했다.

분위기가 묘하게 돌아가자 모두들 행장을 챙기는 것이 어서 무림맹을 뜨려는 분위기였다.

"헛헛헛, 이대로 가면 내 체면이 뭐가 되겠소? 불미스러운 일이 있기는 했지만 그건 그것대로 수습을 하고 나머지 분들은 이야기를 마치는 것이 좋을 듯하오."

역무군이 나서며 말했다. 이대로 끝낸다는 것은 누가 보기에도 좋은 결과가 아니니 유석대의 제안에 대해 일단 명확한 선을 그어야겠다는 생각에서였다.

간단한 만찬 자리가 마련됐다.

아직 모든 의혹이 완전히 해소된 것은 아니었지만 모두들 아까의 살벌한 분위기를 접고 그런대로 수습이나 하고 가자는 마음이 있었기에 특별히 예민한 대화도 오가지 않았다. 맹주가 그리 나오니 청운자도 현하의 일을 대충 수습하고 한자리를 차지하고 있었다.

역무군에 대한 질책이 있었고 호맹당 무사 둘에다 현하까지 죽은 후라 분위기가 그다지 홍겹지는 않았다.

갖가지 음식들이 날라져 오고 곳곳에서 담소가 끊이지 않는 등 분위기가 무르익자 역무군이 일어나 잔을 들고 말했다.

"본 맹주로 인해 여러분께 심려를 끼쳐 드린 점을 사죄드립니다. 그동안 이 나이가 되도록 아직 여러 가지 욕망에서 벗어나지 못한 본인이 부끄럽소이다. 지난 일을 거울 삼아 앞으로는 절대 그런 일이 없을 것을 약속드리겠습니다."

'음, 의지가 대단하군. 욕심을 버렸다고 하면서도 끝까지 맹주 자리는 내놓으려 하지를 않으니…….'

모인 사람들 대개가 그런 생각을 하기는 했지만 내놓고 말하지는 않았다.

"자, 모두 함께 동시에 잔을 들어 앞으로 무림맹의 단결과 발전을 기원합시다."

"위하여!"

역무군의 제창에 모두 잔을 치켜들어 건배를 했다.

"핫핫핫, 이렇게 다시 뭉치니 이제 무림맹이 더욱 발전할 것이오!"

챙그랑!

"우욱!"

대도문의 우종휘가 별안간 잔을 놓치고 비틀거렸다.

평소 이러 수장들 앞에서 좀처럼 먼저 나서기를 주저했던 그가 오늘 자신이 맹주를 감싼 공로가 있기에 술잔을 채우고 자리에서 일어나 다시 건배를 하려고 한마디 하던 중에 일어난 일이었다.

"으윽!"

"어억!"

"도, 독……!"

우종휘의 뒤를 이어 여기저기에서 사람들이 비명을 지르며 배를 움켜쥐었다. 그들은 주로 무공이 약한 군소문파의 수장들이었지만 구파 일방의 수뇌들도 그 말에 놀라 황급히 운기를 하는 순간 복통과 함께 몸에서 내력이 빠져나가는 것을 느꼈다.

"독이다!"

"운기를 하지 마시오. 독이 더 빨리 퍼집니다."

엉겁결에 운기를 시도했던 몇 명의 장문인들이 속속 쓰러지자 독에 일가견이 있는 당문의 당초명이 황급히 나서서 소리쳤다.

중독이 된 경우 운기를 하면 독을 더 빨리 퍼지게 하기에 내공이 충분히 고강하면 내력으로 독을 한 군데 몰아넣어 두는 것이 최선이었지만 그 정도에 이르지 못할 경우에는 얌전히 있는 것이 수였다.

각 파의 수장들이 모인 곳이라 그 정도 내력을 가진 사람은 많았지만 독이라는 말에 당황한 몇 사람이 배를 감싸 쥐며 쓰러졌다.

"장문인!"

"방장어른!"

만찬장의 소동에 주변을 지키고 있던 뇌광 등 호맹단 소속의 무사들과 장문인 뒤를 따라 무림맹에 왔다가 시중을 들기 위해 부근에 남아 있던 각 파의 문인들이 놀라며 속속 달려와 자파 수장들의 안위를 살폈지만 속수무책이었다.

"모든 호맹 무사들을 만찬장으로 집결시켜 각 파의 장문인들을 철저히 경호하게 하라."

역무군의 고함 소리가 터졌다.

그는 이상하게도 중독이 되지 않은 것 같았다. 뿐만 아니라 팽수 또한 전혀 이상이 없어 본인조차도 어리둥절해하고 있었다.

"으악!"

"적이다!"

돌연 만찬장 밖에서 비명 소리와 고함 소리가 들려왔다.

침입자라는 말에 중독이 되지 않아 멀쩡했던 역무군과 팽수, 그리고 술을 입에 대는 시늉만 했던 불광 대사와 아미의 삼환 신니가 제자들을 이끌고 정전의 입구로 달려갔다.

"으악!"

수십의 흑의인들이 호맹당 소속 무사들과 싸움을 벌이고 있었는데 그들은 호맹 무사들의 무위를 압도하고 있었다. 뿐만 아니라 흑의인들은 계속 담장을 넘어오고 있어 그 수효가 얼마나 될지 짐작조차 할 수 없었다.

"웬 놈들이 감히 무림맹에 난입한다는 말이냐?"

불같이 노한 표정의 역무군이 호통 치며 검을 뽑아 앞으로 나섰다. 그러자 순식간에 십수 명의 흑의인들이 그를 에워쌌고, 팽수나 삼환 신니도 마찬가지였다.

"으악!"

그러나 무림제일검이라는 그에 대한 칭호는 허명으로 얻어진 것이 결코 아니었다. 그의 검이 번쩍 하는 순간 앞을 막아서며 다가오던 세 명의 흑의인이 썩은 짚단처럼 쓰러섰다.

번쩍!

그의 검이 허공을 가를 때마다 서너 명씩의 흑의인들이 피를 뿌리며 나뒹굴었다. 잠깐 사이에 십여 명의 흑의인들이 속절없이 쓰러지자 나머지 흑의인들이 잠깐 주춤거렸다.

팽수도 삼환 신니 등과 함께 만찬장으로 진입하려는 흑의인들을 겨우 막아서며 버티고 있었다.

쌍부(雙斧)를 쥔 일단의 흑의인들이 나타났다. 그들은 붕붕 도끼를 교대로 휘두르며 불광 선사와 삼환 신니를 은근히 한 방향으로 몰아갔다.

흑의인이 붕붕거리며 끊임없이 휘둘러 대는 쌍부는 정말 위력적이었기에 무공이 절정에 이르렀다는 불광 선사조차도 감히 맞서지 못하고 밀려나기에 급급했다.

'응?'

사정없이 흑의인들을 베어가던 역무군과 팽수는 어느 틈에 싸움권의 중심에서 밀려난 자신들을 보며 내심 당황했다. 자신들은 십여 명의 흑의인들에게 둘러싸여 정천당 입구에서 멀리 떨어진 구석에서 싸우고 있었다.

'정전 안에 중독된 군웅들이 있는데⋯⋯.'

급한 마음은 있었지만 지금 그들을 둘러싼 흑의인들 사이에 있는 또 다른 네 사내들의 기도는 무림제일고수라는 역무군마저도 감히 경거망동하지 못하게 했다.

'음⋯⋯.'

역무군이 내심 신음성을 냈다.

놈들과 승부를 보려면 단 일 검에 완전히 기를 꺾을 수 있을 정도여야 했다. 하지만⋯⋯.

그는 상대들을 찬찬히 살폈다.

중앙의 중년인.

역무군의 신경을 가장 거슬리게 하는 자로 평범한 외모에 포위를 한 상태에서도 검을 뽑지 않고 있었다.

'발검에 그만큼 자신이 있다는 뜻이겠지.'

무표정한 얼굴의 중년인은 전신이 온통 허점투성이였다. 하지만 그 허점은 일반 무인들이 흔히 내보이는 그런 것이 아니었다.

'단 한 수를 노리는 자.'

주변의 미세한 흐름마저 놓치지 않으려는 듯 역무군의 모공이 크게 입을 벌렸다.

하지만 그는 좀체 비장의 한 수를 뻗지 못했다.

역무군이 쉽게 손을 쓰지 못하는 것은 중년인 때문만은 아니었다.

중년인의 좌측에서 음산한 기운을 물씬 풍기며 내력을 고르고 있는 자도 범상치 않았다. 자신을 상대로 적수공권으로 기회를 엿본다는 것은 그만큼 상대에게 치명적인 장권을 가졌다는 말이었다.

중년인의 우측에는 날카로운 발톱 모양의 철갑을 낀 사내가 있었다.

'저놈은 혹시 백골마조 철지상?'

무림에서 최근 저런 종류의 무기로 고수의 반열에 드는 자라면 철지상 하나뿐이었다.

그 옆의 사내는 녹피 장갑을 끼고 있었다. 독을 쓴다는 말이었다.

'헉, 이자들은 십마 중의 네 명이다!'

역무군은 그제야 자신과 대치하고 있는 자들의 정체를 짐작했다.

중년인.

'그래, 저자는 불이김귀의 진전을 이어받은 자로구나. 그렇다면 냉기를 풀풀 내뿜는 저놈은 음풍투골장을 쓰는 놈이고, 나머지는 백골마조와 천독신군의 후인들이로구나.'

역무군은 정전의 위기에 처한 무림인들에 대한 생각을 잊었다. 아니, 신경을 쓸 겨를이 없었다.

'최대한 두 명밖에 감당하지 못한다.'

옆에 팽수가 있지만 한 명밖에 감당하지 못할 터였다. 게다가 주변에서 포위망을 형성하고 있는 다른 몇 명의 흑의인들도 가리고 가려 뽑은 자들이라는 것을 쉽게 알 수 있었다.

상대를 면면히 살핀 그는 살을 내주고 뼈를 깎겠다는 생각을 접었다.

'음, 공격을 기다려 반격을 가하는 것이 최선이다.'

상대가 십마의 후예라는 것을 안 역무군은 감히 선공을 가하지 못하고 그렇게 팽팽한 대치만 하고 있을 수밖에 없었다.

정전 안.

수십 명의 흑의인들이 난입해 각 파의 수장들을 공격하고 있었다.

각 파에서 선발된 호법들과 장로들이 분전하고 있었지만 자신의 목숨은 도외시하고 필살의 공격만을 해오는 그들을 막아내기엔 역부족이었다.

화산의 악중명이 가장 먼저 당했다.

호위하는 문도들의 방어막에 순간적으로 허점을 보이자 흑의인 하나가 그 틈을 놓치지 않았다.

"으악!"

그는 흑의인들의 집중적인 공격을 받는데 장로 한 명과 두 명의 제자가 막아섰지만 사방에서 공격하는 십여 명의 흑의인들을 감당할 수는 없었다.

흑의인 하나가 악중명의 등에 검을 꽂았고, 그것은 심장을 관통해 앞가슴으로 삐죽 나왔다.

"죽어랏!"

분노한 제자 하나가 공격한 후 미처 자세를 바로 하지 못한 흑의인의 목을 떨구었지만 악중명을 되살릴 수는 없었다.

"헉!"

무당의 청운자는 제자 둘과 함께 흑의인의 도끼에 이마가 갈라지는 최후를 맞았고, 개방의 유석대도 호법들의 필사의 노력에도 불구하고 어깨에 심한 검상을 당해 비칠거렸다.

삐익! 삐이익!

바로 그때 짧고 날카로운 호각 소리가 두 번 울렸다.

그 소리에 맹공을 퍼붓던 흑의인들이 일제히 공세를 멈추더니 홀연히 만찬장 밖으로 달아나 모습을 감추었다.

"놓치지 마라!"

"쫓아라!"

만찬장 밖에서는 일백여 명도 넘는 거지들이 타구봉을 휘두르며 흑의인들의 배후를 치고 있었다. 그들은 무창 분타에 소속된 개방 방도들이었는데 장문인이 가 있는 무림맹이 공격당하고 있다는 급보를 받고 황급히 달려온 것이었다.

방주가 위험에 빠졌다는 것을 알기에 사력을 다해 흑의인들을 공격했지만 워낙 무공의 차이가 있어 잠깐 사이에 삼 할에 가까운 제자들이 목숨을 잃었다.

일단 개방도들이 지원이 오지 지휘자로 보이는 흑의인은 주저없이 호각을 불어 철수를 명했기에 그들은 쳐들어왔던 때와 마찬가지로 신속하게 무림맹에서 사라졌다.

그들이 남긴 것은 이삼십 명에 이르는 흑의인들의 시신뿐이었다.

몇몇 개방도가 추격하는 시늉을 하기는 했지만 이내 포기하고는 돌아와 정전 주위를 둘러쌌다.

이어 남궁가의 분타에서도 백여 명의 제자들이 달려와 정전을 둘러싸며 가주를 호위했다.

남궁철상은 파리한 안색으로 죽은 듯이 누워 있었다.

"심한 독은 아니었는데 우리가 너무 당황했던 것 같소. 자세한 성분은 모르지만 산공독(散功毒)에다 장에 충격을 주어 복통을 일으키는 몇 가지 약제를 섞은 것 같소. 이런 종류의 독은 일시적으로 위장에 상처를 주어 복통을 일으키고 한동안 공력을 모을 수 없게 하지만 시간이 지나면 자연스럽게 풀어지는 단순한 독에 속하오. 만약 강력한 독을 썼다면 내가 눈치를 챌까 염려한 것 같소."

당철상의 말이었다.

흑의인들도 흰 독분을 결사적으로 뿌려대며 저항하는 당문 인물들의 근처에는 감히 접근하지 못했기에 사상자가 없었다. 남궁철상은 다행히도 당초명 근처에 있어 상당히 덕을 본 셈이었다.

"어떻게 무림맹에서 이런 일이……."

남궁철상은 죽은 각 파의 수장들을 곁눈질로 보고는 안타까운 어조로 말했다.

당초명도 할 말을 잊었다.

무림의 수뇌부라 할 수 있는 구파일방의 수뇌 중 화산파와 무당파는 장문인을 잃었다. 불광 선사도 심한 검상을 당해 상당 기간 요양을 해야 할 정도로 중태였고, 호법을 섰던 사대금강 중 둘이 명을 달리했다.

삼환 신니는 한 팔이 잘렸고, 유석대는 어깨와 옆구리를 크게 다쳤다.

하지만 자신들의 피해보다도 그들을 더 분노케 하는 것이 있었다.

바로 역무군과 팽수의 등장이었다.

"흥, 역 맹주와 팽 장주는 흑의인들과 친했던 모양이구려. 중독도 되지 않았고 다친 곳 하나 없이 마치 산보를 다녀온 사람들처럼 옷도 깨끗하니 말이오."

흑의인들이 물러가자 급히 정전으로 돌아온 역무군과 팽수를 보고 무당의 청명자가 분연히 일어서며 외쳤다. 청명자는 청운자의 사제였다. 습격자들에 의해 장문인이 죽고 자신들도 크게 다쳤는데 무림맹주라는 자가 적들이 물러간 이후에 멀쩡한 모습으로 다시 나타나자 분을 못 이겨 소리를 지른 것이었다.

역무군은 정전 안의 상황에 망연자실했다.

곳곳에 널린 시체들과 비탄에 잠겨 통곡하는 사람들, 그들의 눈길은 분노를 담고 자신을 향하고 있었다.

마치 자신을 흑의인들과 한패로 몰아대는 듯한 청명자의 말에 뭐라고 대답을 해주어야 했지만 적당한 말이 떠오르지 않았다.

두 사람은 말없이 고개를 숙였다.

"역 맹주는 어째서 대답이 없는 게요?"

유석대가 호법에게 반쯤 기댄 자세로 질책하듯 물었다.

"십마 중 네 명으로 보이는 자들이 본인과 팽 장주를 견제했소."

"그렇소이다. 불이검귀의 후예로 보이는 자를 비롯해 천독신군, 음풍신귀, 천독신군 등의 후예로 보였소이다. 백골마조 천지상으로 짐작되는 놈도 있었소. 하나같이 상대하기가 만만치 않은 놈들이라 서로 대치만 하게 된 것이었소."

역무군이 운을 떼자 팽수도 거들며 나서서 마치 변명이라도 하듯 장황하게 말했다.

"아미타불, 빈니는 그런 대단한 자들을 보지 못했소이다."

돌연 왼팔을 잃은 삼환 신니가 나서며 비꼬듯 말했다.

불광 선사와 삼환 신니는 역무군과 반대 방향으로 밀렸기에 그들을 보지 못한 것은 사실 당연했다. 하지만 그 말은 두 사람을 의심하게 하는 결정적인 계기가 되었다.

정전 안의 중인들은 그 말에 모두 의심 가득 찬 눈길로 역무군과 팽수를 보았다. 네 사람이 적을 막기 위해 동시에 정전을 나섰는데 두 사람은 크게 다쳐 피투성이로 돌아왔고, 다른 두 사람은 조금도 다친 곳이나 흐트러짐이 없는 상황이었다.

"아미타불."

불광 선사는 몇몇 사람들의 눈길이 어느 편의 말이 사실인지 진위를 확인해 달라는 듯이 자신을 향하자 그저 나직이 불호만 외었다. 혼전 중이라 본 것이 없으니 어느 편도 들 수 없었고, 자신의 발언이 가져올 파장을 생각하면 결코 간단히 대답할 수도 없었다.

"사안이 중대하니 선사께서는 그저 있는 그대로 본 사실만 말씀해 주십시오."

유석대가 다시 나섰다.

"아미타불, 빈승은 그와 떨어져 있었기에 보지는 못했소이다."

"유 방주는 지금 내가 거짓말을 하고 있다는 것이오?"

역무군이 참지 못하고 화를 벌컥 냈다.

"하하하, 쿨룩, 지, 지금 누가 누구에게 화를 내는 것이오?"

유석대는 분노로 가득 찬 얼굴을 붉게 물들이고 한 움큼 피를 쏟으며 말했다.

"우리 개방은 이만 무림맹을 떠나겠소이다. 그리고 역 맹주가 이곳 주인으로 계시는 한 앞으로 이곳 땅을 밟을 일은 없을 것 같소."

그 말이 끝나자 유석대는 제자들의 부축을 받아가며 무림맹을 떠났다. 엄중한 기세로 방주를 호위하던 개방주들이 썰물처럼 빠져나갔다.

다수를 차지했던 개방도들이 자리를 뜨자 남아 있는 무림맹 소속 무인들이 눈에 들어왔다.

"아니, 저자들도 멀쩡하잖아!"

그들 대부분도 큰 부상이 없었기 때문에 각 파의 무림인들은 다시 한 번 분노했다.

"무량수불! 역무군, 그대는 현하에게 죄를 씌워 무당파를 음해하려다 그게 여의치 않으니 본색을 드러낸 것이 아니오?"

청명자는 수염을 부들거리며 힘겹게 말을 이었다.

"우리 무당파가 이토록 만신창이가 된 적이 언제 있었던가! 역무군, 기억하시오. 이 혈채는 반드시 갚아야 할 것이오!"

무당파의 청명자는 그 말을 남기고 남은 제자들을 인솔해 떠났고, 화산파의 제자들 역시 분노에 찬 시선으로 역무군을 보며 무림맹에서 나갔다.

"아미타불, 오늘에야 빈니가 역 맹주의 참모습을 본 것 같군요. 이번 회합은 정말 의미가 깊었습니다."

삼환 신니가 그렇게 말하며 뒤도 돌아보지 않고 나가자 당초명도 말할 가치도 없다는 듯 경멸의 표정을 띠더니 조용히 제자들을 이끌고 떠났고, 몇몇 중소방파도 뒤를 이었다.

"본인도 이곳에 계속 있을 기분이 아니구려. 본인의 심정을 헤아려 주시구려."

남궁철상이 일어서 가볍게 포권을 하고는 역무군의 대답도 기다리지도 않고 정전 밖을 향했다.

"음!"

역무군은 마치 무엇엔가 홀린 듯한 기분이었는데 팽수도 그와 다르지 않았다. 두 사람은 멍한 표정으로 서로를 마주 보았다.

"우리는 맹주님의 말이 사실이라는 것을 믿습니다."

대도문과 금검문을 비롯한 십여 개 군소방파의 수장들이 역무군에게 다가와 포권을 하며 말했다.

사실 그들은 누구의 말이 진실이냐 하는 것보다 이미 화산이나 무당, 개방 등과 등을 졌기에 혹시 후일 보이지 않는 보복이라도 당할까 우려하는 마음에 역무군과 힘을 합치려는 것이었다. 게다가 역무군도 중소방파 출신이니 콧대만 높은 명문정파보다는 통하는 점이 많아 유리할 것이라는 계산도 있었다.

"만일 본 맹주와 팽 장주가 십마의 후인들을 묶어두지 않았다면 더큰 희생이 있었을 것이오."

역무군은 정신이 없는 와중에도 자신에게 힘이 되어주는 사람들에게 일일이 포권으로 답례를 해가며 말했다.

역무군은 문득 불광 선사도 아직 떠나지 않고 있는 것을 발견했다.

"무림의 태산북두인 소림파의 방장께서 본 맹주의 말을 믿어주시니실로 본인이 이 자리에 앉아 헛되이 시간만 보낸 게 아니라는 생각이드는군요."

역무군은 반가운 마음에 은근히 소림파를 치켜세우며 말했다.

'소림파만이라도 자신의 곁에 있어준다면……'

다른 문파들의 반응이야 어떻든 이 일을 수습할 길이 전혀 없는 것만은 아니었다.

"아미타불!"

불광 선사는 고개를 좌우로 저으며 그저 불호만 외었다.

폭풍 전야의 무림에 회오리가 몰아쳤다.

무당파와 화산파, 그리고 개방이 무림맹에서 탈퇴했고, 그 뒤를 이어 아미파와 사천 당문도 탈퇴를 선언했다. 그나마 무림맹에 남아 있는 소림파를 비롯한 수십 개의 방파들도 무림맹의 지시에 일방적으로 따르지 않을 것이라는 사실은 누구나 알고 있었다.

이제 무림맹주 역무군의 말은 무림맹 안에서만 그 효력이 있었다.

중원 무림의 앞날을 걱정하는 탄식 소리가 곳곳에서 흘러나왔지만 금릉전장의 뇌물 사건이 세간에 알려진 이후로 과거에 보여주었던 무림맹의 권위나 경외는 더 이상 존재하지 않았다.

천주봉에서 전서구가 날았다.

특급 대외비 만세야 친전.

무림맹에 대한 모든 계획은 순조롭게 진행되었습니다.

팽가 장주 팽수는 합류를 약속했기에 그에게 호북 총사령의 지위를 수여할 것을 주청드립니다.

아울러 역무군에 대한 포섭이 시작되었음을 보고드립니다. 그에게 제시할 직위를 하교 바랍니다.

기타 포섭 대상으로 분류된 십오 개 군소방파의 수뇌부에 대한 회유도 동시에 진행되고 있습니다. 현재까지 대도문, 금검문, 쌍룡문, 비응문, 천뢰문 등 문파의 문주들이 포섭되었고, 다른 문주들도 머지않아 만세야의 뜻을 따를 것으로 확신합니다.

대제자 악화(岳樺) 배상.

제3장 목룡군(牧龍君)

북경 산서회관 밀실.

모인 사람들은 교본성을 필두로 산서 상방 몇몇 공소의 사람들이었다.

갑작스레 부친이 살해당한 것을 시작으로 모진 풍파를 겪어서인지 앳된 소년의 얼굴이던 교본성은 어느새 성숙한 청년티가 났다.

"더 이상 마님의 전횡을 두고 볼 수 없습니다.

상방의 최고 원로 중 한 명인 남안이었다.

오늘 이 회의도 사실 그의 주도로 열렸다 해도 과언이 아니었다.

"하지만 어머님이 듣지를 않으시니……."

교본성이 말했다.

"상방의 총행두는 도련님이지 마님이 아닙니다. 비록 마님이 도련님께서 성인이 될 때까지 상방을 맡아 운영하겠다고는 하셨지만 행두 회의에서 승인을 해준 것은 아닙니다. 아시다시피 총행두님께서 계셨더라도 행두 회의에서 부결을 하면 그 안건은 부결 처리되는 것이 우리 상방의 규정입니다.”

“역대로 그런 일이 일어난 적은 단 한 번도 없었지 않습니까?”

“그건 역대 총행두께서 모든 사람들이 납득할 만한 결정을 하셨기 때문일 뿐입니다.”

다른 다섯 명의 참석자들도 모두 고개를 끄덕였다. 그들 모두도 각자 한 지역을 대표하는 대행두의 위임을 받은 자들이었다.

원래 각 지역의 대행두들을 소집하려고 했지만 항상 감시가 붙어 있는 관계로 가장 믿을 만한 대리인을 선임해 보낸 것이었다.

남안이 말을 이었다.

“아시다시피 우리 상방의 모든 상인들은 자신이 벌어들인 이문의 천분지 이를 회비조로 상방에 납부하고 있습니다. 그간 모인 은자만 해도 수천만 냥에 이르지만 그게 지금 마님의 잘못된 결정으로 눈 녹듯이 사라져 버리고 있습니다. 더 이상 좌시하고 계셨다가는 일 년도 못되어 바닥이 날 것입니다.”

“하지만 어머님이 저러시니 무슨 방법이 있겠습니까?”

교본성도 이제 남녀 간의 일을 아는 나이였다.

어머니가 사내에 눈이 멀어 상방을 말아먹고 있다는 창피스러운 사실을 잘 알고 있기에 바로잡아야 한다는 생각은 있지만 어떻게 수습해야 할지 방법을 몰랐다.

“이곳에서는 어떤 일을 벌이시더라도 소가주님의 신변이 위험합니다. 지금 상방 내에서 가장 안전한 곳은 양주 염방이니 일단 비밀리에 양주로 가서 곽수민 방주에게 몸을 의탁하십시오. 이곳 북경은 만하동 행두에게 맡기고 염방에서 행두 회의를 소집하신 후에 친정(親政)을 선언하시면 됩니다."

교본성이 고개를 떨구었다.

아들이 어머니의 위협으로부터 몰래 도망을 가야 하는 모양새니 마음이 아프기 이를 데 없었다.

오늘의 이 자리는 오랜 추진 끝에 어렵게 모인 회의였다. 회의를 소집하기 위해 오갔던 모든 서신은 산서 상방만의 행업비어(行業秘語)를 써서 행여 서신이 외부인에게 노출되더라도 언뜻 보기에는 물품 구매서 정도로밖에 알 수 없게 했다.

행업비어는 상인들만이 알 수 있는 밀어였는데, 각 상방마다 달라 산서 상방에서 잔뼈가 굵은 사람이라야 산서 상방의 행업비어를 읽고 해독할 수 있었다.

"총행두의 인(印)을 어머님이 가지고 계신데 문제가 없겠습니까?"

교본성이 물었다.

"일단 친정을 선언하시면 소가주님의 수결(手決:서명)도 도장과 같은 효력이 있습니다. 게다가 내부적인 일에는 오히려 수결이 더 우선한다고 할 수 있습니다."

남안의 말에 교본성은 잠깐 생각에 잠겼다.

"곽수민은 믿을 만한 사람입니까?"

교본성이 결심을 한 듯 그렇게 물었다. 이미 양주로 이동할 것을 염두에 둔 질문이었다.

"지금 상방 내에서 그를 믿지 못한다면 더 믿을 사람도 없습니다. 전임 총행두님께서 내부의 반대를 무릅쓰고 그 사람을 특별히 염방 방주로 발탁하신 것은 능력도 능력이지만 신의가 있는 사람이라는 점을 가장 크게 고려하신 것으로 알고 있습니다."

"음……."

교본성은 마음을 굳혔다.

"그게 무슨 소리냐?"

청수장에서 날마다 요월선자와 시녀 소현을 번갈아 즐기고 있던 낙
일도는 아침부터 교본성이 보이지 않는다는 소식에 눈을 크게 뜨고 되
물었다.

소식을 가지고 온 자는 낙일도가 교가장 내원에서 교본성의 잔심부
름을 하라고 파견한 자로서, 실제로는 그의 일거수일투족을 감시하는
임무를 띠고 있다.

뒤늦게 내실에서 옷매무새를 고치며 나오던 요월선자도 그 말에 눈
을 동그랗게 떴다. 방금 전에 치렀던 방사의 뜨거운 열기가 아직 가시
지 않아 두 뺨이 붉게 물들어 있었다.

"이제저녁 회관에 묵던 자들 중 몇 놈도 보이지 않습니다."

산서 상방의 북경회관은 볼일로 각지에서 올라온 상방 내 상인들의
거처가 되기도 했기에 지방에서 상인들이 올라와 며칠 묵다가 가는 것
은 늘상 있는 일이었다. 그런데 교본성의 실종과 맞물려 동시에 몇 놈
이 보이지 않는다면 뭔가 냄새가 났다.

'흠, 놈이 지금 갈 만한 곳은 양주뿐이다.'

염방은 누구라도 생각할 수 있는 곳으로 북경을 제외하고는 상방을
통괄할 만한 다른 마땅한 곳도 없었다.

"바보 같은 놈! 네놈의 임무를 잊었단 말이냐? 즉시 총단에 전서구
를 보내고 모든 수로망을 통제하도록 연락해라. 만일 끝내 놈의 행방

을 찾지 못한다면 네놈의 목을 걸어야 할 것이다!"

낙일도는 요월선자가 옆에 있다는 것을 전혀 개의치 않았고, 그녀도 아들이 보이지 않는다는데도 그저 낙일도의 처분에만 의지할 뿐 아무 생각이 없는 것 같았다.

'음, 이거 큰 질책을 당할 수도 있겠구나……'

낙일도가 이마를 찌푸렸다.

소흥현(紹興縣).

성 안팎으로 난 수로가 거미줄같이 사방으로 뻗어 있어 물의 고장[水鄕]이라 불리기도 하는 곳이었다.

여기에서는 모든 사람과 물자들이 배[船]에서 시작되어 배로 끝나기에 이웃에 사소한 행사라도 있으면 배를 생각하지 않고는 감히 다른 곳으로 이동할 생각을 하지 못했다. 수로를 건너다니기 위해 있는 다리만도 수천여 개에 이르러 물길로 통하지 않는 소흥은 상상도 할 수 없었다.

수로로 이어진 만큼 그것을 건너기 위한 다리의 수도 많아 소흥에 있는 다리는 그 수가 오천여 개에 이르렀는데, 다른 고장과 다른 점이 있다면 목교(木橋)는 하나도 없고 모두 석교(石橋)라는 점이었다.

한 떼의 배들이 수로를 지나갔다.

이마에 때 묻은 흰 수건을 질끈 동여맨 중년의 사공이 조그만 배의 꼬리에 등을 기대고 두 발로 힘차게 배를 젓고 있었다.

배 주위에는 비슷한 크기의 배들 몇 척이 함께 지나고 있었는데, 간혹 마을에서 크고 작은 행사가 벌어지면 근처에 사는 사람들은 제각기 떼를 지어 배를 몰고 가는 경우가 다반사였기에 늘상 볼 수 있는 평범한 광경이었다.

오봉선(烏篷船)이라 불리는 이런 조각배는 소흥 지방에서는 흔한 배로 특이하게도 발로 젓게 되어 있기에 각화선이라는 별칭이 있었다.

배의 폭은 양팔을 벌리면 물장구를 칠 수 있을 정도로 좁았고, 어른 두세 명이 타면 물에 가라앉을 것 같아 보였지만 이 지방 사람들이 십여 세만 되면 누구라도 몰 줄 아는 배였다.

길이가 이 장이 채 되지 않는 오봉선이었지만 반쯤 대나무 잎으로 만든 지붕을 씌워 비나 햇빛을 막아주는 선실도 갖추고 있었다.

삐걱, 삐걱.

사공은 발로 배의 노를 열심히 저으며 양 옆구리에 낀 또 다른 노로는 물길의 방향을 잡아가고 있었다.

오랫동안 손보지 않아 엉클어진 머리칼과 이마에 세로로 길게 뻗은 여러 줄의 주름, 햇빛을 받아 까맣게 탄 얼굴은 그의 여생이 결코 순탄치만은 않았음을 말해 주었다.

"할아버지, 인제까지 배 안에서만 살아야 돼?"

선실 안쪽에서 십여 세 정도의 여아로 생각되는 목소리가 들려왔다.

"허허허, 너무 보채지 말거라. 너도 알다시피 이 할아비의 얼마 남지 않은 목숨마저 빨리 거둬가려는 사람들이 있어 그렇지 않느냐? 하지만 너만 남겨두고 먼저 가지 않으려면 이렇게 물 위로만 다니는 수밖에 없구나."

댓잎으로 가린 선실 안에는 소녀만 있는 것이 아니었다. 늙수그레한 목소리가 여아의 말을 받았다.

"하지만 낮에는 날마다 물 위로만 다니니 너무 심심해. 그리구 날마다 물고기 요리나 교자(餃子 : 만두) 따위만 먹는 것도 이젠 신물이 난단 말이야. 게다가 조금만 더 있으면 배 위에서 일 년이 다 지나겠어."

"이 할아비가 왜 그걸 모르겠냐? 하지만 뭍에서 조금만 지체해도 나쁜 사람들이 이 할아비의 목을 노린다는 것을 우리 비연이도 잘 알고 있지 않느냐?"

"그 사람들은 정말 나빠. 지난번 군산에서 하마터면 물에 빠져 죽을 뻔했단 말이야. 다시 우리를 찾을까 봐 밤에도 잠이 오지 않을 때가 많단 말이야."

그때의 힘들었던 상황이 생각났는지 말을 하는 소녀의 목소리는 반쯤 겁에 질려 있었다.

"허허허, 걱정 말거라. 할아비가 조금 다치기는 했지만 이렇게 멀쩡히 살아 있지 않느냐? 그리고 지금 여러 삼촌들이 우리 배를 지켜주고 있으니 감히 누가 우리를 어쩌겠느냐?"

"하지만 나쁜 사람들 때문에 삼촌들이 많이 죽었잖아. 흑흑흑."

소녀는 끝내 울음을 터뜨렸다.

"그 때문에 장강 줄기를 벗어나 이렇게 수로를 떠돌지 않느냐? 화무 십일홍이라 했으니 나쁜 사람들이 위세를 부리는 날도 머지않아 끝날 게야. 우리 비연이는 그때까지 참을 수 있지?"

"응. 그런데 오늘만이라도 낮에 뭍으로 올라가면 안 돼?"

할아버지가 달래자 비연이라 불린 소녀는 마지못해 대답은 했지만 마지막 응석은 잊지 않았다.

"괜찮겠는가?"

밖에서 노를 젓고 있는 사공을 향한 말이었다.

"특별한 조짐은 보이지 않습니다만 그래도 조심하시는 것이 좋지 않겠습니까?"

사공이 답했다.

"하지만 자네도 보다시피 우리 연아가 저리 보채니 오늘 하루만이라도 뭍에서 보내게 하는 것이 어떤가?"

"……."

그 말에 사공은 대답하지 않았다.

"삼촌……."

연아라 불리는 소녀가 이번엔 사공에게 매달렸다. 그녀는 주변의 모든 사내들을 삼촌이라 부르고 있었다.

"……."

사공은 여전히 대답을 하지 않았다.

"삼초~온."

선실 안쪽에서 승낙을 듣고야 말겠다는 듯이 연아가 다시 애교스런 말투로 그를 불렀다.

"쩝."

사공이 입맛을 다셨다.

"하하, 이거 연아에게는 당하지 못하겠는데요? 반 시진 정도만 돌아가면 안창진(安昌鎭)이라는 곳이 나옵니다. 오늘은 일단 거기 가서 내일까지 있도록 하지요."

그는 옆구리에 끼고 있던 노로 왼쪽을 가리켰다.

거미줄처럼 엉킨 수로의 갈림길에 다다르자 그의 지시에 따라 다섯 척의 오봉선들이 왼쪽으로 방향을 꺾었다. 죽립을 썼거나 이마에 수건을 동여맨 다른 배의 사공들은 능숙한 솜씨로 배를 몰았기에 연아가 타고 있는 오봉선에서 일정한 간격을 유지히며 조금도 그 거리를 벗어나지 않았다.

안창진 주변의 수로는 마치 성벽의 해자처럼 읍성 주변을 둥그렇게 싸고돌았고, 그 가운데로는 안창하가 흘렀다.

"정 호법, 홍교(虹橋) 위에 서 있는 자들의 행동이 수상하니 각별히 유의하시오."

연아가 탄 배를 모는 사공의 귀로 전음이 들려왔다. 전음을 보낸 사람은 오 장 정도 앞장서서 나가던 다른 오봉선의 사공이었다.

소흥현의 변두리라 할 수 있는 안창진에만도 다리의 수는 사십여 개가 넘었는데, 수로의 진행 방향 십여 장 앞에 위로 둥그렇게 솟아 그 아래로는 배가 다닐 수 있게 만들었기에 무지개를 닮았다 하여 홍교라 불리는 석교가 있었다. 그 위에서 도검을 찬 십여 명의 인물들이 다리 난간에 몸을 기대고 오가는 배를 유심히 살피고 있는 것이 보였다.

'웅!'

전음을 받은 사공의 몸이 움찔했다.

사공은 청방의 총호법 정춘교였다.

그는 지금 청방 방주 목룡군과 그의 손녀인 비연을 배에 태우고 추적자들의 눈을 피해 안전한 곳을 찾아 떠돌고 있었다. 주위의 함께 가는 배들에는 청방의 핵심 간부들과 정예들이 타고 있었다.

이미 적들의 추격을 받아 공격당한 것이 열 번도 넘었고, 그때마다 많은 호위들이 목숨을 잃어야 했다.

그는 상대가 눈치 채지 못하게 곁눈질로 홍교 위를 흘깃 보았다.

"진강수채의 인물들일 가능성이 있소."

앞선 배의 사공이 다시 전음을 보냈다.

원래 이곳은 장강수로채가 없는 곳이기에 다소 안심하고 있었지만 목룡군의 행방을 발견하지 못한 그들이 장강을 이 잡듯이 뒤지다가 이곳까지 감시망을 넓혔을 가능성을 배제할 수 없었다.

장강수로채가 목룡군의 뒤를 쫓고 있기는 했지만 청방 또한 그들의 움직임을 시시각각 감시하고 있었기에 진강수채의 수적들이 항주와 소흥 일대로 감시를 넓혔다는 사실은 이미 알고 있었다.

정춘교는 노를 젓고 있는 발을 슬쩍 들어 옆에 놓인 짚을 밟아 그 안에 은밀히 가려놓은 검이 있는 것을 확인했다.

다리 위에서 유심히 배들을 살피던 장한들은 연아 일행이 탄 오봉선들이 조용히 홍교의 다리를 지나도록 아무런 반응을 보이지 않았다. 정춘교는 장한들의 행동이 궁금했지만 그들을 보려면 고개를 들어 뒤를 돌아보아야 했기에 그저 배만 젓고 있었다.

"우리를 유심히 보고 있소이다."

다른 배의 사공이 다시 전음을 보냈다.

그 사공도 자신이 직접 돌아보지는 않았을 것이고 선실 안에 숨어 있는 호위부사늘이 보고 말해 주었을 것이다.

"놈들이 우리 배를 쫓고 있소!"

그런데 그 말이 끝나자마자 급박한 전음이 이어졌다. 자신도 모르게 노를 젓고 있는 발에 힘이 들어가며 배의 속도가 빨라졌다.

"어이, 거기! 배를 잠깐 멈추어라."

고함 소리에 고개를 돌려보니 수로 옆으로 난 길을 따라 홍교 위에 있던 무인들이 소리치며 달려오고 있었다. 십여 장 남짓한 안창하의 물길 중심을 가고 있는 배들이니 뭍에서는 채 오 장도 되지 않는 가까운 거리였다.

"어떤 놈들로 보이나?"

선실 안에서 목룡군이 물었다.

"움직임으로 보아 무공이 그리 높은 것으로 보이지 않는 것이 아무래도 진강수채의 조무래기들 같습니다."

"그나마 다행이군."

하기는 안창진은 소흥에서도 변두리에 속하는 외진 곳이니 주력이 나와 있을 턱이 없었다.

펑!

갑자기 화전이 올랐다.

서라는 말을 무시하고 속력을 내 달아나니 인근에 나와 있는 일행의 지원을 요청하는 모양이었다. 정춘교가 옆구리에 끼고 방향을 잡던 노를 하늘로 치켜들었다.

슈슈슉!

다음 순간 여러 오봉선의 선실 안에서 화살이 날아 수로를 따라 달려오던 장한들에게로 향했다.

"으악!"

"억!"

예상치 못한 화살을 피하지 못한 몇 명의 장한들이 비명을 지르며 쓰러졌다.

"물러서라! 놈들이 화살을 가지고 있다."

추적자들의 십장 정도로 보이는 장한이 황급히 수로에서 멀리 떨어지며 소리쳤다. 하지만 선실에서 쏘아 보낸 화살들은 상당히 정확해 순식간에 쫓던 장한들 중 멀찍이 몸을 피한 세 명만을 남기고 모두 수로 옆길에 쓰러졌다.

그 틈에 오봉선들이 속력을 더해 그들로부터 멀어지고 있었다. 하지만 그들은 멀리 가지 못했다.

"잡아라!"

갑자기 수로 좌우가 소란스러워지며 도검을 빼 든 무리들이 떼를 지어 나타났다. 그들은 화전을 보고 쫓아온 자들이었는데 수로를 따르며 달아나는 오봉선을 향해 단검이나 창을 던져 댔고, 그 숫자가 계속 불더니 잠깐 사이에 백여 명에 이르렀다.

"배를 포기해야겠습니다."

수로 좌우에서 각종 무기를 던져 대니 견딜 재간이 없었다.

정춘교는 추적자들의 수가 적은 쪽으로 배를 대게 하고는 품속에서 신호탄을 쏘아 올렸다. 오봉선에서는 배를 대는 방향에 집중적으로 화살을 날려 길을 텄고, 미처 배가 뭍에 닿기도 전에 도검을 든 무인들이 오봉선에서 속속 쏟아져 내렸다.

목룡군도 연아를 안고 배에서 내려 달렸다. 배에서 내린 이십여 명에 이르는 무인들은 그들의 뒤를 결사적으로 막으며 저지했지만 백여 명에 이르는 상대에게 연신 뒤로 밀리며 사상자가 속출했다. 게다가 맞은편의 적들이 다리를 건너 합류하는 것도 시간문제였다.

일각이 채 되기도 전에 목룡군 일행과 추적자들과의 거리는 십 장도 채 되지 않을 정도로 가까워져 있었다.

"저리로."

앞장신 정춘교는 한 떼의 수레꾼들이 잔뜩 수레를 몰고 열을 지어 지나가는 방향으로 달렸고, 그 뒤를 목룡군과 몇 명의 무인들이 뒤따랐다.

그런데 그들이 수레 사이를 지나자마자 수레꾼들이 수레를 이리저리 틀어 장애물을 만들어놓고는 재빨리 모두 달아났다. 그들은 신호를 보고 달려온 청방의 하급 조직원들이었다.

"으악!"

하지만 미처 달아나지 못한 몇 명의 수레꾼들이 추적자들에게 죽임을 당했다.

추적을 방해하는 사람들은 끊이지 않았다.

갑자기 짐을 실은 당나귀 떼를 잔뜩 몰고 골목을 나서는 사람들, 수십 명의 짐꾼들이 지게 가득 짐을 싣고 길을 오가며 하는 은근한 방해.

"비켜라! 막아서는 놈들은 모조리 베겠다."

추적자들은 분통을 터뜨리며 길길이 날뛰었지만 그렇다고 오가는 사람들을 무작정 죽여 버릴 수도 없는 노릇이었다.

조직원들 덕분에 위기를 모면한 목룡군 일행이 약간의 숨을 돌렸지만 추적자들은 금방 뒤를 따라붙었다.

"어서 저리로."

가장 앞장서서 달려가는 정춘교는 익숙하게 방향을 잡아 달아나고 있었는데, 그가 이곳 지리를 잘 알아서 그렇게 할 수 있는 것이 아니라 수시로 나타나 방향을 가리키는 청방 조직원들 덕분이었다.

큰 집을 돌아드니 안장을 얹은 십여 필의 말들이 그들을 기다리고 있었고, 잔뜩 긴장한 표정의 몇십 명의 무리들이 도검을 빼 들고 그들을 맞았다.

"노야, 어서 말에 오르십시오."

기다리던 무리 중 가장 앞장선 자가 연아를 안고 달리는 목룡군에게 말고삐를 건네며 다급하게 말했다. 다른 방향에서도 무장을 하고 수십 필의 기마에 탄 무리들이 대기하고 있다가 그들이 말을 타고 떠나자 뒤를 좇았다.

"죽여라!"

"와아!"

남아 있던 수십 명의 장한들은 결사적으로 추적자들을 막아섰는데, 개개인의 무공에서는 비록 그들에게 밀렸지만 잠깐 사이에 그 숫자가 계속 불어나 수백에 이르자 오히려 당황한 추적자들이 달아나는 촌극이 벌어졌다.

쾅!

진강수채(鎭江水寨) 채주인 서문탁(西門卓)은 벌떡 일어나며 주먹으로 탁자가 부서져라 내려쳤다.

"흐흐흐, 내가 뭐라고 했느냐? 그런 곳만 골라 집중적으로 뒤지면 틀림없다고 하지 않았느냐? 어서 동정채로 전서구를 띄워 놈의 행방을 발견했다고 알려라. 청방 전체가 싸고돌기로 하면 우리 진강수채 전체를 동원해도 어림없는 일이다."

그는 장강수로채의 모든 채주들 중에서노 두뇌 회진이 빠르기로 이름이 나 있는 자였다. 각 채주들의 무공은 다들 도토리 키 재기로 그만그만했지만, 수로채 총회가 열리면 그중에서도 서문탁의 말발에 적지 않게 힘이 실리는 이유는 그의 뛰어난 머리 때문이라 해도 과언이 아니었다. 그와 마찰을 빚으면 반드시 보이지 않는 후환이 있다는 것을 다른 채주들은 잘 알고 있었다. 워낙 치밀하게 보복을 가하는지라 그의 짓이라는 것을 뻔히 알면서도 눈 뜨고 당할 도리밖에 없었다.

"우리 구역의 장강 지류 인근에 뚜렷한 이유 없이 갑자기 포구 일꾼들의 수효가 급증하는 곳에 인원을 집중적으로 배치해 감시해라. 틀림없이 그곳에 목룡군이 있을 것이다."

몇 달 전 서문탁이 수하들에게 내린 지시였다.

장강을 제 손금 보듯 알고 있는 수로채의 눈길을 피할 곳은 지류나 인근 물줄기가 통하는 곳뿐이라는 확신이 있었다. 목룡군을 호위하려면 적어도 일이백 이상은 족히 필요할 테니 왕래가 많지 않은 지류 일대에 사람의 왕래가 갑자기 잦아진 곳을 찾는 것은 어렵지 않을 것이라는 생각이었다.

그런데 소흥 일대에 떠돌이 장사꾼이며 일꾼들이 많이 오간다는 보고를 받고 채의 모든 이목을 집중시킨 것이 성공했다. 비록 생포하지는 못했지만 어차피 은교교도 일개 채의 힘으로 생포할 수 있다고 기대하지는 않을 것이었다.

'후후후, 은교교가 직접 오겠지.'

전서구를 보내면 즉시 자신이 지원 병력과 함께 오겠다는 사전 언질이 있었다. 뿐만 아니라 다른 은밀한 약속도 있었다.

몇 달에 한 번 부조립을 대신해 각 지역의 수로채를 순시하는 은교교가 진강수채에 들르는 날이면 어김없이 뜨거운 낮밤이 이틀은 이어졌다. 처음 시작은 은교교가 먼저 불씨를 당겼지만 총채주의 첩을 몰래 꿀꺽하는 재미는 그로 하여금 두려움마저도 잊게 했고, 지금은 제발 그녀의 순시일이 어서 오기를 바라는 마음뿐이었다.

은교교가 언급한 은밀한 약속은 바로 그것이었다.

"나는 당신이 목룡군을 찾았으면 좋겠어요. 그러면 그자를 잡을 동안 우리는 쭉 함께 있을 수 있지 않겠어요? 그리고 임무를 마쳐도 힘든 일을 했으니 며칠 쉬었다 가야 하구요. 정말 힘없는 늙은이의 첩실이 된 것이 이제 와서 이렇게 우리 사이를 힘들게 할 줄은 몰랐어요. 흑흑흑."

그는 은교교의 자신에 대한 사랑을 믿었다.

비록 총채주의 존재로 인해 당분간은 이루어질 수 없는 사랑이었지만 사람을 빨아들이는 그녀의 눈과 정열적인 입술, 불같이 뜨거운 가슴, 무섭게 빨아 당기는 비처의 힘은 어떤 계집도 대신할 수 없었다.

은교교에 대한 생각만으로도 어느새 자신도 모르게 아랫도리가 성을 내며 불끈거리는 것이 느껴졌다.

"놈들의 이동 방향으로 보아 전당강 쪽으로 갈 것이 틀림없다. 절대 흔적을 놓치지 않도록 하고 모든 병력을 그리로 집결하라. 공을 세운 자는 큰 포상이 있을 것이다."

서문탁은 빠르게 부하들에게 지시했다.

소흥에서 전당강으로 통하는 수로로 중형의 허름한 선박 세 척이 빠르게 물살을 헤치며 달려나가고 있었다. 비록 낡은 배였지만 앞서 가는 다른 배들을 추월하며 가는 것이 무척이나 다급한 것 같았다.

"노야, 이제는 사람들이 많은 곳으로 가는 것이 좋겠습니다. 더 이상 수로를 따라다니는 것은 위험합니다."

선실 안에서 창을 통해 하도(河道) 바깥을 지나치는 사소한 움직임에도 눈을 떼지 않고 경계하던 정춘교가 말했다.

"흠, 나도 더 이상 숨어 다닐 수만은 없다는 생각이네. 하지만 막상 장강을 떠나니 마땅치가 않구나. 게다가 뭍에 자리를 잡아도 오래지 않아 찾아내고 말 놈들이니 무림맹도 방패막이가 되어주지 못하는 뻔한 현실에 어디 가서인들 자리를 잡을 수가 있겠는가?"

목룡군은 침상 위에 죽은 듯 누워 자는 손녀 비연을 내려다보며 말했다. 싸움이 벌어지면 그가 가장 먼저 한 일은 비연의 혈도를 짚어 끔찍한 광경을 보지 못하게 하는 일이었다. 지난번 군산에서 쫓길 때에는 깜빡 잊고 수혈을 짚지 않아 가까운 사람들이 죽어가는 것을 본 이래 비연은 잠을 설치며 경기의 증세마저 보이고 있었다.

"지금은 당장이 급합니다. 내일 걱정은 내일에나 하는 것이 순서일 듯싶습니다."

"음!"

목룡군은 그 말에 나직하게 침을 삼켰다.

정춘교의 말은 전혀 잘못된 것이 없었다. 벌써 그들의 손길을 피해 도망을 다닌 지 일 년이 다 되어가고 있었다. 마교에서 자기를 비롯한 청방 수뇌부를 노리는 이유는 곧 벌어질 모반에 대비해 반란군의 병참 수송을 책임지게 하려는 것이었다.

목룡군이 도망을 다닌 직접적인 계기가 된 것은 그들이 양주 염방을 습격할 당시 돕지 않았기 때문이었다.

당시 양주의 건달 패거리인 염왕회에서는 양주 염방을 무너뜨리면 소금 전매권을 나누어 주겠다는 광동 상방의 밀사라는 자의 말을 믿고 염방 공격에 가담했다가 회주는 물론이고 조직원들도 죄다 도륙이 났었다.

하지만 목룡군은 청방 공격을 사주한 인물이 광동 상방의 밀사가 아니라 나라에서 금하고 있는 백련종(白蓮宗) 일파인 문향교 일당이라는 것을 알고 있었다. 비록 청방이 무력이나 정보와 관련된 집단은 아니었지만 중원천하에 거미줄처럼 뻗어 있는 그들의 눈길을 피할 수 있는 움직임은 거의 없다고 해도 과언이 아니었다.

거지들은 저잣거리나 포구를 오가며 세상 돌아가는 것을 보거나 귀동냥하고, 하오문은 어둠 속에서 은밀히 주고받는 뒷거래에 귀를 열어 정보를 캤지만 청방은 그런 간접적인 방법보다는 중원 사대강(四大江)을 오가는 화물의 움직임을 피부로 체감하면서 그 실체를 분명히 알 수 있는 위치에 있었다.

평생을 짐을 져 나르며 보낸 인부들은 등짝에 짐을 올리거나 화물 운반용 죽봉(竹棒)에 짐을 져 올려 어깨에 느껴지는 감각만으로도 포장된 화물의 내용물을 짐작할 수 있었다.

그동안 목룡군에게 보고된 것은 나라를 지킬 정도로 엄청난 양의 무기며 군량으로 보이는 양곡 수백만 섬 등이 산동으로 집결하고 있다는 것과 삼삼오오 떼를 지어 수로로 이동해 산동으로 향하는 정체 불명의 무리들에 관한 것이었다. 그런 것들을 관군의 눈길을 피해 이동시키려면 육로로는 불가능하고 수로를 이용할 수밖에 없어 포구의 청방 조직원들이 개입하지 않고는 불가능했다.

산동에 큰 공사나 일자리가 있는 것도 아닌데 중원 각처에서 몰려드는 무리들, 그들의 특징은 말수가 적고 수시로 염불 비슷한 주문을 외며 서로 간에 은밀한 신호를 보내 움직인다는 것이었고 최종 목적지는 양산박이었다.

양산박은 장강에서 이어진 남북의 수로가 서안과 낙양, 그리고 개봉을 지나 서에서 동으로 흐르는 황하와 만나는 지역에 위치한 곳으로 이곳을 지나지 않고는 서남(西南)의 조운선이 황도로 갈 수 없었다.

　귀한 진상품들을 실은 관선이 수시로 오가니 자연 수적들의 활동 무대가 되었고, 예로부터 큰 무리의 도적들이 애용했던 천험의 요새로 수만의 병력이 숨어들어도 표시 하나 나지 않는 곳이기도 했다.

"곧 난세가 올 게야!"

　목룡군은 당시 그렇게 말했었다.

　예언은 오래지 않아 적중했다.

　중원 상권을 쥐고 흔들며 천하를 양분했던 교평천이 죽은 후 위진해가 마교의 배후로 몰리고, 지금 중원 곳곳에서 피바람을 동반한 소용돌이가 일고 있었다.

　목룡군은 절대 한쪽 편에 서고 싶지 않았다.

　반역이든 개혁이든, 정의든 불의든 그것은 있는 자들의 구별일 뿐 청방에는 땀 흘려 하루 벌어 하루 사는 불쌍하고 그저 그런 인생들이 있을 뿐이었다.

　수백 년을 이어온 청방이 온갖 모진 풍파 속에서도 사라지지 않고 버틸 수 있었던 것은 바로 그런 중용의 도를 잊지 않았기 때문이다. 그리고 그것이 지금 목룡군이 마교와 그들의 사주를 받은 장강수로채에게 쫓기는 이유였다.

　"노야, 놈들이 꼬리에 붙은 것 같습니다."

　배 뒤편에서 경계를 서던 장한이 소리쳤다.

　과연 그의 말대로 수상한 배 한 척이 빠르게 꼬리를 물고 달려오고 있었다. 다른 배들과는 비교도 되지 않을 정도로 빠르게 달려가는 건

일행의 배와 그 배가 전부였기에 쉽게 구별할 수 있었다.

"벌써?"

정춘교의 이맛살이 찌푸려졌다.

놈들의 추적을 피하기 위해 호위를 대폭 줄였기에 발각되었을 경우 그만큼 위험 부담도 컸다.

그는 고개를 뒤로 돌려 추적해 오는 배를 바라보았다.

"잠시라도 꼬리를 잘라야겠습니다."

그 말이 끝나기도 전에 정춘교는 뒤따르던 배를 향해 수신호를 보냈다.

그러자 가장 뒤에서 따르던 배에서 일행을 추적하는 배를 향해 즉시 화살을 날렸다. 아마 그들도 뒤따르던 배를 의식하고 공격을 준비하고 있었던 것이 틀림없었다. 화살 세례를 받은 배는 금방 속도를 늦추었다. 배가 다시 속도를 내려면 시간이 걸릴 테니 그때까지는 여유가 있었다. 배가 빠른 속도로 수로를 헤쳐 나갔다.

"아무래도 이대로는 무리 같습니다. 야월회(夜月會)를 불러들여야겠습니다."

정춘교가 말했다.

"그들이라고 도움이 되겠는가? 금릉전장의 일도 감당하기 어려운 형편 아닌가?

"하지만 그들은 방 내 최고 고수들입니다. 이미 마교가 금릉전장을 장악하고 있는 것이 밝혀진 이상 어차피 야월회의 전력을 투입한다 해도 금릉전장의 일을 마무리 지을 수는 없습니다. 지금은 노야의 안전이 급선무입니다."

야월회는 **목룡군** 직속의 호위 조직이었다.

그들 중에 다섯 명을 선발해 호가오위라는 이름을 주어 금릉전장 장주의 호위를 맡게 했고, 나이가 들어 더 이상 임무를 수행할 수 없을 정도가 되면 새로운 인물을 선발해 보내는 것이 전장이 설립된 이래 오랫동안 이어온 금릉전장과의 약속이고 의무였다.

"음."

목룡군은 말이 없었다.

살 만큼 살았으니 늙은 노구야 언제 관 속으로 들어가든 상관이 없지만 혼자 남게 될 어린 손녀가 안쓰러웠다. 게다가 청방의 미래는 또 어떻게 될 것인가? 어차피 자신의 사후에는 남은 사람들이 알아서 다음 세대를 이어갈 목룡군을 선출하겠지만 이런 혼란기에는 자칫 조직의 붕괴로 이어질 수 있었다.

"소환령을 내려주십시오."

"여섯이 더 온다고 해도 무슨 큰 도움이 되겠나?'

"그 옛날 금릉전장을 마지막까지 지켜낸 것도 야월회였습니다. 제가 회주를 맡고 나서 금태산을 지켜내지는 못했지만 노야까지 지켜 드리지 못한다면 저는 자진을 하는 수밖에 없습니다. 금릉전장과 관련된 일을 처리하는 것은 지금 급한 일이 아닙니다."

야월회는 열두 개의 달[月]이 모인 조직이었다. 십이야월(十二夜月)은 청방이 맨 처음 조직되었을 당시 각 지역 조직의 우두머리들을 상징했고, 후대에 내려와서는 청방의 수호 호법으로 자리를 잡았다.

하지만 이미 다섯 개의 달이 금릉전장을 지키다가 모두 죽었고, 그 일을 해결하기 위해 부회주가 남은 다섯을 데리고 갔기에 지금 목룡군의 곁에는 야월회주 겸 청방 총호법인 정춘교만이 있었다.

"하오문은 결국 그쪽에 붙을 걸세. 앞으로 갈 길이 더 험난하겠군."

목룡군이 불쑥 하오문에 관한 얘기를 꺼냈다.

"하오문주 문일기는 그러고도 남을 위인입니다. 그렇게 되면 이제 도망다니는 일도 쉽지 않겠지요."

"그렇게 되면 장강에서는 수로채가, 뭍에서는 하오문이 우리 뒤를 쫓겠지."

"……."

정춘교의 안색이 어두워졌다.

면면히 이어져 온 청방의 명맥이건만 이제 그 끝이 보이고 있는 것이 아닌가 하는 생각이 들었기 때문이다. 두 사람은 잠시 동안 말을 잊었다.

"중용만 취하는 건 결코 최선이 아니라는 생각이 드는군요. 지금은 문향교주의 세력이 가장 큽니다."

정춘교가 다시 입을 열었다.

"……."

이번에는 목룡군이 침묵을 지켰다.

"난세에 천 년 대업을 이어가려면 결국 누구의 손이라도 들어줘야 한다는 것이 제 생각입니다."

정춘교는 조심스레 마교와 손을 잡는 것이 어떠냐는 의향을 떠보고 있었다.

"허허허, 앞날을 내다볼 수 있는 재주만 있다면 그것도 좋은 방법이지. 하지만 아차 판단을 잘못해 반대 편에 서는 날이면 그것으로 청방은 끝일세. 그래서 역대 방주들은 중용을 가장 중히 여겼지. 이런 난세에 자신을 지키는 것만큼 힘든 일도 없다네."

"……."

"지금 명 황실은 이미 기울었어. 그 뒤를 이어 누가 대권을 잡을 것인지만 알 수 있어도 이런 고민은 필요가 없겠지."

"노야!"

정춘교는 얼른 주의를 환기시켰다. 아무리 그렇다 해도 내놓고 할 애기는 아니었다.

하지만 목룡군은 그의 말을 무시했다.

"하지만 수십 대를 이어온 당금 황실을 일시에 무너뜨릴 자가 누군지 윤곽을 잡을 수 있는 시기는 아직 아니지. 어쩌면 내 대가 아닐 수도 있고……. 그때까지 기댈 언덕이 필요한 것은 사실이지만 어쩐지 문향교는 아니라는 생각이 드는군. 중원 무림에서 마교는 이단시되어 왔으니 무림인들의 적극적인 지지를 받기는 어려울 게야."

마교는 아니라는 말이었다.

피잉!

탁!

별안간 갑판 위에 어디선가 화살이 날아와 박혔다.

정춘교가 안색을 굳히고 뭍으로 눈을 돌려 사방을 살폈지만 아무것도 발견할 수 없었다.

화살을 살피던 정춘교의 눈이 가늘게 떠졌다. 화살 끝에 매어져 있는 자그만 전통을 발견한 때문이었다.

전통 안에는 쪽지가 들어 있었다.

정춘교는 조심스럽게 쪽지를 펼쳤다.

목룡군 친전.

귀하의 모든 움직임은 우리에게 낱낱이 포착되고 있소.

더 이상의 도주는 무의미하니 속히 만세야께 투항해 청방의 천 년 안위를 돌보고 영생의 삶을 누리기를 권하는 바이오.

진공가향 무생부모(眞空家鄕 無生父母).

목룡군도 편지를 읽었다.

마교로부터 보내진 편지였다.

그는 안면 근육을 파르르 떨었지만 말은 없었다.

반각이 흘렀을까?

"수방검수들을 소집하게."

목룡군이 낮게 깔리는 목소리로 말했다. 비록 크지 않은 소리였지만 그의 말에는 힘이 실려 있었다.

수방검수(守幇劍手).

야월회를 제외하고도 청방에는 방의 안위를 지키는 삼백의 수방검수가 있었다.

일류는 아니지만 그래도 무림에 내놓기에 전혀 손색이 없는 상당한 실력을 갖춘 그들은 열두 개의 단과는 달리 외부에 공개적으로 알려져 있었는데 바로 청방을 지키는 핵심 전력이었다.

"어찌하시려는지요?"

정춘교의 말소리에 조심스러움이 배어났다. 심하게 추격을 당하고 있는 와중에도 수방검수들은 동원되지 않고 청방의 전력 보존 차원에서 은밀한 곳에 격리되어 있었다.

"당하고만 있을 수는 없네. 금릉전장을 칠 것이야!"

목룡군은 단호한 어조로 말했다.

"노야!"

정춘교는 놀랐다.

지키는 것이 아니라 도리어 공격이라니?

수방검수와 야월회를 총동원한다면 금릉전장에 침투한 적들을 쓸어 버리는 것은 아무런 문제가 없었다. 이미 전장 내에 침투한 적도들의 전력은 대충 평가가 끝난 상태였다.

"계속 이렇게 쫓겨 다닐 수만은 없네. 자칫하다가는 수백 년을 이어 온 청방의 조직이 와해될 수도 있어. 쫓기더라도 상대의 자금줄을 끊어놓을 생각이네."

"크나큰 모험이 될 수 있습니다."

"알고 있네. 하지만 자네는 우리가 언제까지 버틸 수 있다고 생각하나? 이 상태로 가면 상대는 힘이 더 커질 것이고 우리는 갈수록 더 작아지겠지. 나중에는 한 걸음을 떼는 것도 어려울지 모르네. 숨어 지내더라도 반드시 해야 할 일이야."

"다른 문파에서 돕지 않을 것입니다."

오늘 처음 나온 말은 아니었다. 이미 여러 차례 의견을 교환한 적이 있지만 항상 결론은 불가로 났었다.

"이번 무림맹 회의에서 모든 문파들이 절박하게 몰렸네. 역무군은 역무군대로, 그리고 다른 구파일방은 그들 나름대로……. 모두들 무림에 눈과 귀를 심어두고 있으니 돌아가는 판을 모르진 않을 게야. 우리가 먼저 나서고 개방이나 무당파, 그리고 화산파 중에 한두 곳이 협조를 해준다면 지금같이 심하게 몰리지는 않으리란 것이 내 생각이네. 그러자면 뚜껑을 열어 보여줄 필요가 있네. 물론 그렇게 하면 당분간은 우리에게 이를 갈겠지만 그렇더라도 예전처럼 공개적으로 우리를 닦달하기는 쉽지 않을 게야."

"하지만……."

"이대로 있다가는 어차피 끝을 보게 되네. 모르기는 해도 우리가 가는 방향 곳곳에 이미 적들이 깔려 있을 게야."

목룡군은 우울한 표정을 지으며 잠시 숨을 고르더니 말을 이었다.

"중원의 모든 포구에 있는 감호들 중에서 무공이 높은 자들로만 오백을 추려 남경으로 집결시키게."

감호(監戶)는 중원의 크고 작은 각 포구에 몇 명, 혹은 몇십 명씩 있는데 그곳에서 짐을 나르는 청방의 조직원들을 감독하고 보호하는 자들로 그 숫자만 해도 수천이 넘었다. 언뜻 대단한 세력 같지만 기실 그들의 무공은 삼류건달에 불과한 수준이었는데 간혹 제법 실력이 있는 자들도 적지 않았다.

"휴, 알겠습니다. 노야의 뜻을 받들겠습니다."

"나로서도 쉽지 않은 결정이라네. 하지만 더 이상은 버틸 수가 없지 않은가?"

목룡군은 수혈을 짚혀 잠에 취해 있는 비연의 뺨을 부드럽게 쓰다듬으며 말했다.

정호법의 말이 틀린 것은 아니었다.

마교의 세력을 밀어내고 다시 금릉전장을 되찾기에 지금은 적절한 때가 아니었다. 금태산이 죽은 이상 여러 고동들과의 이해관계가 얽혀 있는 전장 문제는 많을 시간을 요하는 사안이었다.

하지만 목적은 금릉전장을 되찾는 것이 아니었다.

반격!

무시로 청방을 조여오는 마교의 손길에 대항하려는 것이었다.

무림의 각 파들이 서로 눈치만 보고 있는 상황에서 힘이 약한 청방이 먼저 나서는 것은 엄청난 모험이었다. 하지만 이제 달리 길이 없었다.

"알겠습니다."

정춘교도 마침내 목룡군의 말에 동의하지 않을 수 없었다.

제4장 깊어가는 전야(前夜)

'음, 괜히 맡았어.'

무영은 위진해와 손을 잡은 일로 고민하고 있었다.

광동 상방 총행두라는 엄청난 직함을 가지고 있는 그도 손발이 묶인 상태에서는 그저 그런 필부에 지나지 않아 보였다.

"험, 장 공자, 약조한 일은 잘 되어가고 있습니까?"

'음, 알았으니 그만 쪼시오.'

"험, 지금 각 공소의 위에 있는 몇몇 간부들이 본인과 등을 지고 있는 것뿐이고, 밑에 사람들은 모두 광동 상방의 총행두가 이 위진해라는 사실을 잊지 않고 있을 것이외다."

'음, 옛날얘기지.'

"험, 장 공자가 나를 배신한 윗선들만 제거해 준다면 상방을 예전 상태로 돌리는 것은 일도 아니지요."

'음, 그걸 말이라고 하시오? 그게 말처럼 쉽지 않으니 그렇지.'

위진해는 날마다 그렇게 무영을 쪼고 자신의 거처로 돌아갔다.

광동 상방 계약 건은 이제 무영에게 무거운 짐이고 골칫덩이였다. 게다가 섬서 상방의 총행두까지 억지로 맡은 것은 물론이고, 이곳 항주에서 벌여놓은 일도 한두 가지가 아닌지라 감당하기 힘들었다.

'음, 문제는 마교인지 문향교인지 하는 그자들인데……'

문향교는 발 빠르게 중원 상권을 장악해 가고 있었다.

산서 상방과 광동 상방이 그들에게 넘어갔으니 장강 남북의 모든 상권은 이미 그들의 수중에 있는 것으로 보였고, 그저 몇몇 군소상방이 장강을 중심으로 미약하게나마 숨을 쉬는 형국이었다.

광동 상방에 대한 무림맹의 활동 금지령은 아직도 유효했다.

'광동 상방 물건은 먼저 보는 사람이 임자다!'

강남의 수적이며 산적들 사이에서 유행하는 말이었다.

무림맹의 결정에도 불구하고 소속된 방파들은 광동 상방에 대해 공개적으로 나서서 제동을 거는 경우는 없었다. 하지만 각지의 강도며 도적들은 무림맹의 결정을 내세워 '심봤다' 하는 식으로 공공연하게 상단의 물품을 약탈하는 경우가 비일비재했기에 제대로 된 상행(商行)은 꿈도 꾸지 못할 형편이었다.

많은 광동 상방 소속의 공소들이 문을 닫았고, 소속 상인들도 각자 살길을 찾아 흩어지거나 어서 상황이 나아지기만을 기다리는 형편이었고, 그 틈을 새로이 업무 영역을 확장한 금릉전장이 막대한 자금력을 바탕으로 발 빠르게 잠식해 들어갔다.

광동 상방은 하루가 다르게 그 발판을 잃어갔고, 그 소식이 위진해에게 전해질 때마다 그가 무영을 찾는 횟수와 볶는 내용은 점차 그 강도를 더해갔다.

"에이, 머리 아파!"

무영은 곡완주의 처소로 향했다.

이제 출산을 얼마 남겨두지 않은 그녀가 신경이 쓰여 그는 수시로 곡완주의 처소를 찾았다. 남산만한 그녀의 배를 만지며 손에서 느껴지는 아이의 움직임을 맛보는 것은 무영의 큰 즐거움이었다.

"상공, 또 오셨군요."

그가 왔다는 시비의 말에 곡완주는 남산만한 배를 뒤뚱거리며 나와 미소 지으며 그를 맞았다.

"힘들 텐데 뭐 하러 마중 나와, 편히 앉아 있지."

무영은 그렇게 말하며 조심스레 그녀를 부축해 다시 안으로 데리고 들어갔다.

"상공 같은 사내아이였으면 해요."

무영이 살며시 배를 쓰다듬자 곡완주가 부끄러운 듯이 살포시 눈을 깔아 내리며 말했다.

'음, 그런다고 내가 사실을 말하면 곤란하지.'

곡완주는 가끔 그런 말을 해서 무영의 속마음을 떠보곤 했다.

"나는 널 닮은 딸이면 더 좋을 것 같아."

사실 무영도 내심 사내아이를 바랐지만 공연히 그녀에게 근심거리를 만들어주기는 싫었기에 그렇게 말했다.

그 말에 곡완주가 안심이 되었는지 가볍게 미소를 띠었다.

하기는 이곳 중원에서 가지는 자신의 유일한 피붙이가 될 아이이니 사실 아들이든 딸이든 문제는 아니었다. 그저 얼른 아기를 안아보고 싶은 마음이 더 컸다.

미주향(美酒香).

미주향의 술맛을 보지 않고는 항주에서 술을 마셨다고 하지 말라.

크지 않은 주루 안은 원래 항주에서도 술맛이 좋기로 이름이 높아 사전에 예약하지 않고는 구석의 자리조차 잡을 수 없다는 곳이었다.

"니미럴!"

배동호는 미주향에서 연신 독한 술을 동이째 비워가며 신세 한탄을 하고 있었다.

"대체 내가 무슨 잘못을 했다는 말이야? 그 영감탱이에게 정당하게 운송의 대가를 달라고 한 것이 무슨 큰 잘못이란 말인가?"

벌컥, 벌컥.

마음속에 응어리진 화를 삭이지 못해 급하게 마셔대는 배동호의 턱으로 술이 넘쳐흘렀다.

평소 그렇게 흥청거리던 주루 안은 배동호 혼자서 세를 놓고 마시는 것처럼 텅 비어 있었다.

멋모르고 예약을 하고 들어섰던 손님들도 배동호의 옆모습을 흘낏 보는 것만으로도 이내 주루가 썰렁해진 이유를 짐작하고는 저마다 적당한 변명을 둘러대고는 급히 나가 버렸다. 그런 행동을 보이는 것은 먼저 자리를 잡고 술을 마시던 손님들도 마찬가지였다.

"허허허, 미안하이, 주인장. 내가 급한 약속이 있다는 것을 잊었네."

"허, 이런, 점포에 물건을 두고 온 것을 잊었군."

"아이고, 가, 갑자기 아랫배가 이리 아프니 어떻게 술을 마실 수 있겠나. 다음에 오지."

"허, 이상하지. 그렇게 술 생각이 간절하더니 술병을 마주하니 벌써 취기가 도는구려. 다음에 다시 오리다."

그들은 탁자에 술이 비워지기도 전에 각자 적당한 핑계를 대가며 황급히 자리를 떴다.

'모난 돌 옆에 있다가 정에 맞는다.'
'옛말에 틀린 것 없다.'

그들의 행동은 이 두 마디로 충분히 설명됐다.

'음, 나도 오늘은 이곳 주인이라는 것이 원망스럽소. 다 이해하리다. 나라도 이런 분위기에서는 술을 마시기가 쉽지 않을 것이오.'

미주향의 주인 곽 노인은 떠나는 손님들을 향해 어색한 웃음을 지어 인사하며 마음속으로 그렇게 대답했다.

원래 주점을 하다 보니 술을 먹고 주사를 부리는 덜떨어진 작자들이 가끔 있기에 이곳 점소이들 모두 제법 힘깨나 쓰는 건장한 자들인데다 몇 수의 무공을 익힌 자들도 있었다.

하지만 배동호의 상판은 육십을 넘은 주루 주인 곽 노인도 처음 보는 흉악한 얼굴이라 해도 조금의 과장이 없을 정도였다.

맨 처음 그가 이 미주향에 예약도 없이 나타났을 때부터 곽 노인은 물론이고 점소이들도 기겁하며 놀라 뒤로 물러서서는 그가 빈자리를 찾아 앉을 때까지 감히 제지할 엄두를 내지 못했다.

점소이들은 곽 노인의 눈짓에도 선뜻 다가들지 못했고, 배동호는 손님이 와도 아무도 주문을 받으려고 다가서지 않으려는 걸 보고는 늘상 겪는 일이란 것을 알면서도 내심 불쾌해하고 있었다.

'음, 이 집 놈들도 쌍판 보고 사람 차별하기는 똑같군.'

"독한 술 몇 동이하고 오리 구운 것 좀 가져와."

그는 푹 인상을 구기고는 어쩔 줄 몰라 하는 점소이들을 향해 소리쳤다. 가만히 있어도 끔찍이 사나운 얼굴은 배동호의 주문이 직통으로 주방에 접수되는 보증 수표의 역할을 했고, 그 결과 지금 미주향에서는 그 혼자만이 술을 즐기는 사태로 나타났다.

차라리 화상이나 흉터로 인해 그렇다면 이해하련만 배동호의 얼굴은 자연산 그대로인 것으로 보였고, 얼핏 보기에도 검붉은 안면에 씰룩대는 근육들, 자잘한 상처투성이인 투박한 손에 오랫동안 빨아 입지 않아 냄새가 코를 찌를 듯한 겉옷, 그리고 삐딱하게 등에 멘 박도.

'음, 저놈에게 잘못 다가서서 말을 걸었다가는 그 길로 영 가는 수가 있겠다.'

'조심하자. 자고로 신체발부는 수지부모라 했으니 하나밖에 없는 목숨 관 속에 누울 때 목은 제대로 달고 눕자.'

곽 노인은 물론이고 점소이들도 모두 비슷한 생각을 하고 있었다.

'그래, 갈 놈 가고 올 놈은 와라.'

배동호는 몰래 그를 힐금거리며 바쁘게 자리를 뜨는 다른 주객들의 움직임을 보며 모든 것이 자신 탓이라는 것을 그간의 경험으로 충분히 알고 있었다. 사실 그는 이 조그만 주루 미주향이 사전에 예약을 해야 들어올 수 있다는 것조차 몰랐었다.

손님들의 차림이 모두 값비싼 비단옷인 것을 보고도 그저 '이 동네 놈들은 부자가 많은 모양이군' 했을 따름이지, 이 조그만 주점이 예약까지 해야 하는 까다로운 절차를 자랑하는 유명한 곳이란 건 생각도 하지 못했었다.

'휴, 일각이 십 년 같구나. 어서 실컷 마시고 조용히 자리만 떠다오.'

미주향 사람들 모두 계산대 주변에 서성거리며 배동호가 어서 빨리 나가주기만을 간절히 기다리고 있었다.

쾅!

배동호는 갑자기 벌떡 일어서며 탁자가 부서져라 주먹을 내려쳤다.

"헉!"

'어이구, 저놈이 드디어!'

주인 영감은 그 소리에 찔끔 놀라 하마터면 오줌을 지릴 뻔했다. 다른 네 명의 건장한 점소이들도 마찬가지로 몸을 부르르 떨었다.

술에 취한 배동호의 얼굴이 더욱 악귀같이 변했다.

실업자!

그는 더 이상 표사가 아니었다.

아직도 국주와의 마지막 대화가 어제 일처럼 선했다.

"미안하이, 자네가 그동안 표국에 적잖은 도움을 준 것은 알고 있지만 지난번 일은 표국 내에서도 워낙 뒷말이 많네. 자네가 그런 분에게 함부로 행동한 것이 만에 하나 외부에 알려지기라도 하면 우리 표국은 어떻게 되겠나? 당장 중원 각처에서 비난이 쏟아지는 것은 물론이고 고객들도 등을 돌릴 걸세. 나로서는 감당하기 힘든 일일세."

"하지만 제가 몇 번이나 설명을 드렸듯이 잘못은 그 영감이 한 것이지 제가 한 것이 아니지 않습니까?"

"물론 자네가 잘못했다는 것은 아닐세. 하지만 세상일이란 것이 어디 그런가? 중요한 것은 자네 하나를 보호하려다가 나는 물론이고 우리 표국에 몸을 담고 있는 모든 표사들의 밥줄이 끊어질지도 모른다는 것일세."

사건의 발단은 일 년 전 우연히 연말에 표국의 모든 사람들이 모여 한해를 보내는 술자리를 갖는 자리에서 일어났다.

그해에는 특별히 한 사람씩 자신들이 겪은 재미있는 사건들을 말하는 자리가 마련되었는데 평소 다른 사람들과 대화도 나누지 않던 그였지만 모두들 차례로 말하는 자리라 빠질 수가 없었다.

마침 생각난 것이 대리에서 운송된 책을 두고 군산에서 있었던 남우선이라는 노인과의 운송료 사건이었기에 그 얘기로 좌중을 웃겼었다.

정작 일은 며칠 후에 터졌다.

평소 그에게 감정이 좋지 않던 사람들 중에 남우선이 대단한 학자라는 것을 아는 사람이 있었다. 그는 배동호가 남우선의 멱살을 잡고 흔들었다는 말에 놀라기는 했지만 별다른 생각을 하지 않았는데, 우연히 다른 술자리에서 배동호에 관한 얘기가 나오자 남우선이 누구라는 것에 대해 다른 사람들에게 얘기를 했다.

결국 그 자리에 모였던 사람들은 그 일이 포장하기에 따라 표국에서 배동호를 몰아낼 만한 대형 사건이라는 것을 알았다. 그들은 그 길로 국주에게 달려가 생길지도 모를 사건의 파장을 말하며 빨리 배동호를 내보내야 한다고 부추겼다.

"만약 우리 표국에서 계속 그자를 고용하고 있다가는 무슨 날벼락이 떨어질지도 모르는 일입니다."

국주는 그간 표국 내에서 배동호의 성과가 좋았기에 약간의 망설임이 없지는 않았지만 중원의 대학자라는 남우선의 멱살을 쥐고 흔들었다는 사실은 단순히 꺼림칙한 정도가 아니었다.

그런 종류의 일은 잘못되면 관아로 불려가 경을 치는 것은 물론이고, 남우선을 존경하는 숱한 학자며 관리들의 귀에 그 사실이 들어간다면 그들이 결코 구경만 하고 있지는 않을 것이란 생각이 들었다. 일이 벌어진다면 모든 불똥은 자신의 몫이었다.

'그동안 일 처리는 잘했지만 아무래도 그건 감당하기 어려워.'

자신이 할 수 있는 최선의 일은 배동호를 표국에서 내보내는 일이었기에 국주는 그렇게 결심을 굳혔다.

국주의 통보를 들은 배동호는 기가 막혔다.

그나마 겨우 표국에 붙어 호구라도 하고 있는 것을 고맙게 여겼는데 그렇듯 쉽게 일자리를 잃으리라고는 생각도 못했었다.

사실 사해 표국에서도 그가 맡은 일은 대개 남들이 맡기 싫어하는 일이거나 잘해도 크게 표시가 나지 않는 사소한 표물 운송이 전부였다. 쥐꼬리만한 보수였지만 일은 남보다 몇 배나 해야 했고, 그러다 보니 중원 구석구석 가보지 않은 곳이 없었다. 하지만 그 대가는 간 곳 없고 억울한 해고뿐이었다.

"그 영감탱이가 원흉이야."

배동호는 도저히 남우선을 잊을 수 없었다.

"대체 내 전생에 무슨 업보가 그리 많기에… 허엉!"

배동호는 독한 술을 몇 동이나 마신 후라 감정 조절이 제대로 되지 않는지 끝내 울음을 터뜨렸다.

일자리를 다시 구하는 것도 쉽지 않았기에 표국을 떠날 때 그동안 수고했다며 국주가 건네준 몇십 냥의 은자는 아껴서 썼음에도 불구하고 바닥이 나고 있었다.

배동호는 술에 취에 비칠대며 밖으로 향했다.

"기다려라, 영감탱아! 내가 간다."

뒷모습을 보는 곽 노인과 점소이들은 술값 받을 생각은커녕 그가 행여 발길을 늦출까 가슴을 졸이며 염려했다.

"남우선이 나오라고 해!"

박도를 빼 든 배동호는 석가장이 떠나가라 고함을 쳤다.

남우선이 석가장에 머물고 있다는 사실은 항주에서 서호가 어느 쪽에 있다는 것만큼이나 잘 알려진 사실이었다.

남우선을 존경하는 여러 학자들이 쉬지 않고 장원을 드나들었는데 그들은 대개 조정에 상당한 연줄을 가지고 있는 경우가 많았다. 당연히 항주 지부도 남우선을 거쳐 그런 사람들에게 얼굴도장을 찍기 위해 부지런히 석가장을 드나들었다. 그렇게 들락거리다 보면 행여 남우선이 다른 사람과 말하는 자리에서 자신의 이름 석 자라도 올려줄 기회가 있을 것이고, 그것은 후일 자신에게 중앙의 요직으로 진출할 수 있는 기회로 올 수도 있다는 생각이었다.

지부가 들락거리니 자연히 그 아래 관리들도 얼굴을 들이밀었고, 그러다 보니 석가장은 잠깐 사이에 항주의 명소가 되었다.

"에이, 귀찮아 죽겠네."

끊이지 않는 손님들의 행렬에 남우선으로서는 짜증이 날 일이었지만 정작 무영은 그런 상황을 반기고 있었다.

"석가장은 항주 지부가 지켜주는 형국이니 생각이 있어도 어디 감히 쳐들어올 놈 있겠어?"

무영이 가장 염려하는 것은 장원 식구들의 안전이었다.

동가장에 계속 머물러 있었다면 그곳 문도들의 실력도 웬만하고 외부에 자신의 존재가 알려질 일도 없겠지만, 식솔들이 늘다 보니 눈치가 보여 마지못해 옮겨온 곳이었다.

위진해를 몰래 숨겨놓은 것은 물론이고 남해에서 일을 벌여놓았으니 아무래도 뒤가 근지러운 것은 사실이었다. 그러다 보니 가장 신경쓰이는 것이 안전 문제였는데, 언제부터인가 남우선의 지인 몇몇이 드나들기 시작하더니 이제는 지부며 관리들이 수시로 드나드는 곳이 되고 있었다. 자연히 기찰포교들도 수시로 순검을 돌게 되어 웬만한 잡인들은 얼씬하기도 힘들게 되었다.

"남우선 나와!"

술에 취한 배동호에게는 뵈는 것이 없었다.

오늘 저녁 그런 석가장의 대문은 술에 취한 배동호에 의해 사정없이 흔들리고 있었다.

"문 열어! 남우선이라는 늙은이 나오라고 해!"

미주향의 술은 그 맛만큼이나 독하기로 이름이 있었다. 항주 사람들도 한 동이를 어럿이서 나누어 술맛을 즐기는 것이 보통인데 그걸 혼자서 세 동이나 마셨으니 제정신일 리가 만무했다.

"이놈이 어디서……!"

석가장 정문을 지키는 위사들이 나서기도 전에 포교들이 먼저 우르르 달려들어 배동호를 덮쳤다. 그들은 지부의 특명으로 장원을 은밀히 지키는 자들이었다. 하기는 남우선이 기거하고 있는 석가장에 행여 무슨 변이라도 난다면 항주 지부에 모든 책임이 돌아오리라는 것을 아는 지부로서는 당연한 배려였다.

"누구 밥줄을 끊으려고!"

배동호의 술주정은 번을 서는 포교들을 분노하게 하기에 충분했다.

퍽! 퍽! 퍽!

"어이쿠!"

포교들의 몽둥이가 사정없이 배동호의 전신에 내리꽂히자 배동호가 버티지 못하고 자리에 쓰러졌다.

"엉, 웬 매타작!"

백문호는 마침 볼일이 있어 밖에 나갔다 돌아오던 길에 멀리 장원의 대문 앞에서 벌어지는 그 광경을 목격했다.

'아니, 저자는!'

한 번 보면 영원히 잊을 수 없는 얼굴.

군산의 은국소축에서 운송료를 달라며 남우선의 멱살을 잡고 흔들어대던 바로 그자였다.

'그때 운송료를 덜 주었나? 아니면 남우선 선생이 이번에 뭘 또 안 준 것이 있나?

끔찍하게 생기기는 했지만 그래도 생각보다는 영 경우가 없는 놈은 아니라는 것을 알고 있었다.

'음, 아무튼 이번에도 남 선생이 은자를 제대로 지불하지 못한 게 있는지 모르니… 잘하면 또다시 약점을……'

뭔가 좋은 예감에 백문호는 걸음을 빨리했다.

"여보게들, 잠깐 멈추게. 이 사람은 장원 손님 같은데 아무래도 술에 너무 취한 것 같네."

백문호는 포교들에게 사정없이 몽둥이 찜질을 당하는 배동호의 앞을 황급히 막아서며 말했다.

"예?"

포교들은 깜짝 놀라 경기를 일으켰다.

"아이구, 죄송합니다. 저희는 취객이 행패를 부리는 것으로 알고……."

남우선의 말에 놀란 포교들이 동작 그만의 자세로 멈추었고, 인솔자로 보이는 자가 새파랗게 질린 표정으로 얼른 나서며 말했다.

장원을 드나드는 자들의 안면을 익혀두는 것은 기본이었기에 포교들도 백문호의 얼굴은 알고 있었다. 술주정을 부리던 흉악한 자가 손님이라는 말이 언뜻 믿기지는 않았지만, 아무튼 손님이라니 잘못하다가는 경을 치는 수가 있겠다 싶었는지 나머지 포교들도 황급히 고개를 숙이며 사죄를 했다.

"허, 이 사람아, 여기서 이렇게 취해 주정을 부리면 어쩌나? 어서 안으로 들어가세."

술에 취했지만 아직 귀까지 닫힌 것은 아니었기에 아무튼 그가 매를 피해 백문호의 손에 이끌려 비칠대며 안으로 끌려 들어가자 황급히 달려나온 정문 위사들이 백문호를 도와 그를 부축했다.

술에 취해 그린 것인지 갑자기 몹시 맞아 그런 것인지는 모르겠지만 어쨌든 배동호는 그 길로 정신을 잃었다.

"아니, 그게 무슨 소리요? 그러니까 백 관주의 말은 내가 그자에게 무슨 잘못을 또 저질렀다는 것이오?"

남우선은 야차 같은 그자가 이곳까지 자신을 찾아와 대문간에서 행패를 부렸다는 말에 '쿵' 하고 떨어지는 심장 소리가 들릴 만큼 놀랐다.

"아니, 그럼 아무런 일이 없었다는 말입니까?"

"본인이 그자를 만난 것은 그때가 마지막이었소이다."

남우선의 말에 백문호가 고개를 갸우뚱했다. 하기는 자신이 알기로도 함께 죽 있었으니 그의 말이 맞는 듯했다.

"아니, 그럼 그자가 왜 이 장원에 와서 행패를 부리지요?"

기억을 더듬어보았지만 '남우선이 나오라고 해' 하는 백문호의 고함 소리를 잘못 들은 것 같지는 않았다.

"내일 그자가 깨어나거든 물어보도록 합시다."

하기는 당사자가 인사불성이니 달리 물어볼 곳도 없었다.

다음날 날이 미처 밝기도 전에 남우선은 조용히 그자를 찾았다. 혹시라도 자신도 모르는 망신스러운 일이 또 일어날까 조바심이 났기 때문이었다. 지난번 여러 사람들 앞에서 당했던 망신스러운 기억은 그의 머리 깊숙한 곳에 각인되어 있었다.

배동호는 침상에서 일어나 앉아 있었다.

좋은 술이었는지 숙취는 크게 없었지만 술기운이 남아 전신에 기운이 하나도 없었고 포교들에게 두들겨 맞아 여기저기 멍 자국이 남아 있었다. 비록 어제 술에 취해 있었지만 장원 문전에서 포교들에게 두들겨 맞았던 것만은 기억했다.

"엉?"

남우선을 본 배동호가 먼저 놀라 화닥닥 침상에서 일어나 자세를 바로 했다. 남우선이 어떤 존재라는 것은 이제 그도 잘 알고 있었다. 어제 포교들에게 맞은 곳이 여기저기 쑤셔왔지만 예상치 못한 남우선의 방문으로 받은 충격이 그 아픔을 잊게 했다.

'음, 이거 큰일 났군.'

그는 그제야 이곳이 어딘지 알았다.

항주 바닥에서 듣기로 이곳 석가장이 그리 만만한 곳은 아니라는 사실을 귀동냥으로 들어 알고 있었다. 이 자리에서 아차 실수라도 하는 날이면 그대로 관아에 끌려가 물고를 당하는 수가 있다는 생각이 들었기에 그는 얼른 남우선에게 다가가 무릎을 꿇었다.

'허걱!'

자신을 향해 덮치듯 침상에서 내려오는 그를 본 남우선은 크게 놀랐다가 고개를 숙이는 것을 보고는 속으로 헛바람을 켜며 겨우 마음을 진정시켰다. 흉신악살처럼 생긴 덩치 큰 배동호의 행동은 정말이지 남우선의 고매한 학문적 수양이 없었다면 비명이라도 질렀을 상황이었다.

'휴우, 이 사람아, 인사를 하려는 것이었으면 미리 말 좀 하지 않고……. 꼭 나를 덮치는 줄 알았네.'

옛일을 잊지 못하는 남우선은 여전히 긴장을 풀지 못했다.

"제, 제가 어제저녁 그만 술에 취해 무슨 잘못이나 저지르지 않았는지 모르겠습니다."

자세히는 기억하지 못하지만 뭔가 일이 잘못되었다는 생각은 확실한지라 배동호는 떨리는 음성으로 말했다.

"험, 군산에서 만난 이래로 나는 자네를 오늘 처음 보는 것일세. 어제 나를 찾았다는 소리에 잠깐 들렀네."

긴장을 풀기 위한 노력으로 가벼운 헛기침과 함께 점잖은 말투로 남우선이 말했다.

그 말에 배동호는 내심 가슴을 쓸어내렸다.

'휴우, 다행히 실수는 하지 않은 모양이구나.'

"그래, 무슨 일인가?"

남우선이 재차 대답을 청했다.

"그, 그게⋯⋯."

막상 그렇게 물으니 배동호로서는 달리 할 말이 없었다.

따지고 보자면 남우선은 대리에서 온 책자의 운반료가 없다고 버티다가 자신에게 멱살을 잡혀 내동댕이쳐진 적이 있는 가엾은 노인네일 따름이었다. 마땅한 대답을 찾지 못한 배동호가 얼굴을 붉히자 남우선의 가슴이 철렁했다.

'헉! 저, 저자가 무슨 딴생각을⋯⋯?'

울퉁불퉁한 배동호의 얼굴이 붉어지자 마치 지옥야차가 현신하지 않았나 하는 착각이 들 정도였다. 안색의 변화에 너무 놀라 수십 년을 쌓아온 학문적 수양이 무너지며 하체가 힘을 잃어 몸이 비틀거리는 것을 겨우 버텼다.

"죄, 죄송합니다. 사실은 선생님께 불경을 저지른 잘못으로 제가 일자리를 잃었습니다. 어제는 술에 취해 공연히 이곳에 와서 소란을 피운 것이니 용서해 주십시오."

비틀거리는 남우선의 움직임에 사태를 짐작한 배동호는 에라, 나도 모르겠다 하는 심정으로 재빨리 대답했다.

"허, 그런 일이."

그제야 남우선은 전후 사정을 짐작했다.

"그저 송구스러울 따름입니다. 용서해 주십시오."

행여 상대가 놀라지 않을까 염려스러웠던 배동호가 부드러운 어조로 사죄를 청하자 남우선도 겨우 평정을 되찾았다.

"사정이 그렇게 딱하다면 진즉에 나를 찾아오지 그랬는가? 내가 큰 힘은 없지만 그래도 어디서 자네가 호구할 정도의 일자리 하나 찾아주지 못하겠는가?"

막상 듣고 보니 자신 때문에 실직을 당했다는 소리라 미안한 마음이 없지 않았던 남우선은 체면치레로 그렇게 말했다. 한창 나이이니 정말 일자리를 구해주려고 마음을 먹는다면 어렵지도 않을 거라는 생각이었다.

'엉? 진즉에 찾아올걸.'

지독히도 흉악한 얼굴 덕분에 겨우 표사 겸 해결사로 호구를 하던 그는 실직을 당한 후로 아무도 받아주는 곳이 없었기에 귀가 번쩍 뜨이는 말이었다.

오죽했으면 산도적의 무리 속으로 들어가 산적질이나 해먹겠다고 나서보기도 했지만 그의 외모는 녹림에서도 환영을 받지 못했다.

"험, 미안하이. 자네는 너무 재수가 없게 생겨 영업에 지장을 초래할까 염려가 돼 도저히 받아줄 수가 없네. 그리고 요새는 수시로 관아에서 초상화까지 곁들인 방을 붙이는 형편인데, 자네의 외모는 너무 특징적이라 우리까지 뒤가 좋지 않아. 자네를 우리 패거리에 넣는다는 것은 '우리 여기 있소' 하고 꼬리표를 달고 다니는 것과 같다는 말일세."

지독스레 생긴 외모지만 산적들에게는 오히려 환영받을지 모른다는 큰 기대를 안고 천중산을 찾았건만 소두목으로부터 들은 말은 그랬다. 재수없다는 말은 예상할 수도 있었지만 '꼬리표'가 된다는 말은 미처 생각지 못한 점이었다.

'나같이 쓸모없는 놈은 어서 죽어야 돼.'

숲 속에 쭉쭉 뻗은 숱한 나무들을 보며 당장 거기에 목을 매 죽어버리고 싶은 충동까지 있었지만, 모진 것이 목숨이라 겨우겨우 참고 참으며 산을 내려왔었다.

"부탁드립니다. 진심으로 부탁드립니다. 배운 것이라고는 이류 정도인 무공이 전부지만 항상 최선을 다해 살아온 놈이올시다."

배동호는 모처럼 찾아온 기회를 놓치지 않기 위해 자기소개까지 해가며 간청했다.

"걱정하지 말게. 내가 힘을 써볼 테니 그때까지 이곳에 머물게."

남우선은 그렇게 위로하고는 방을 나왔다.

'휴, 다행이군. 진작 말하지…… . 정말 놀랐다네.'

그래도 큰일이 아니어서 다행이라고 자위하며 방을 나선 그는 혹시라도 창피스러운 과거지사가 불거질까 얼른 일자리나 찾아주어 장원에서 떠나보내야겠다고 마음먹었다.

무영도 그날 아침에 그 소식을 들었다.

조씨 오 형제의 둘째인 조이가 장원의 경비를 책임지고 있었다.

그동안 장원을 지키는 무인들도 상당히 보강해 자체로만 오십에 이르렀지만 아직 그 실력이라는 것이 어디 내어놓을 만한 수준은 아니었기에 그는 장원의 경비에 상당히 신경을 쓰고 있었다.

수문위사로부터 전날 저녁의 일을 보고받은 그는 처음에는 사소한 일이라 생각해 묵살하려고 했다. 하지만 외모가 심각한 범죄형이라는 보고까지 받은 터라 잠깐 고민을 하다가 후일 무슨 일이라도 터지면 곤란하다는 생각이 들어 무영에게 보고를 하기로 했다.

"음, 그러니까 스승님을 나오라고 하며 소동을 피웠다는 말이지?"

"예, 여러 사람이 함께 들었다고 하니 틀림없습니다."

'음, 수상한데.'

남우선이라고 콕 집어 말이 나왔다면 경위를 알아볼 필요가 있을 것 같아 무영은 조이를 대동하고 객방으로 향했다. 남우선을 상대로 술에 취해 주사를 한 이유가 무척이나 궁금했고, 백문호가 손님이라고 하며 모셔가다시피 했다는 대목이 더욱 이상했다.

무영이 객방으로 향하는 사이 남우선은 객방과 멀리 떨어지지 않은 곳에서 은근히 가슴을 졸이며 객방 드나드는 사람이 있을까 걱정하고 있었다. 사실 그때 있었던 일은 백문호와 풍진악에게 사정하다시피 해서 일절 외부에 알려지지 않았었는데 이렇게 뒤통수를 맞을 일이 생길 줄은 미처 생각도 못했다.

보통 사람들이 생각하면 별것 아닌 일일 수도 있지만 중원천하의 대학자이며 양심 인물임을 자처하는 남우선으로서는 자칫 자신의 명성에 오점을 남길 수도 있는 창피스러운 사건이었다.

'일자리를 약속한 것은 아무래도 내가 무리했어.'

약속대로 막상 배동호의 일자리를 마련해 보려고 생각하니 마땅치가 않았기에 이래저래 고민이 많았다. 도적질도 해본 놈이 한다고 남에게 청탁을 한다는 것에 대해서 극도의 혐오감을 갖고 있는 그가 부탁을 해야 한다는 것은 쉬운 일이 아니었다.

'아니, 저 녀석이!'

그런 그의 눈에 조이를 대동하고 씩씩하게 객방으로 향하는 무영의 모습이 들어왔다.

'어, 어, 저리로 가면 안 되는데.'

무영을 본 남우선이 허둥거렸다.

생각 같아서는 얼른 나서서 앞길을 막아서고 싶었지만 그럴 수는 없었다.

'어이구, 다른 사람은 몰라도 저 녀석만은 알면 곤란한데……'

다른 핑계로 불러 엉뚱한 곳으로 끌고 가고 싶었지만 작심하고 찾는 것 같으니 그럴 수도 없었다.

'에이구, 어쩔 수 없지.'

남우선은 절레절레 고개를 흔들며 얼른 자리를 피했다.

다음날 아침 보퉁이 하나만 달랑 둘러멘 삼십 대 후반의 장한이 조용히 석가장을 나섰다. 길을 떠나는 장한의 걸음걸이는 무척이나 가벼워 보였다.

무뚝뚝한 얼굴의 장한은 무영의 권고에 따라 인피면구를 쓰고 길을 나선 배동호였다.

"그렇다면 왜 인피면구를 쓸 생각은 하지 않았지요?"

어제 무영을 만났을 때 들은 말이었다.

다른 사람은 몰라도 배동호에게 그 말은 엄청난 충격으로 다가왔다. 그동안 그 숱한 세월을 힘들게 살아오면서 그런 생각조차도 하지 못했다니 정말 한심하단 생각이 들었다. 하기는 말해 줄 친한 친구 하나 없었고, 누가 자신의 외모에 대해 입을 놀리는 것도 싫어했기에 그런 손쉬운 조언조차도 듣지 못했으니… 모든 것이 자신의 탓이었다.

"광동, 복건, 운남 지역의 광동 상방 각 공소를 탐문해 지금의 활동 상황을

조사해 주시겠소? 일테면 명령 체계나 취급 물품, 그리고 무장의 정도, 현재
상황, 경쟁 관계 등등 말이오."

무영이 그에게 내린 임무였다.

'살다 보면 언젠가는 기회가 오기 마련이라지……'

그는 지금 스스로 생각하기에도 처음이라 할 수 있는 '막중한 책임'
을 안고 길을 나서는 참이었다.

배동호가 나타난 것은 그뿐만 아니라 무영에게도 좋은 전기를 마련
해 주었다. 그는 위진해의 광동 상방을 복구하는 일을 추진하기 위해
적임자를 찾던 중이었다.

청해삼호는 이제 훌쩍 커버려 곤륜파 내에서 독자적인 길을 가고 있
기에 무영이 지시를 하기에는 여러모로 껄끄러운 점이 많았다.

조씨 오 형제도 조일과 조삼은 곤륜파 일에 깊숙이 간여하고 있었고,
그게 아니라도 강호 경험이 적어 얽히고설킨 일을 조사하고 풀어가기
에는 무리라는 생각이었다.

날마다 볶아대는 위진해의 잔소리에 이래서대 고심이 많던 차에 배
동호를 보고는 즉석에서 내린 결정이었다.

무공은 평범했지만 눈치가 감각적으로 빨라 그런 일에는 적임자라
는 판단이 들었고, 의외로 충직한 태도가 마음에 들었다. 십수 년을 표
사로만 일했다면 맡은 일에 대한 충성심도 충분하다는 증거였다.

게다가 다른 가까운 사람에게 일을 맡겼을 때를 비교할 때 무영이
심적으로 느껴야 하는 부담감이 상당히 적다는 것도 한 가지 이유였다.

한편으로는 배동호에게 일자리를 찾아주어야 하는 남우선의 체면을
세워주기에도 충분한 일이었고, 설명을 들은 배동호도 적극적으로 원

했기에 일이 일사천리로 진행됐다.

배동호는 몸을 떨었었다.

'기회야. 내게도 운이 트인 게야!'

숱하기 지내온 설움과 보이지 않는 은근한 멸시 속에서 살아온 기구한 인생이었다.

'해낼 수 있어.'

배운 것이라고는 표사 일밖에 없었지만 돌아가는 상황을 보는 눈이나 맡은 일에 대한 열정만은 어느 누구에게도 빠지지 않을 자신이 있었다. 인피면구를 하고 길을 나선 이래로 누구도 자신을 힐끔거리며 보는 놈은 없었다.

'이렇게 좋은 걸 예전에는 왜 몰랐지? 진작 쓸걸.'

그는 볼을 어루만져 면구의 감각을 느끼며 그런 생각을 했다.

아무도 자신에게 눈길을 두지 않는다는 사실만으로도 그의 발걸음은 충분히 가벼웠고 날아갈 듯 자신이 넘쳤다. 마치 무거운 큰 짐을 벗어던진 느낌이었다.

"기다려라, 강호야. 이 배동호가 간다!"

호젓한 산길에 들어서자 그는 목청을 높여 소리 질렀다.

광동, 복건, 운남 지역이라면 그동안 수백 번을 오간 익숙한 곳이었다. 배동호의 걸음에 힘이 넘쳤다.

하지만 배동호를 좇는 눈길이 있었다.

'음, 저놈 이름이 배동호인 게로군.'

그가 석가장을 나선 이래로 한시도 뒤를 놓치지 않았던 눈이었다.

추적자는 중년 사내로 상대가 눈치 채지 못하도록 먼발치에서 적당한 거리를 유지하며 뒤를 좇고 있었다. 하지만 몰래 남의 뒤를 밟는다는 것도 여간 성가신 일이 아니었는지라 그는 배동호가 항주를 벗어나자 곧바로 모습을 드러냈다.

"이보게, 배동호. 어딜 그리 바삐 가시나?"

인적이 드문 산길에 들어서자 중년 사내가 모습을 드러내 배동호의 앞을 막아서며 물었다.

'헛!'

배동호는 뒤늦게 누가 따른다는 것을 알았지만 그저 지나는 길손으로 여겼는데, 자신의 이름까지 불러가며 순식간에 몸을 날려 막아서자 깜짝 놀랐다. 신법으로 보아 무공도 예사롭지 않은 놈이었다.

"누구요? 왜 앞을 막아서는 게요?"

"흐흐흐, 네놈에게 몇 가지 물어볼 것이 있어서 그런다."

사내의 말투가 흉험하게 바뀌었다.

"……!"

"석가장을 나설 때부터 죽 뒤를 따랐으니 헛소릴랑 말고 묻는 말에 대답해 주는 것이 네놈에게도 편할 것이다. 지금 네놈이 가는 곳이 어디냐?"

장원에서부터라는 상대의 말에 배동호는 긴장했다.

'음, 이런 추적자까지 따르는 것을 보니 과연 이번에 내가 맡은 일이 예사로운 일은 아니었구나.'

이런 위급한 상황에서도 무공이 높은 추적자까지 따르는 큰일을 맡은 자신에 대해 내심 뿌듯해했다.

"갈 길을 가고 있소."

"용건은?"

"할 일을 하러 가오."

완전히 놀리는 대답 그 이상은 아니었다.

"후후후, 관을 보기 전에는 눈물을 흘리지 않을 놈이로군."

사내는 징그러운 웃음을 띠더니 왼손을 뻗어 배동호의 안면을 잡아채 왔다. 이미 대비를 하고 있던 배동호는 재빨리 얼굴을 돌려 피하며 몸을 숙이는 것과 동시에 오른발로 상대의 허리를 후려 찼지만, 상대는 기다리고 있었다는 듯이 몸을 틀어 배동호의 발길질을 피하며 어렵지 않게 그의 목을 거머쥐었다.

"커억!"

배동호는 숨을 쉬지 못하고 캑캑거렸다. 눈앞에 있는 사내는 결코 그의 상대가 아니었다.

"불어라!"

"캐캑, 모, 못하겠……."

목에 칼이 들어와도 버티는 더러운 성질은 있었다.

"흐흐, 인피면구를 썼군."

사내는 그의 말을 무시하고 배동호의 목을 잡아 인피면구를 벗겨내며 말했다.

면구를 벗겨내자 배동호의 진면목이 드러났다.

"헉!"

사내는 흉신악귀 같은 배동호의 얼굴에 순간적으로 충격을 받아 멈칫거렸다.

픽!

배동호가 때를 놓치지 않고 몸을 돌리며 사내의 낭심을 무릎으로 올려 찼다. 그를 우습게 본 사내가 방심하고 혈도를 짚어두지 않은 것이 천만다행이었다.

후려 찬 무릎에 물컹한 그 무엇이 느껴졌다.

"으악!"

사내는 배동호의 목덜미를 잡았던 손을 놓치며 자신의 거시기를 잡고 정신없이 뒹굴었다.

"아구구구구……."

사내의 비명 소리는 애처로울 정도였다.

배동호는 불안했던 까닭에 사내의 견정혈은 물론이고 천돌혈, 신당혈, 중부혈 등 이곳저곳 아는 혈도는 죄다 제압했다.

"웬 놈이기에 뒤를 몰래 따라와 묻느냐?"

"에구구……."

하지만 거시기를 얼마나 세게 차였던지 사내는 아직도 정신을 차리지 못하고 있었기에 고통스런 표정만 지을 뿐 대답할 엄두도 내지 못하고 비명만 질렀다.

"말하기 싫으면 그만둬."

배동호는 사내를 번쩍 들더니 그대로 땅에 내동댕이쳤다.

그저 이류에서도 말석에 불과한 그의 무공이니 분근착골이니 하는 특별한 고문을 아는 것도 없었기에 그저 대충 걸리는 대로 후려잡고 집어 던지는 것이 다였다.

"캑!"

사내는 그대로 바닥에 내동댕이쳐지며 비명을 질렀다.

"우샤!"

끔찍한 비명 소리에도 배동호는 조금의 사정을 봐주지 않고 다시 사내에게 달려들어 번쩍 들어 내던졌다.

"컥!"

몸이 진탕되며 그 충격으로 호흡이 막힌 사내는 비명도 제대로 지르지 못했다.

"우이샤!"

마땅한 방법을 알지 못하는 배동호는 그저 집어 던지기만을 계속했다.

'이, 이런 무식한 놈!'

강호에 출도한 지 몇 년이 되었지만 이렇게 무식하고 황당한 놈은 처음이었다. 그저 번쩍 집어서 내팽개치기만 하는데 그냥 맨바닥이니 아픔보다 몸에 전해지는 충격이 전율 그 자체였다.

'미친놈!'

"아라차차!"

"컥!"

'이, 이 미친놈, 강호에 개구리 잡으러 나왔나……'

하지만 생각이 이어질 틈도 없었다.

"헤이요!"

"끽!"

배동호가 다시 번쩍 들어 집어 던지자 그저 비명만 터져 나왔다.

'사, 사람이 아니야!'

그렇게 하기를 몇 번, 죽음에 대한 공포가 아무 생각도 못하고 아픔만 느끼던 사내의 전신을 휩쓸었다.

차라리 분근착골이라면 이를 악물고라도 참아볼 요량이었다. 하지만 충격 속에서도 바닥에 창자를 흘리며 뻗어버린 자신의 모습을 상상하자 더 이상 이성을 지킬 수 없었다. 게다가 그 와중에도 얼핏 상대의 눈빛을 보니 핏발이 선 것이 이미 눈이 돌아 있었다.

'미쳤어!'

그의 눈에 어리는 광기를 본 사내는 더 이상 버틸 생각을 포기했다.

"마, 말… 말……."

배동호의 손이 다시 그의 허리춤을 잡는 순간 사내는 온 힘을 다 쏟아가며 황급히 말했다. 그동안 받은 충격이 너무 심해 말도 제대로 나오지 않았지만 혼신의 힘을 다했다.

배동호는 정말 미쳐 있었다.

사내를 내팽개치는 순간 어릴 적에 개구리를 잡아 다리를 쥐고 땅에 메치던 기억이 떠올랐다.

개구리 패대기치기는 그가 어릴 적에 숱한 동네 아이들의 놀림과 기피 속에서 가슴속 응어리를 해소했던 몇 안 되는 놀이 중 하나였다. 내동댕이쳐진 개구리가 사지를 바르르 떨 때마다 몸속에 감도는 야릇한 희열을 느끼곤 했었다.

그런데 그 광기가 지금 살아나고 있었다.

사내의 허리춤을 잡아 번쩍 드는 순간 어릴 적 개구리 뒷다리를 잡아 뱅뱅 돌리다가 내팽개치던 생각이 났다.

"하야!"

지금 그에게 사내는 그저 약간 무거운 개구리일 뿐이었다.

배동호가 메치는 것은 사내가 아니라 지난 수십 년을 살아오며 가슴속 깊이 묻어두었던 한 많은 인생살이의 괴로운 응어리들이었다.

'엉?'

다시 한 번 내동댕이치려고 사내를 번쩍 드는 순간 울음 섞인 긴박한 사정 소리에 그제야 배동호는 제정신이 돌아왔다.

"헉, 헉!"

배동호는 잠시 숨을 골랐다.

"무, 묻기도 귀찮다. 줄줄… 불어라."

그는 그렇게 말하고는 사내의 곁에 털썩 주저앉았다.

악귀 같은 형상에 숨을 몰아쉬며 땀을 흘리는 배동호의 얼굴을 보는 순간 사내는 생각을 잊었다. 놈은 사람이 아니라 지옥 야차였다.

"나, 나는 소주 금검문의 무술 사범이오. 석가장의 출입자를 감시하고 밖으로 나서는 자가 있으면 은밀히 뒤를 캐라는 명령을 받았소."

배동호의 얼굴에 실망이 스쳤다. 놈이 쫓아온 것은 특별히 자신이 막중한 임무를 띠어서가 아니고 그저 출입하는 모든 놈 중 하나를 뒤따른 것에 불과했다.

"그래서?"

"그래서 귀하를 쫓다가 이곳에서 잡아 알아내려는 것이었소."

"그래서?"

사내는 밑도 끝도 없는 배동호의 '그래서'에 무척 당황했다. 계속 '그래서'라니, 대체 무슨 얘기를 어떻게 하라는 것인가? 하지만 무슨 말이라도 해야 한다는 생각이 앞섰다.

"감시하는 사람은 모두 스무 명 정도 되는 것 같은데 우리 금검문에서 나온 사람은 다섯이오. 다른 사람들은 어디서 나왔는지 알 수 없소. 석가장 주위를 돌며 감시하는데, 약속된 신호를 보아야 우리 편을 확인할 수 있을 뿐이오."

"그래서?"

질문을 하면서도 혹시 혈도가 풀어졌을까 수시로 사내의 요혈을 짚어 단속을 해가며 효과가 좋아 보이는 '그래서'를 반복했다.

배동호 자신으로서도 아직 장원에 대해 뚜렷이 아는 것이 없고, 그저 대략적으로 상황을 설명받고 나서는 길이었기에 상대에게 문초할 말을 생각해 내는 것도 쉽지 않았다.

"그래서 우, 우리는……."

사내가 무슨 말을 더 해야 할지 고민하며 버벅거리자 배동호의 눈초리가 위로 올라갔다.

"그, 그래서, 에… 우리는 문향교에 편입되었소. 몇몇 간부들만 아는 사실이오."

뜻밖의 말에 이번에는 배동호가 아무런 말도 없이 사내의 입만 응시했다. 계속하라는 뜻이었다.

"언제라도 석가장에 대한 공격 명령이 있으면 즉시 칠 수 있도록 인근 몇 개의 무도관과 총단의 지원 병력이 대기 중이오. 그리고 우리도 모르는 상당수의 고수들이 속속 항주로 집결하고 있소."

사내는 비밀을 말한 이상 미련이 떨쳤는지 술술 입을 열었다. 그의 말에 배동호의 안면이 꿈틀댔다.

"그래서?"

"보, 본인이 보기에 수일 내로 석가장은… 공격을 당할 것이오."

갑자기 말을 하던 사내의 얼굴이 붉어지더니 울컥하며 핏덩이를 토해냈다. 배동호의 패대기로 내장이 온통 뒤흔들려 크게 상한 것이 틀림없었다.

"웩, 웩!"

사내의 안색이 파리하게 변하더니 입으로 피를 계속 쏟았다.

패대기질에 몸이 많이 상해 무척 고통스러웠지만 배동호의 험한 기세에 고통을 잊고 대답만 하다가 드디어 감당하지 못하게 되자 피를 토하게 된 것이었다.

"울컥!"

사내는 시커먼 피 한 덩이를 쏟더니 눈알에 초점을 잃고는 쿵 하며 옆으로 쓰러졌다.

"뭐야!"

'그래서'를 계속하려던 배동호가 자세히 살펴보니 이미 정신을 잃고 혼절한 것이 틀림없었다.

이대로 임무를 계속 진행해야 하나 하고 망설였지만 석가장이 망한다면 자신이 일을 잘 마쳐도 별무소득이라는 생각이 들자 아무래도 장원으로 돌아가 이 일을 알리는 것이 순서 같았다.

사내를 어떻게 해야 하나 하고 망설이는데 아무래도 기척이 이상했다. 가만히 코에 손을 대니 숨결이 전혀 느껴지지 않았다.

'뒈졌군.'

어차피 살려 보내기도 힘들었다는 생각으로 애써 자위하며 사내의 시체를 숲 안쪽으로 치워둔 그는 급히 장원으로 발걸음을 돌렸다.

'젠장 복없는 놈은 뒤로 자빠져도 코가 깨진다고 하더니⋯⋯.'

오랜만에 일다운 일을 맡았다고 내심 기뻐하며 흥분했었는데 이제는 어떻게 돌아가는지 도무지 한 치 앞도 내다보기 힘든 상황이었다.

급한 마음이 배동호를 허둥거리게 했다.

무림맹 정천당.

역무군은 낯선 방문자를 맞고 있었다.

방문자와 얘기를 나눈 지도 이미 반 시진이 넘어서고 있었다.

"이미 절반 이상의 문파들이 무림맹을 탈퇴한 것은 물론이고 아직 남아 있는 대소문파들 중에서도 무림맹주령의 권위를 인정하는 곳은 절반에도 못 미칠 것이외다.”

“내게 그런 말을 하는 이유가 무엇이오?”

역무군의 자못 불쾌한 어조로 말을 받았다.

초면에 긴한 말이라며 주위를 물려달라는 그의 요구에 따라 정천당에는 그와 상대 둘뿐이었다.

단지 스스로를 악화라고만 소개한 상대는 자신에 대해 밝힌 것이 없었지만 그가 대단한 고수라는 것은 한눈에 알 수 있었다. 아마도 무림에서도 그를 상대할 수 있는 자는 손으로 꼽을 것이었다.

상대가 역용했다는 것을 쉽게 눈치 챌 수 있었지만 역무군은 굳이 탓하지 않았다. 역용까지 한 것은 피치 못할 사정이 있을 것이니 물을 필요도 없었고, 상대의 의도는 말을 나누다 보면 자연스레 알 수 있을 것이었다.

“이미 무림의 십여 개 대소문파가 우리와 뜻을 같이하였소.”

사내는 역무군의 말을 무시하고 계속 말을 이었다.

‘응?’

문득 상대의 눈빛이 무척이나 낯이 익다는 생각이 들었다.

‘어디서 보았던가?’

역무군은 기억을 더듬었다.

“팽 장주는 물론이고 중원 각지의 십여 개 문파가 이미 우리와 힘을 합치기로 약속했소.”

‘음!’

역무군은 내심 숨을 들이켰다. 팽수라면 개인적인 교분은 물론이고 그동안 무림맹 내에서 그에게 가장 큰 힘을 실어주던 우군이었다.

“무엇이 두려우시오? 이미 구파일방이 주도하는 무림은 그대에게서 등을 돌렸고, 이제 천하는 그대로 하여금 어느 편에 설 것인가 결정할 것을 요구하고 있소."

사내는 그 말을 끝으로 입을 닫고는 조용히 역무군의 눈을 응시했다. 자신이 할 말은 다 했으니 답을 기다리겠다는 태도였다.

"음."

역무군은 낮은 신음성을 냈다.

상대는 같이 천하를 도모하자고 하고 있었다. 만약 이 자리에서 상대의 제의를 거부한다면 자신을 제거하려는 생각임이 틀림없었다. 정도제일고수인 자신의 면전에서 당당하게 협상을 하러 왔다면 그 정도의 준비는 했을 것이었다.

상대가 비밀을 밝힐 때부터 이미 전제로 되어 있는 상황이었다.

말 한마디에 목숨이 오가는 중요한 결정을 내려야 하는 상황이었지만 역무군은 조금도 긴장하지 않았다. 당당한 눈앞의 상대에 대한 알지 못할 두려움이 전혀 없는 것은 아니었지만 무림맹의 맹주로서 중원 무림에서 버림받은 상처를 이런 식으로 달래야 하는가에 대한 처연함은 있었다.

'결국 이렇게 되나?'

문득 이 모든 것이 저들의 계략이라는 생각이 들었다.

엄청난 뇌물을 자신에게 안기고 그 사실을 노출시켜 자신에 대한 무림인들의 신뢰가 떨어지게 하고, 다시 무당의 현하를 죽여 내분을 획책하는 것은 물론 무림맹에 난입해 여러 장문인들을 죽인 것.

'그랬었군. 허허허, 대단한 자들이야.'

만약 그들이 무림맹에 모인 모든 장문인들을 죽였더라면 무림각파는 잠깐 동안 타격을 받겠지만 이내 수습하고 마교를 향해 전력을 다해 복수의 칼을 들이댔을 것이리라.

심계가 깊은 자들이었다.

교묘한 계략으로 무림맹을 갈라놓았고 자신을 향해 어제의 동지들에게 칼을 겨누어 서로 상잔을 벌이라고 강요하고 있다. 역무군은 놈들의 치밀한 계략에 그저 혀를 내두를 따름이었다.

마침내 고뇌하던 역무군이 고개를 들었다.

"내게 돌아올 이득이 무엇이오?"

동맹의 조건만 남겨놓은… 이미 상대의 제안에 응낙을 염두에 둔 질문이었다.

"후후후, 역시 역 맹주는 시세를 아는 준걸이라 할 수 있소. 만세야께서는 당신을 무림왕에 봉하라는 교지를 내리셨소. 그분께서 천하를 도모하시면 무림왕은 일인지하 만인지상의 지위로써 무림을 다스리게 될 것이오."

"……!"

단순히 좋은 조건 정도가 아니었다. 상대는 그의 표정 변화를 주시하며 말을 이어갔다.

"우리가 역 맹주께 그 바탕이 되는 힘을 실어드릴 것이오. 대신 무림인들이 천명을 얻으신 만세야님의 행보에 걸림돌이 되지 않게만 만들어주실 것을 부탁드리겠소."

더 이상 망설일 까닭이 없었다.

"이번 협상이 서로에게 이로움만이 있는 상승(相乘)의 결과를 가져오기를 바라겠소."

조건에 만족한 역무군이 벌떡 일어나 포권을 취하자 상대도 벌떡 일어나 그를 향해 같은 자세를 취했다.

끝까지 무표정한 사내, 자신의 호승심마저도 자극해 슬쩍 내력을 흘려 상대의 내력 수위를 알아보고 싶은 마음까지 들게 하는 그런 깊은 눈빛을 가진 사내였다.

협상은 끝났다.

방문자는 올 때와 같이 표정없는 얼굴로 무림맹을 떠났다.

역무군은 정천당 안을 뒷짐 지고 오갔다.

'후후후, 이제야 뭔가 감이 오는군.'

역무군의 입가에 묘한 미소가 오갔다.

각대문파가 무림맹을 탈퇴하며 그들이 파견했던 제자들도 철수했기에 일대 변화를 맞고 있었다. 지금 무림맹을 채우고 있는 전력은 역무군의 수족이랄 수 있는 옥허궁의 수하들과 탈퇴하지 않고 남은 중소문파에서 파견한 백여 명의 무인들이 각대문파 사람들이 철수한 빈자리를 메우고 있었다.

역무군이 우뚝 자리에 섰다.

'왕후장상이 별건가?'

무림왕이 될 수 있다면 그 이상이 되는 것도 어렵지 않을 것이었다.

옥허궁의 정예 일천.

그동안 금릉전장으로부터 받은 수백만 냥의 은자를 바탕으로 몇 배나 불려놓아 무림 구파일방에 견주어 전혀 뒤지지 않을 전력이 있었다.

"맞아, 그놈이었군."

그는 돌연 무릎을 쳤다.

불이검귀의 전인일 것이라 짐작했던 자.

구대문파와 자신을 갈라놓으려고 수작을 부렸던 놈이었다.

'그림이 그려지는군.'

"뇌광을 불러라."

정천당 밖에 대기하고 있을 관철운을 향해 소리치는 역무군의 눈빛에 탐욕이 흘렀다.

"알겠습니다."

잠시 후 뇌광이 부름을 받고 정천당으로 들어왔다.

"맹주령을 발동해 각 파의 수장들을 소집해라. 응하지 않는 문파는 따로 목록을 작성하고 철저히 전력을 파악해 두어라."

"존명."

역무군은 가면을 벗기로 했다. 그동안 부단히도 내면의 본심과 싸워왔던 그였다.

'내게 어울리지 않는 인의를 지키기 위해 남의 눈치를 보며 살아왔던 세월도 이제는 끝이로군. 그동안 맹주 자리에 연연해 마음에도 없는 인의를 베풀었지…….'

무림의 은둔지라 불리는 옥허궁에 들어가 궁주의 금지옥엽 마음을 빼앗아 데릴사위가 되어 후에 궁주의 지위에 올랐고, 교묘한 처세로 구파일방 알력의 틈을 비집고 무림맹주가 되었다.

'이젠 무림왕인가?'

빙긋 웃는 역무군의 시선이 벽에 걸린 검으로 향했다.

'내 진면목을 보여주지.'

그동안 보이지 않는 손에 눌려 펼치지 못했던 야망이었다.

이제 놈들이 먼저 손을 뻗었다.

"게 있느냐?"

관철운이 들어왔다.

"두 사형에게 연락을 해 때가 되었으니 준비하라고 일러라. 그리고 옥허궁에 서신을 보내 이리로 이백을 추가로 파견하라고 해라."

"명을 받습니다."

관철운이 물러갔다.

"틀림없이 주변에 나를 감시하는 놈들이 있을 것이다. 감시자를 하나도 빼지 말고 파악해 두도록 해라. 절대 눈치 채지 않도록 하고."

아무도 없는 집무실에서 역무군이 말했다.

"존명!"

하지만 어디선가 그의 말에 대답을 하는 자가 있었다.

"후후후, 너무 일찍 모습을 드러내는군. 자네는 나를 너무 쉽게 생각하고 있다네. 자네가 졌어."

역무군의 눈에서 순간적으로 살광이 비치더니 사라졌다.

소주에서 항주로 이르는 수로를 타고 내려오는 여러 척의 중형 쾌속선들이 있었다.

조금이라도 장강을 아는 사람들은 배에 달린 깃발만 보고도 그들이 장강의 무법자인 십팔수로채의 배들이라는 것을 한눈에 알아볼 수 있었다. 굳이 요란한 깃발이 아니더라도 장강에서 이런 규모의 무장쾌속선단을 거침없이 운행하는 무리는 관군을 제외하고 장강수로채뿐이 없었다.

선단을 보자마자 고기 잡는 어선들은 물론 여객선이며 운반선 가릴 것 없이 혹시라도 자신들에게 무슨 불똥이라도 튈까 하는 걱정에 황급히 방향을 틀어 비켜섰다.

쾌속선단의 선두에는 무표정한 얼굴의 중년인이 강바람을 맞으며 앞을 바라보고 있었고, 그 뒤에 두 명의 사내와 한 여인이 서 있었다.

선두의 중년인은 천주봉의 총사령 격인 대사형 악화였고, 두 명의 사내는 무정공자 낙일도와 백골마조 철지상, 그리고 여인은 장강수로 채 총채주 부조립의 애첩으로 알려진 은교교였다.

"실수가 있어서는 안 된다. 이번에 또 놓치면 놈은 아예 머리를 처박고 땅속으로 숨어 다시는 꼬리를 잡기가 쉽지 않을 것이다."

"놈이 장강을 벗어나 소흥에 있을 줄은 정말 생각지 못했어요."

뒤에 서 있던 은교교가 은근히 사내를 자극하는 간지러운 말투로 입을 열었다. 그녀는 말을 하면서도 악화가 뒤를 돌아보건 말건 그의 등에서 연신 교태를 흘리고 있었다.

그녀는 이번에 진강수채의 서문탁이 의외의 곳에서 목룡군을 찾아냈다는 급보를 받았고, 때마침 양주로 향하던 악화 일행과 연락이 닿아 동행하고 내려오는 길이었다.

은교교의 말에도 악화는 대답을 않고 앞만 바라보았다.

그가 천주봉을 나선 경우도 거의 없었지만 직접 선봉에 나선 이번 출도에는 정말 한 일이 많았다. 원래 목적은 산서 상방 북경 총방의 명령을 거부하는 양주 염방의 방주 곽수민을 치는 것은 물론, 그곳에 도피한 교본성을 다시 잡아와 산서 상방을 안정시키고 지난번 남해에서 타격을 준 항주 장무영의 석가장을 치기 위함이었다.

지금 곽수민의 곁에는 교본성뿐만 아니라 요월선자에게 불만을 품은 산서 상방 원로들이 속속 집결하고 있어 내부적으로 상당히 동요하는 상황이었다. 당사자인 낙일도의 건의에 따라 염방을 평정하라는 만세야의 지시를 받은 낙일도는 진강 근처까지 나와 자신을 돕기 위해 내려오는 악화를 마중했는데, 목룡군이 나타났다는 은소소의 급보에 처리할 일의 수순이 바뀐 것이었다.

목룡군을 사로잡는 일이 무엇보다도 우선이었다.

"놈은 전당강으로 향하고 있다 한다. 우리는 먼저 목룡군을 잡고 나서 장무영을 친 후에 양주 염방을 접수한다."

악화가 말했다.

하지만 철지상은 그 말에 불만이 많았다. 장무영은 반드시 자신이 직접 손보기로 작심을 한 터였다.

"목룡군을 잡느라 소동이 일면 장무영이란 놈이 달아날 우려가 있습니다. 그리 대단한 놈은 아니니 놈은 제가 나서서 잡겠습니다."

"네가 나선다 해도 빼줄 수 있는 병력이 별로 없다. 공연히 어설프게 건드렸다가는 지난번처럼 또 실패할 우려가 있다."

"많이도 필요치 않습니다. 그저 귀견수 삼십이면 됩니다. 대사형께서 인근의 문파에 협조만 당부해 주시면 추가로 일이백은 손쉽게 동원할 수 있을 것입니다."

지난번 일을 들먹이는 말에 찔끔했지만 이번에는 철지상도 굽히지 않았다. 지난번 원한이 너무 사무쳤기 때문이었다.

"석가장에는 남북쌍괴가 있다. 알고 있느냐?"

악화도 내심으로 장무영이 달아날 수도 있다는 말에 신경이 쓰였다. 듣기로 놈은 해상에서 상당한 세력을 구축하고 있는 모양인데, 혹여 달아나기라도 한다면 다시 잡기는 어려울 거란 생각이 들었다.

'문제는 남북쌍괴인데…….'

그들이 버티고 있다면 아무리 인근 문파의 방조가 있다 해도 철지상 혼자서는 무리였다. 장무영이란 놈만 해도 팽가 장주 팽수와 손속을 겨룰 만한 실력이라는 말을 그도 들은 적이 있었다.

"남북쌍괴는 항주부 밖으로 유인해 내면 됩니다. 놈들은 도박을 무척 즐긴다고 하니 그리 어렵지는 않을 것입니다."

"흠……."

악화가 생각해도 그렇게만 할 수 있다면 어려운 일은 아닐 것이라는 생각이 들었다. 게다가 취미가 도박이라니, 원래가 노름꾼은 손목을 잘라내도 겨드랑이로 패를 돌린다고 하지 않던가? 그렇다면 놈들을 항주 밖으로 끌어내는 일이 그리 힘들지는 않을 것이란 생각이 들었다.

"좋다. 귀견수 삼십을 주겠다. 대신 반드시 남북쌍괴를 항주성 밖으로 유인해 낸 다음에 공격하도록 해라. 이것은 명령이다."

이번에 데려온 귀견수는 모두 이백, 그중 삼십을 주는 것은 그로서는 파격적인 배려였다. 악화는 자신이 함께한 이상 목룡군을 사로잡는 일은 이상이 있을 수가 없다고 확신했다.

귀견수는 단지 거치적거리는 일반 무인들을 처리하기 위한 도구일 뿐이었다. 남북쌍괴만 없다면 아무리 주의력이 산만한 철지상이라 해도 무리는 아닐 것이란 믿음이 있었다.

"반드시 놈에게 본때를 보이겠습니다."

철지상이 자신에 찬 어조로 말했다.

"명심해라. 남궁화는 절대 죽이지 말도록."

남궁세가의 남궁화는 중요한 인질이 될 수 있는 여자였다.

"무슨 뜻인지 알고 있습니다."

철지상은 대사형 말뜻을 알아들었다.

장무영을 치고 나면 지금까지 중립을 지키고 있는 남궁세가에서 절대 관망하지 않을 것이 분명했다. 자칫하면 무림에 만세야께 반기를 드는 세력을 확산시키는 결과를 낳을 수도 있고, 그렇게 되면 총단에서 질책이 들어올 것이 틀림없었다.

그런 상황은 대사형은 물론 자신도 결코 바라는 것이 아니었다.

'흐흐흐, 걱정 마십시오. 무림제일미녀 남궁화를 제가 그냥 죽여 버릴 까닭이야 있겠습니까?'

죽이는 것은 안 되지만 극락의 맛을 보여주는 것까지 하지 말란 지시는 아니었다. 철지상은 회심의 미소를 지었다.

그는 귀견수 삼십을 배정받은 후 도중에서 내렸다.

제5장 불타는 장원

무영은 유석대와 마주하고 있었다.

벌써 설전은 반 시진이 넘게 이어지고 있었다. 처음에는 평범한 대화로 시작되어 화기애애한 분위기 속의 의견 교환이었지만 지금은 피차간에 한 치의 양보도 보이지 않는 설진으로 치닫고 있었다.

"나는 무림인이 아닙니다. 상인이 되고자 한다는 것은 이미 전에도 말씀을 드렸지 않습니까?"

"하지만 이번에 산서 상방이나 광동 상방이 겪고 있는 어려움을 보지 않았소? 재물은 누구나 필요하지요. 무림도 예외는 아니오. 장 공자가 피하고자 해도 결국 연루되지 않을 수 없을 것이오. 남해에서 있었던 일이 아직 중원에 널리 알려지지 않았지만 상대는 장 공자를 노리고 있을 것이오. 모르기는 해도 지금쯤 석가장도 그들의 감시를 벗어나지 못하고 있을 것이 틀림없소."

'헛!'

유석대는 중원 제일의 정보통답게 무영이 남해에서 묘족들의 군대를 수장시킨 사건을 알고 있었다. 그가 알고 있다면 자신이 상대의 감시 속에 있을 것이라는 얘기가 결코 틀린 말은 아닐 것이다.

'젠장, 공연히 일을 벌였다는 생각이…….'

지금 돌이켜 보니 조용히 호소가와나 구해왔어야 했는데 공연한 호승심에 일을 키운 것 같았다.

"상대는 욱일승천하는 마교의 교주요. 많은 문파들도 대충은 정체를 짐작하고 있지만 먼저 나서서 매를 맞고 싶지 않기 때문에 입을 닫고 있는 상대인데 장 공자는 대담하게 범의 코털을 뽑았소. 후환이 있을 것이오. 하기는 그랬기에 내가 장 공자를 급히 찾기도 했지만 말이오. 그런데 전혀 의외의 대답을 들으니… 하하하, 뭐라고 할 말이 없소."

유석대는 기가 막혔는지 허탈하게 웃기까지 했다.

"방주님께서 뭐라고 하셔도 지금은 무림인들의 싸움에 개입하고 싶은 생각이 없군요."

"장 공자가 마교 제일의 공적이 되어 있는데도 말이오? 게다가 곤륜파에서 감찰단주의 지위를 맡고 있다고 하지 않았소? 그런데 어째서 무림인들과 전혀 관계도 없듯이 말하시오?"

유석대의 얼굴에는 불쾌한 빛이 가득했다.

그가 이곳에 온 것은 청방 방주 목룡군의 은밀한 연락을 받았기 때문이었다.

목룡군은 그가 가지고 있는 마교의 실체에 대한 정보를 넘겨주며 자신을 뒤쫓고 있는 추적자들에 대한 정보를 제공해 달라는 부탁을 해왔다. 하지만 마교를 상대로 한다는 것은 개방으로서도 모험이었다.

　그는 내심 어떤 결정을 내린 상태였기에 돌아다니며 힘을 모으고 있었다. 그런데 내심 자기의 말을 그대로 따를 것이라고 믿었던 무영이 의외로 한 배 타기를 거부하자 배신감마저 느끼고 있었다.

　"이미 당문과 화산, 아미, 그리고 무당이 우리와 뜻을 같이했소. 우리 개방을 포함하면 구파일방의 오 할이 서로 뭉쳤다는 말이외다. 앞으로도 계속해서 뜻을 같이하는 문파를 더 모을 것이오. 마음이 바뀌면 연락하시오. 언제든 환영하겠소."

　유석대는 그 말을 끝으로 일어섰다.

　더 이상 설득해도 당장 마음을 바꿀 상대가 아니라는 것을 알았기 때문이었다.

　"죄송합니다. 그 말밖에 드릴 말씀이 없군요."

　무영은 그렇게 유석대를 배웅했다.

　그라고 무림에서 이름을 날리고 싶은 생각이 없는 것은 아니었다. 하지만 안으로는 곡완주의 출산이 오늘내일하며 시간을 다투고 있었고, 밖으로는 섬시 싱방과 굉동 상방, 그리고 밀염과 비단업을 추진하느라 정신이 없어 사실 더 이상 다른 일에 신경 쓸 겨를도 없었다.

　또 한 가지 신경이 쓰이는 것은 칼로 흥한 자는 종내에 칼로 망한다는 교훈 때문이었다. 지금은 자신이 보살펴야 할 가족이 있다. 비록 부모님을 잃었지만 더 이상 떠나보낼 수는 없다.

　'중원을 볶아 먹든 삶아 먹든 무림 일은 당신들이 알아서 하시게, 나는 나대로 살아야지.'

　그렇게 되뇌이며 돌아서는데 조이가 그를 찾았다.

　"무슨 일이냐?"

"이상합니다. 며칠째 수상한 자들이 장원 주위를 맴돌고 있는 것 같다는 보고가 있습니다. 그동안은 염두에 두지 않았는데 아무래도 이상하게 보인다고 합니다. 지부의 명으로 장원 정문을 지켜주는 포두의 말이니 신빙성이 있습니다."

조이는 불안한 기색으로 말했다.

"몇 명이나 된다고 하느냐?"

그 말에 무영은 등이 서늘했다.

"아직 파악은 되지 않고 있습니다. 다만 이곳뿐 아니라 항주부 전체의 분위기가 심상치 않다는 말도 있습니다. 평소보다 많은 수의 낯선 무인들이 곳곳에서 목격된다고 하는데 하나같이 무공이 범상치 않아 보인다고 합니다."

그렇지 않아도 유석대의 말에 은근히 긴장을 하고 있던 처지였다.

"장원의 경비를 한층 강화하고 특히 만삭인 마님과 위 총행두의 거처를 잘 지키도록 해라."

"알겠습니다."

조이가 힘차게 대답하고 물러갔지만 무영은 걱정이 이만저만이 아니었다. 만에 하나 놈들이 쳐들어와서 마누라들 중에 하나라도 다치게 되면 큰일이었다. 더구나 곡완주는 만삭이었다.

유산을 하는 곡완주나 팔이 잘린 남궁화, 다리 하나가 없는 아라 공주… 생각만 해도 아찔했다.

'음, 아무래도 여기는 위험해. 당분간 이곳을 떠야겠군.'

밀려오는 걱정에 당분간 아이를 낳을 때까지만이라도 어산도로 가 있어야겠다는 생각이 들었다. 하지만 놈들이 포위하고 있다면 그것마저도 쉽지 않을지 모른다는 생각이 들었다. 전당강 포구의 배가 정박

해 있는 곳까지만 갈 수 있다면 섬으로 달아나는 것은 어렵지 않을 것
이라는 계산은 섰지만 포구로 가는 것이 문제였다.

또다른 문제도 생겼다.

남북쌍괴가 장원의 가장 큰 전력인지라 그들을 찾았는데 아침나절
부터 그들이 보이지 않는다는 얘기였다. 이 노인네들이 아침부터 도박
장에 갔나 하고 속으로 투덜거리며 급히 수배를 했는데 잠시 후에 시
비 하나가 편지를 들고 달려왔다.

사랑하는 막내동생아,

노형님들은 장원 안이 너무 갑갑해 견딜 수가 없구나. 장강 북쪽으로 방
향을 잡았으니 그리 알거라. 남경에서 큰 판이 벌어진다는 소문이 있으니
그리로 갈 예정이다. 따면 사업 밑천으로 한 몫 단단히 챙겨줄 테니 걱정
하지 마라. 만약 급히 취할 연락이 있다면 개방 거지들을 통해 하면 될 게
다.

노형님으로부터.

추신 : 웬만하면 찾지 마라. 알아서 돌아가마.

평소 성격답지 않게 상당히 격식을 차린 편지로 보아 아마도 몰래
가출하는 것이 미안하기는 했던 모양이었다.

어제저녁에 어떻게 알았는지 배동호를 새로 선발해 광동과 복건 등
에 관련된 일거리를 맡겼다는 사실을 알고는 같이 나서겠다고 조르는
것을 기를 쓰고 잡아두었는데 그예 나선 것이었다.

"에이, 지겨워. 도박귀신이 씌었나? 아니면 도와주겠다던 불쌍한 백
성들이 죄다 도박장에 모였나?"

무영이 투덜댔다.

꼭 필요할 때면 개똥도 눈에 띄지 않는 법이라더니 딱 그 짝이었다.

그동안 그들을 장원에 잡아둔 것은 남해에서 큰일을 벌여놓은 후로 마음 한구석에 찜찜한 기분을 감출 수 없기 때문이었는데…….

'에잉, 망할 놈의 영감탱이들, 잘 멕여놨더니만… 급할 때 튀어?'

원망스러운 마음에 내심 욕이 나왔다.

동가장에 지원을 요청해 보는 것도 생각했지만 지금 막 기지개를 켜려고 준비하는 곤륜파는 아직 무림에 나설 채비가 끝나지 않았다는 것을 누구보다도 잘 알고 있었다.

"장원의 모든 사람들에게 신속히 연락해 이동 준비를 갖추도록 해라. 당분간 섬으로 피해 있어야겠다."

아무래도 곡완주가 걱정이었다. 게다가 남북쌍괴마저 장원을 떠나자 불안감이 증폭되었다.

조이는 무영의 말을 알아들었다.

장원 경비를 책임지는 그는 습격받을 경우를 생각하니 내심 걱정이 적지 않다가 무영의 말대로 어산도로 가는 것도 괜찮겠다는 생각이 들었다. 그곳에 가보지는 않았지만 마치 철옹성의 요새를 구축한 듯 떠벌리는 무영의 얘기를 여러 차례 들었던 까닭이다.

무영은 급히 남우선과 백문호를 찾았다.

"우리만 빼고 너희들은 어디 좋은 데 가냐?"

남우선은 장원이 위험하니 당분간 동가장으로 가서 계시라는 무영의 말에 속으로 '이런 고약한 놈! 내가 네놈 물건이냐, 오라 가라 하게?' 하며 삐쳤다.

"상황이 좋지 않아요. 저는 어산도로 가 있으려고 해요. 스승님은 그동안 동가장에 가 계세요."

"싫다. 나도 같이 가겠다. 네놈하고 같이 있는 것이 머리가 아프기는 하지만 그래도 떨어져 있는 것보다 낫더라."

그는 무영을 친손자로 여기고 있었다. 그런데 위급한 상황이라며 마치 생각해 주는 것처럼 자신만 빼고 따로 가겠다니…….

'내가 누구 때문에 이렇게 망가졌는데…….'

그놈의 정 때문이었다.

남우선은 무영의 얼굴을 보는 것만으로도 노년의 행복감을 느끼고 있었다. 게다가 곡완주가 만삭인지라 마치 친손자를 기다리는 할아비의 심정으로 있는데 그 중요한 순간에 자신을 떼어내려는 녀석이 괘씸하기까지 했다.

"험한 뱃길이라 노인네들은 무리라고요."

"이놈아, 내가 늙은 데 네놈이 보태준 것 있냐? 아무튼 동가장으로는 가지 않겠다."

그 말로 남우선도 동행을 하는 것으로 결정되었다. 곁에 있던 백문호도 난생처음 배를 타는 것이 찜찜하기는 했지만 혼자 동가장으로 간다는 것은 아무래도 소외감이 느껴졌는지 동행하겠다고 나섰다.

모두들 가능한 빠르게 준비를 한다고 했지만 대장원의 살림살이라 간단하지 않았다. 특히 남궁화, 곡완주, 아라 공주 등은 그동안 사서 모았던 장원의 살림살이가 아까워 하나라도 더 짐으로 꾸리려는 통에 시간이 적지 않게 소모되었다.

하경은 혹시 있을 침입자를 대비해 건물 주위에 설치했던 각종 기문진을 한층 강화했다. 빠른 이동을 위해 짐은 간단히 꾸렸다.

여인들을 위한 마차가 준비되었다. 이동 중에 싸움이 벌어질 경우를 예상해 활과 암기도 준비하던 중에 조이가 커다란 철환을 하나 들고 왔다.

"전에 스승님을 찾아왔던 손님 중에 한 분이 우연히 구한 것이라며 선물로 놓고 간 것입니다. 진천뢰라고 하는 폭탄인데 요긴하게 쓸 데 가 있을지 모르겠습니다."

제대로 된 손님이라면 이런 이상한 물건을 선물로 주고 갔을 리가 없었다. 이곳에 오는 자들은 대부분 남우선을 통해 연줄이라도 엮어 관직이라도 한자리 차지해 볼까 하고 인사차 들르는 자들이었는데, 그 중에 한 녀석이 무영에게도 잘 보이려고 뇌물로 놓고 간 것이 분명했 다.

"위력이 어느 정도래?"

"웬만한 집 한 채는 거뜬히 무너뜨린다고 하더군요."

"그 정도야? 그냥 이사 가는 건데 너무 위험한 것을 가지고 가는 것 아냐?"

곡완주는 물론 자신의 안전까지 염두에 둔 무영이 말했다.

"제가 보관할까요?"

조이의 말에 무영이 고개를 끄덕였다.

'임마, 혹시 불량품인지도 모르는데 내가 가지고 다니다가 터지면 니가 책임질래?'

무영의 속마음은 그랬다.

그런 그의 내심도 모르고 귀한 물건을 맡았다고 생각한 조이는 막중 한 책임감에 진천뢰를 비단 주머니에 넣어 단단히 옆구리에 찼다.

'불안해……'

진천뢰는 무게도 만만치 않았지만 크기가 어린아이 머리통만했다. 혹시라도 오가다가 무심코 돌덩이에라도 부딪치면 어떤 일이 벌어질지 알게 뭐냐 말인가?

무영이 고개를 저었다.

'뭐가 잘못됐나? 음, 아무튼 나를 걱정해 주시는구나.'

조이는 그의 태도를 보고 주머니의 매듭을 약하게 묶어서 그러는 줄 알고 더욱 단단히 조였다.

'내 근처에는 가끔만 얼씬거려라……'

무영은 아예 고개를 돌렸다.

전당강 하구에는 무영이 타고 왔던 한 척의 배가 항상 대기하고 있었다. 배를 타고 바다로 나가기만 하면 놈들이 해상으로 가는 것까지는 예상하지 못하고 있을 터이니 큰 문제는 없을 것 같았다.

배동호가 항주 성안으로 돌아온 것은 그날 밤이었다.

밤하늘에는 환한 보름달이 떠올라 사위를 비추고 있어 웬만하며 오가는 사람들의 얼굴을 알아볼 수 있을 정도로 밝았다. 배동호는 움직임을 최대한 줄였다.

놈들이 지킨다는 말을 들었고, 이미 한 번 크게 당한 경험이 있는지라 조심스레 장원의 주위를 살피던 그는 안으로 들어가는 것도 쉽지 않다는 것을 깨달았다.

'뭔가 있어.'

알 수는 없지만 본능적으로 가슴을 압박하는 살기가 느껴졌다. 어쭙잖은 자신의 무공으로 장원 근처에 섣불리 접근했다가는 금방 발각이 될 것만 같았다.

'헉!'

계속 눈치 보며 주위를 살피던 그의 눈에 들어온 것은 날렵한 신법으로 속속 장원을 뛰어넘는 수많은 흑의인들이었다.

'늦었구나!'

고개를 돌려보니 대문 주변에서 서성이며 경계를 서주던 항주부 소속의 포교들은 어느새 당했는지 소리 하나 지르지 못하고 구석에 널브러져 있었다.

"적이다!"

"침입자다!"

담을 넘어오는 흑의인들을 발견했는지 장원 안 곳곳에서 고함 소리가 밖에까지 들려왔다.

순간적으로 배동호는 자신이 취할 행동을 결정하지 못하고 망설였다.

"혹시 어려움을 당하거든 남궁가에 가서 도움을 청하면 될 거요. 아니면 항주부 서쪽 옥천산 기슭에 가면 동가장이라는 장원이 있소. 그곳에 가서 내 이름 석 자를 말하고 도움을 청하면 결코 섭섭하게 대하지는 않을 것이오."

문득 무영과 그런 대화를 나눈 기억이 났다.

자신을 위해 무영이 해준 말이었지만 지금은 오히려 석가장이 위험했다. 장무영이 남궁가의 사위라는 것은 세상이 다 아는 사실이기에 도움이 필요하면 남궁가를 찾으라는 말은 그러려니 했지만, 동가장과 장무영의 관계에 대해서는 들은 바가 없었다.

'하는 수 없지. 남궁가는 천 리도 넘는 먼 곳에 있으니 일단 동가장에 찾아가 도움을 청해보는 수밖에……'

흑의인들의 수는 얼핏 보아도 백여 명은 넘어 보였다. 게다가 이곳에서 보이지는 않았지만 장원을 사방에서 공격한다고 보면 그 수효는 수백에 이를 것이 틀림없었다.

배동호는 서쪽 성벽 쪽을 향해 전력으로 뛰었다.

이미 밤이 깊었으니 병사들이 성문을 굳게 잠가 지키고 있겠지만 몰래 성벽을 타 넘는 재주 정도는 있었다.

장원 안.

수백의 흑의인들이 담장을 넘어 본채로 향하고 있었다. 앞을 막아섰던 이십여 명의 경비무사들은 이미 싸늘한 시체가 되어 장원 곳곳에 널브러져 있었다.

이미 장원은 온통 흑의인들의 천지가 되어 있었다.

원래 엄청난 크기의 장원 규모에 비해 백여 명 남짓한 식구라 사람이 없기도 했지만 그들을 발견한 외당 시람들은 시전에 내려진 지시에 따라 모두모두 본채로 피신해 있었다.

수천 평에 이르는 장원을 내당 주위의 연못이 마치 감싸듯 둘러져 있고, 그 주변은 각종 꽃나무와 기석으로 꾸며져 있는데 그들 전체는 하경이 손을 보아 기묘한 진세를 이루고 있었다.

흑의인들은 섣불리 내당 주변으로 다가서지 못하고 있었다. 장원의 내당으로 접근하려면 남북의 두 갈래 길밖에 없는데, 그 길을 따라 앞장섰던 몇십 명의 흑의인들은 내당 가까이로 다가서는 순간 진법에 빠져 정신을 차리지 못하고 우왕좌왕했기 때문이었다.

진세 안의 흑의인들은 마치 길을 잃은 미아처럼 연신 좌우를 둘러보며 당황해하는 기색이 역력했다.

핑! 핑! 핑!

"으악!"

"악!"

돌연 본채 쪽에서 강전이 날아와 진법에 갇힌 흑의인들을 차례차례 격살해 갔다.

"꽃나무들을 모두 태워 버려라!"

흑의인들을 이끌고 온 자는 무영에게 복수할 기회라고 생각해 이번 공격의 지휘를 자청한 백골마조 철지상이었다. 그는 대사형에게 원조 받은 귀견수 삼십 명과 이번 문향교에 새로 가입한 소주와 항주의 여러 문파에서 이끌고 온 병력을 합쳐 모두 삼백여 명이 넘는 대병력을 이끌고 석가장의 담을 넘었다.

하지만 상대는 예상한 듯이 재빨리 내당으로 철수해 수비를 굳건히 했고, 내당으로 통하는 연못 주변 곳곳에는 알 수 없는 기문진이 설치되어 있었다. 게다가 연못은 그 깊이를 알기도 어려웠기에 섣불리 안으로 들어가 접근할 수도 없었다.

내당 주변에 놈이 남긴 것이라고는 이십여 경비무사들의 시체뿐이었다.

"흐흐흐, 안에서 나오지 않겠다면 모두 통구이로 만들어주마."

철지상은 이를 갈았다. 이번에야말로 지난번 당한 수모에 이자까지 합쳐 단단히 돌려주겠다고 벼르고 벼러 마련한 기회였다.

반 시진이 미처 되지 않아 각종 화기며 유황 등이 준비되었다.

미처 충분한 활과 화살을 준비하지 못했기에 급히 구해온 수십 발의 화살로 통로 부근의 진세를 집중적으로 태워 무력화시킨 후 길을 뚫을 생각이었다.

"쏴라!"

핑! 핑! 핑! 핑!

철지상의 명령에 따라 수십 명이 일제히 통로 입구만을 겨냥해 활을 쏘자 싱싱하게 물기를 머금었던 나무들이 유황이며 기름 세례를 받고 불이 붙었다.

"얼마나 버틸 수 있겠소?"

무영은 그들이 하는 행동을 낱낱이 보고 있었다.

활로 본채를 충분히 공격할 수 있는 거리인데도 놈이 외곽부터 초토화시키는 것은, 자신들의 피해도 최소화하고 안에 갇힌 사람들의 공포심을 극대화시켜 서서히 피를 말려 죽이려는 속셈 같았다.

"저 불이 다 꺼지려면 최소한 반 시진은 있어야 될 것 같군요."

하경이 대답했다.

그녀가 설치한 진식 덕분에 잠깐이나마 시간을 벌 수는 있었지만 이제 끝이 보이고 있었다.

장원에 있는 사람들 중 곡완주의 무공이 가장 높았지만 그녀는 만삭이었고, 그래도 믿을 만한 청해삼호와 조일, 조삼은 전적으로 동가장에 기식하며 곤륜파 일을 돕고 있었기에 조씨 오 형제 중 조이와 조사, 조오가 전부였다.

"젠장 몇 명 빼고는 그야말로 죄다 허접이니……."

무영은 다급한 표정으로 그렇게 말했다.

"암도로 빠지면 장원 밖으로는 나갈 수 있을 거예요."

장원에서 밖으로 통하는 지하 통로는 이 장원을 인수해 신기문에 보수를 맡겼을 때 하경의 주장으로 건설된 것이었다.

그녀가 이 년 전 청수원에서 달아날 때도 비밀 통로 덕을 톡톡히 보았기에 강력히 무영에게 건의해 암도를 만들기는 했지만, 그 길이가 짧아 겨우 막바로 장원 담장 밖의 작은 민가로 통하는 것이 고작이었다.

"놈들의 무공이 보통이 아닌 것 같은데 이런 대식구가 움직이면 일각도 되지 않아 금방 발각이 날 거요."

무영도 그 암도를 생각하고는 있었지만 후가 걱정이었다.

"저희 형제들이 뒤를 막아보겠습니다."

조이가 나섰다. 조사와 조오도 같은 생각인지 그의 뒤에 섰다.

호위무사들이 아직 삼십여 명이나 남아 있었고, 그들 중에 몇은 조씨 오 형제에게도 뒤지지 않는 제법 쓸 만한 실력을 가지고 있었다.

"삼백은 넘어 보이는데 어떻게 다 막아? 게다가 움직임을 보니 실력이 만만한 놈들은 결코 아니야."

"어떻게 동가장에 연락을 보낼 수 있는 길이 없을까요?"

남궁화가 안타까운 듯이 말했다.

동가장의 곤륜 문도들은 고사하고 이럴 때 남궁우 할아버지라도 곁에 있다면 얼마나 든든할까 했지만 그건 그저 바람일 뿐이었다.

"밤이니 방법이 없어."

무영도 답답하다는 듯 두 손을 벌리며 대답했다.

"그런데 이렇게 성안에서 큰 소동이 벌어졌는데도 왜 관아에서는 나서지 않지요?"

아라 공주였다.

"이 정도 병력이면 포졸들이 나서도 소용없습니다. 작심을 하고 병력을 끌어 모아야 하는데 지금은 그럴 경황이 없을 겁니다. 아마 지금쯤 지부도 숨어 있을걸요."

조오가 대답했다.

하기는 두 달 전에도 대낮에 항주 성안에서 백여 명의 타수(打手 : 건달)들이 모여 각종 병기를 휘두르며 난동을 피웠지만 관병들이 출동한 것은 그들이 제풀에 물러선 지 반 시진이 훨씬 지나서였다는 말을 들은 적이 있었다.

당시 시중에는 아마 어디 숨어서 눈치를 보다가 물러갔다는 말에 체면치레로 나섰을 것이라는 말이 무성했었다.

대낮에도 그런 판국인데 하물며 이런 밤에야…….

"항복하면 어떻게 되지요?"

남궁화였다.

"아니, 지난번에 남경에서 그렇게 당하고도 정신을 못 차렸어? 여자들은 죄다 끌려가서 노리개가 되고 아마 나는 실컷 고문한 다음에 기름에 튀겨 주일 거야."

무영의 말에 남궁화는 물론 다른 여자들 모두 새파랗게 질렀다.

"어떡해……!"

남궁화는 울상이 되어 발을 굴렀다.

"상공, 농담이라도 그런 말씀은 마세요."

아라 공주도 듣기가 거북했는지 한마디 했고, 곡완주는 쌍심지를 돋우고 그를 노려보고 있었다. 마치 '내 뱃속의 아기는 어떻게 하라구!' 하는 표정 같았다.

'음, 표현이 좀 심했나? 하지만 모르기는 해도 결과는 비슷할걸.'

하지만 겁에 질린 세 여인의 표정을 보고는 감히 그런 소리를 입 밖으로 내지 못했다.

"우선 최대한 시간이라도 끌어보는 수밖에 없는데……."

"그런다고 대책이 생기겠어요?"

만삭인 배를 앞으로 내밀고 뒤뚱거리는 곡완주의 표정에 불안이 가득했다.

자신이 홀몸이었다면 결코 두렵지 않을 적이었지만 지금은 두려움만이 전신을 감싸고 있었다. 뱃속에는 세상 밖으로 나올 날만 기다리는 아이가 있었다. 큰 소동에 아기도 놀랐는지 꿈틀대며 발길질을 해댔다.

'아가야, 무슨 일이 있더라는 너만은 안전하게 지켜줄 테니 걱정하지 말고 얌전히 있으렴.'

고개를 숙인 곡완주는 진심을 가득 담은 말을 뱃속의 아기에게 전했다. 고개를 드는 그녀의 표정은 결연한 빛이 가득했다.

"조오, 너는 암도를 통해 밖으로 나가 즉시 마님들이 탈 말과 마차를 준비해라."

그는 무영의 지시에 재빨리 건물 안으로 뛰었다.

멀리서도 열기가 느껴질 정도로 맹렬히 타오르던 불길이 서서히 잦아들었다.

"우리도 화공이야! 활과 화살을 준비하고 기름이나 유황 등불에 잘 탈 만한 것들은 있는 대로 가져와!"

별안간 무영이 소리쳤다.

잦아드는 불길을 보고만 있을 것이 아니라 다시 불길을 일으키면 시간을 더 벌 수 있겠다는 생각이 번뜩 들었기 때문이다. 순간적으로 어리둥절해하던 사람들도 이내 그의 말을 알아들었다.

재빨리 사람들이 움직이니 순식간에 준비가 끝났다.

급한 대로 구한 다섯 대의 활을 무영과 상경, 조씨 형제 등 몇 명이 나누어 불길을 겨냥해 날렸다. 먼저 유황과 기름 헝겊 등이 쏘아졌고, 이어 불에 잘 탈 만한 나무들이 던져졌다. 모두들 열심히 하니 죽어가던 불길은 잠깐 사이에 다시 거세게 타오르며 진입로를 막았다.

"아니, 저놈들이……!"

지켜보던 철지상의 눈에서 불꽃이 튀었다. 설마 저런 방법을 쓸 것이라고는 조금도 예상하지 못했었다.

그는 자신의 명령을 기다리는 수하들을 보았다.

삼백이 넘는 자들 중에서 연못을 넘어 공격할 수 있을 정도로 쓸 만한 실력을 갖춘 자들이라고는 대사형이 밀어준 삼십 명의 귀견수와 십여 명 정도의 무인들이 전부였고, 나머지는 전부 허접이라 해도 과언이 아니었다. 하지만 계속 시간을 끌고 있을 수만은 없었다.

'이 정도면 충분하겠지.'

그는 결정을 내렸다.

"공격하라!"

철지상의 지시에 따라 귀견수들이 몸을 날렸고 그 뒤를 군소문파의 조장들이 수하들을 이끌고 따랐다.

본채 주변을 두른 연못은 십여 장에 이르고 깊이도 만만치 않아 보였기에 그들은 본채에서 연못 밖으로 연결된 남북 두 개의 통로를 따라 공격해 들어갔다.

앞장선 자들이 장풍을 날려 불길을 일으키며 타오르는 나무들을 연

못으로 쓸어 보내면 길을 뚫을 수 있을 것 같았다. 다소의 희생을 각오
하더라도 더 이상 기다릴 수는 없었다.

"와!"

삼백여 명이 넘는 적들이 일제히 함성을 지르며 본채로 달려들었지
만 무영은 조금도 당황하지 않았다. 어차피 내당으로 통하는 길은 두
갈래뿐이었다.

"각자 맡은 대로 해요!"

두 패로 나뉜 사람들은 각각 통로를 막아섰다. 이제 접전은 피할 수
없었다. 한쪽은 무영이 막아섰고 반대 편은 상경이 지켰다.

철지상이 앞장서 연못을 가로지르는 긴 통로로 달려오자 무영은 재
빨리 통로에서 타오르는 불길에 장풍을 날렸다.

"흥!"

통로의 불덩이가 자신을 향해 날아오자 철지상은 가볍게 코웃음을
치며 장풍으로 마주쳐 갔다.

펑!

타오르던 나무들이 장풍에 허공으로 날아 불꽃을 튀기며 흩어져 연
못 위로 퍼졌다.

철지상이 회심의 미소를 지으며 몸을 날리려는 순간 무영이 가볍게
손을 틀었다.

"헉!"

몇 개의 불덩이들이 허공에서 방향을 틀며 날아들자 철지상은 깜짝
놀라며 연신 장력을 날렸다. 하지만 불덩이들은 장력에 맞아 연못 위
로 떨어지다가 다시 허공으로 날아오르더니 그를 향했다.

"철지상, 어떠냐?"

무영이 소리쳤다.

그는 남북쌍괴로부터 배운 비엽신공으로 불덩이들을 날리고 있었다. 야밤에 불덩이가 자신을 향해 대여섯 줄기로 나뉘어 공격해 오는 판국이라 가뜩이나 당황해 손이 어지러웠던 철지상은 무영의 말에 약이 바싹 올랐다.

"이런 죽일 놈! 네놈을 갈가리 찢어 태워 죽일 테다!"

쐐액!

말을 하면서 그의 심기가 잠깐 흐트러진 사이 불덩이 하나가 그의 안면으로 쇄도했다.

"어이쿠!"

더 이상 어쩔 수 없다고 생각한 철지상은 화급히 몸을 날렸다. 하지만 옆은 연못이었다.

풍덩!

그는 허공에서 중심을 잃고 그대로 연못 속으로 빠졌다.

"어푸푸!"

철지상은 엉겁결에 사방으로 손을 저어 물을 튀겨가며 물에 빠져 죽지 않으려고 발버둥질을 쳤다.

'엉?'

순간 그는 발이 지면에 닿아 있는 것을 느꼈다. 연못은 의외로 깊지 않아 물이 겨우 허리춤에 올 정도였다.

'이런, 제길……'

고개를 돌아보니 대장이 물에 빠지자 수하들은 어찌할 바를 모르고 그만을 지켜보고 있었다.

"뭣들 해? 공격하지 않고!"

얼굴이 뜨뜻해진 철지상이 악을 썼다.

그의 뒤를 따르던 십여 명의 귀견수들은 그제야 무기를 휘두르며 통로를 내달렸다.

"뿌드득. 이—놈, 절대 쉽게 죽이진 않겠다."

물에 빠진 생쥐 꼴이 된 철지상은 물을 헤치고 통로로 걸어나오며 이를 갈았다.

물이 얕다는 것이 알려지자 앞이 막힌 공격자들은 물로 뛰어들어 사방으로 공격해 들어왔다. 그것을 본 반대 편 공격자들도 물로 뛰어들어 본채를 향했다.

"이런 제기랄, 수비만 힘들어졌네."

통로를 막아서던 무영은 뒤따르던 자들이 물로 뛰어들어 사방에서 공격해 오자 적잖이 당황했다.

하지만 그것은 기우였다.

먼저 뭍으로 올라선 자들은 하경이 설치한 진세에 갇혀 자기 편끼리 칼질을 해대거나 당황해 허둥대고 있었다. 그걸 본 무영은 그제야 안도하고 수비에 전념했다.

통로 쪽의 진법은 불에 타지 않기에 아직 살아 있었다.

내당으로 통하는 길은 마차 한 대가 여유있게 지나갈 정도의 넓이였기에 두세 명이 덤빌 수 있는 것이 고작이었고, 진세가 무너진 입구 쪽으로 몇 명이 올라서려 했지만 조이를 비롯한 장원의 무사들에게 막혀 제대로 공격을 가할 수조차 없었다.

"모두 물러서라!"

보다 못한 철지상이 소리쳤다.

"건물에 불화살을 쏘아 불태워라."

건물을 몽땅 태워 버리면 그 열기에 어쩔 수 없이 물로 뛰어들 거라는 계산이었다. 과연 그의 생각대로 건물 여기저기가 불길에 타오르자 무영은 발을 굴렀다.

"지하 통로가 무너지기 전에 어서 그리로 달아나야 해요."

그걸 본 하경이 사색이 되어 무영의 곁으로 달려와 말했다.

"젠장, 그럼 희생이 커질 텐데……."

어차피 통로로 나가봐야 바로 담장 밖 민가니 금방 눈에 띌 것이 틀림없어 가급적 건물을 등지고 막아보려 한 것이었지만 이제는 어쩔 수 없었다.

암도의 입구는 내당 침실의 침상 밑이었다. 사람들은 그의 지시에 따라 건물 안으로 뛰어들었다. 벌써 불길이 크게 일어 뜨거운 열기를 견디는 것이 쉽지 않았다.

"아니, 저놈들이 미쳤나?"

불길을 피해 연못의 물로 뛰어드는 것이 아니라 오히려 건물 안으로 들어가는 무영 일행을 본 철지상이 놀라 외쳤다.

"호호호, 아예 통구이가 되려고 작심을 한 모양이구나. 하지만 오래 견디지 못하고 기어나올걸."

철지상은 느긋한 마음으로 불타는 건물을 주시했다.

대부분이 목재로 지어진 건물은 이내 불이 붙어 화염에 휩싸이더니 서서히 불길에 삼켜지고 있었다. 화공이 하늘을 찌를 듯했고 뜨거운 열기는 연못 건너편에서도 느껴질 정도였다.

하지만 건물 안에서 아무도 나올 생각을 하지 않자 도리어 철지상이 초조해졌다.

"이놈들이 끝내 통구이가 되려고 하나……."

순간 그의 뇌리를 퍼뜩 스치는 생각이 있었다.

"비밀 통로!"

철지상은 그제야 사태를 짐작하고는 당황해하며 신속하게 명령을 내렸다.

"모두 흩어져 장원 주변의 모든 건물을 철저히 감시해라. 근처에 반드시 장원을 빠져나가는 출구가 있을 것이다!"

그의 명령에 따라 흑의인들은 사방으로 흩어져 갔다. 하지만 미처 그들이 장원을 벗어나기도 전에 요란한 수레바퀴 소리와 말발굽 소리가 들려왔다.

"저쪽이다!"

철지상의 고함에 흩어지던 흑의인들이 방향을 잡고 몸을 날렸다.

그 순간 무영 일행은 미리 빠져나간 장원의 조오가 준비해 둔 말과 마차에 올라 막 비밀 통로와 연결된 민가를 빠져나오고 있었다.

세 명의 마누라를 태운 마차가 조오와 장원무사들의 호위 아래 앞장 섰다. 그 뒤를 하경 일행, 그리고 위진해와 상경 등이 탄 마차가 각각 따랐고 마지막으로 백문호, 남우선이 탄 마차가 달렸다.

조이와 조사는 무영과 함께 말에 올라 행렬의 가장 후미를 경계하며 섰다. 장원의 호위검수 십여 명이 마차의 전후좌우를 호위하며 항주부 도심을 가로질러 전당강으로 향했다.

예상대로 추적자들은 너무 빨랐다.

"조오, 모두 네게 맡긴다. 전당강 포구에 배가 정박되어 있을 테니 최대한 빨리 그리로 가라!"

무영은 만삭의 배를 조심스레 감싸고 마차에 앉은 곡완주에게도 한마디 하는 것을 잊지 않았다.

"아기를 조심해, 몸조심하구."

너무 애만 걱정하는 것 같은 눈치가 보여 얼른 덧붙였다.

"무슨 일이 있더라도 아기는 꼭 지킬 거예요."

곡완주가 비장한 어조로 말했다.

무영의 당부가 아니더라도 조오는 자신의 책임이 막중한 것을 알고 있었다.

"소주, 어서 뒤를 따라오십시오!"

조오는 무영 일행과 멀어져 가며 소리쳤다.

쿠르르르……

마차를 모는 마부의 채찍은 연신 허공을 갈랐고 수레의 바퀴 소리가 지축을 울렸다. 훤히 밝은 달밤이라 그들이 급히 달아나는 모습은 상대에게 그대로 노출됐다.

"놈들이 달아난다!"

"잡아라!"

그들은 마치 벌 떼처럼 마차를 향해 몸을 날렸다.

"으악!"

"악!"

순간 선두에 서서 장원을 넘어오던 흑의인 몇 명이 비명을 지르며 허공에서 그대로 추락했다. 비명 소리가 이어지며 잠깐 사이에 이삼십 명의 흑의인들이 암기에 맞아 목숨을 잃었다.

"목숨이 아깝지 않은 놈들은 어서 나서라!"

조이와 조사를 비롯한 장원의 무사들이 마차의 뒤를 막아서서 연신 암기를 뿌려대며 소리쳤다. 무영도 이리저리 회선표를 날리며 흑의인 들을 격살해 가자 추적자들은 순간적으로 주춤했다.

"놈들이 암기를 던진다."

"조심해라!"

비명 소리에 주춤해진 흑의인들은 잠시 우왕좌왕하더니 이내 포위망을 형성했다.

가장 많은 희생을 당한 자들은 귀견수들이었다.

다른 중소문파에서 차출된 자들은 가급적 몸을 아끼려는 기미가 역력해 은근히 뒤쪽에서 따르다가 화를 면했지만, 귀견수들은 명령에만 충실하도록 훈련을 받았기에 무모하게 추격에 나섰다가 십여 명이 그대로 불귀의 객이 되었다. 하지만 그들은 조금도 기가 꺾이지 않고 앞을 막아서는 무영 일행을 덮쳤다.

"으악!"

무영과 조이, 조사 등이 앞을 막아섰지만 목숨을 도외시한 귀견수들의 공격에 암기를 날리던 주변의 장원무사 몇 명이 목숨을 잃었다.

"흐흐흐……."

철지상은 팔짱을 끼고 무영 등이 포위망에 갇혀 허둥대는 것을 지켜보고 있었다. 이미 십여 명의 귀견수들과 수십의 무사들을 별도로 빼내 마차에 딸려 보냈기에 안심하고 있었다. 놈을 비롯한 장원의 주력은 여기에 남아 있으니 여자들을 잡아오는 것은 일도 아니었다.

'천천히… 차례로 죽여 씨를 말려주마.'

철지상은 회심의 미소를 보냈다.

소주와 항주 인근에서 동원한 무사들은 비교적 실력이 처지기에 어둠 속을 날아다니는 암기를 피하지 못하고 속속 죽어갔지만 그건 그의 관심사가 아니었다.

"으악!"

"커억!"

무공이 비교적 약한 장원의 호위무사들은 모두 하나둘씩 죽어가더니 이내 모두 쓰러졌다. 그러자 흑의인들이 포위망을 구축해 서서히 남은 세 사람을 압박했다. 무영은 조이, 조사와 함께 품(品) 자 형태로 등을 맞대고 섰다.

"소주, 여기는 저희들이 맡을 테니 기회를 보아 몸을 빼십시오. 최대한 추격을 막아보겠습니다."

조이가 전음을 보냈다.

"시끄럽다. 공생공사 몰라? 내가 그렇게 의리없는 놈으로 보이냐? 조금만 더 시간을 끌다가 함께 포구로 뛰자."

무영도 조이 말대로 하고 싶은 마음이 굴뚝같았지만 의리상 차마 그러지 못하고 있는 것뿐이었다.

그때였다.

"흐흐, 드디어 네놈에게 빚 갚을 기회가 왔구나. 오늘을 손꼽아 기다렸다."

구원(舊怨)을 잊지 못하고 있는 철지상이 나서며 음신한 이조로 말했다.

"바쁜 일도 많았을 터인데 쓸데없는 데 신경을 썼구나. 아무튼 별볼일 없는 나를 그렇게까지 기다렸다니 정말 고맙다."

무영이 화를 돋우었다.

"닥쳐라!"

철지상은 무영의 빈정거림에 화가 치밀는지 버럭 고함을 질렀다. 그는 자신의 애병인 만년한철로 만든 수갑을 부숴 버린 깊은 원한을 절대 잊을 수 없었다. 게다가 중원제일미녀를 품을 기회를 빼앗아 자기가 가로채기까지 했으니……

만년한철은 그 자체를 구하기도 어려웠지만, 그것으로 독수리의 발톱과 같이 날카로운 수갑을 만들 수 있는 장인도 흔치 않았다. 덕분에 그는 아직도 임시로 만든 철수갑을 만들어 끼고 다녔는데 손에서 느껴지는 감각이나 위력 등 모든 것이 예전만 못했다.

게다가 그 일로 칠칠치 못하게 일 처리를 한다고 대사형에게 질책을 당한 것도 마음 한구석에 응어리로 남아 있었다.

'갈가리 찢어 죽여도 시원치 않을 놈!'

철지상은 이를 벅벅 갈았다.

"도저히 혼자서는 당하지 못하겠으니 이제 떼거리를 끌고 쳐들어온 거냐? 치사한 놈, 부끄러운 줄 모르는구나. 그러고도 십마의 한자리를 차지한다고 할 수 있느냐?"

무영이 이죽거리듯 말했다.

그는 가급적 철지상을 자극해 자신에게 묶어두어 마차가 달아날 충분한 시간을 벌 요량이었다. 귀견수들을 상대하느라 정신이 없는 사이 다른 패거리가 마차의 뒤를 쫓아갔다는 것을 그는 미처 몰랐다.

"크하하핫, 네놈이 그토록 소원이라면 잠시 시간을 내줄 수도 있지."

그는 수하들을 돌아보며 말을 이었다.

"모두 뒤로 물러서라. 내가 놈의 버릇을 가르쳐 줄 동안 혹시라도 놈들이 달아나지 못하도록 철저히 포위만 하고 있도록 해라."

그러지 않아도 단단히 복수하려고 마음 먹은 그였다.

'이놈, 이번에는 아예 얼굴을 짓이겨 주지.'

철지상은 징그러운 미소를 띠며 무영에게 다가섰다. 하지만 무영의 묵환장에 단단히 혼이 난 기억이 있는 그였기에 두 눈은 무영의 양 손 움직임을 주의 깊게 살피고 있었다.

철지상의 무공이 상당하다는 것을 아는 무영은 마땅한 대응 방법을 생각하다가 문득 남괴가 준 곤린편(鯤鱗片)이 생각났다. 직접 사용을 해본 적은 없지만 운용의 묘리는 비엽신공과 같으니 문제는 없을 것이었다. 그는 품속을 뒤져 소중히 갈무리해 둔 곤린편을 꺼내 들었다.

'이번에는……'

지난번 방심했다가 어이없이 당한 철지상도 철조(鐵爪)를 끼었다.

아직 손에 익지 않아서 강적과 싸울 때만 잠깐씩 끼는 형편이었다. 상대의 무공을 대단하게 평가하는 것은 아니었지만 얼마 전 팽수와 맞수를 이루었다는 소문도 있고 해서 나름대로 준비를 했다.

"받아랏!"

무영이 재빨리 곤린편을 날렸다.

쓰아아……

고오오……

달빛을 받아 번쩍이는 다섯 개의 편린들은 저마다 각각의 묘한 음향을 내며 철지상의 전신을 향해 쏘아져 갔다.

'헛!'

어떤 것은 비수처럼 날아들었고, 또 어떤 것은 나비같이 너풀대며 주위를 빙빙 돌자 철지상은 적지 않게 당황했다.

'이놈은 어디서 묘한 병기만 구해 가지고 다니는구나!'

하지만 생각을 계속할 틈도 없었다.

쐐애액!

편린 하나가 철지상의 어깨를 향해 날카로운 소리를 내며 날아들었다. 철지상이 재빨리 몸을 틀어 피하는 순간 허공에서 너풀대던 다른 편린 세 개가 그를 쫓아 머리와 허리, 다리 등 세 방향에서 날아들었다.

"헛!"

철지상은 자신도 모르게 헛바람 소리를 내며 몸을 날려 겨우 피했다. 하지만 무림에서 십마라는 지위는 결코 허명이 아니었다.

잠시 무영의 공격에 당황하던 그는 재빨리 무영에게 다가가 철조를 이용해 연달아 안면을 내리그었다.

'훗!'

무영은 곤린편을 운용하느라 적수공권이었다.

그는 재빨리 상체를 뒤로 젖혀 등을 바닥에 눕히고 와련환퇴(臥連環腿)의 수법인 연속적인 발길질로 철지상의 허리를 공격했다.

"훗!"

철지상이 놀라 황급히 몸을 틀어 옆으로 젖혔다.

나려타곤으로 몸을 굴려 공격권을 벗어난 무영은 재빨리 소매를 저어가며 힘을 잃고 떨어지려는 곤린편을 수습해 철지상을 공격했다.

고오오…….

쓰아아…….

사방에서 날아오는 곤린편들을 모두 피하지 못하게 된 철지상이 손을 들어 철조로 남은 하나를 쳐냈다.

사악!

하지만 철지상의 철조는 편린에 닿자 마치 종잇장처럼 베어졌고, 편린은 조금도 속도를 늦추지 않고 그대로 어깨를 베어갔다.

"윽!"

편린이 지나가며 화끈한 느낌이 어깨에 느껴지는 순간 철지상은 자신이 당한 것을 알았다.

"뿌드득!"

그는 손해만 볼 수 없다는 생각에 그대로 전력으로 무영에게 다가서며 철조로 가슴을 훑어 내렸다. 자신의 살을 내주고 상대의 뼈를 깎는 것이 아니라 죽더라도 결코 혼자만 손해를 보지 않겠다는 악착같은 근성의 표현이었다.

그 한 수는 목숨을 도외시했다고 할 수 있을 정도로 위험했지만 그만큼 효과는 컸다.

"타앗!"

순간적으로 곤린편을 계속 운용하는가, 아니면 포기하고 공격을 막아야 하는가를 망설이던 무영이 미처 판단을 내리지 못한 사이 끝이 베어져 나간 철지상의 철조가 무영의 안면을 훑었다.

"헛!"

무영은 제빨리 몸을 젖혀 뒤로 구르며 오른발을 차올렸다.

파악!

퍽!

철지상의 철조가 뒤로 젖혀지는 무영의 상체를 훑었고, 거의 동시에 무영의 발이 상대의 가슴을 후려 찼다. 서로 충격을 받았는지 두 사람은 거의 동시에 몸을 뒤로 굴러가며 물러섰다.

무영에게 부상을 입히기는 했지만 곤린편에 입은 상처가 결코 가볍지 않았기에 철지상은 잠시 지혈하며 숨을 골랐다.

'안 되겠어. 포구로 튀자.'

무영은 재빨리 지면에 떨어지려는 곤린편을 회수한 후 상처를 지혈한 다음 조씨 형제에 전음을 날렸다.

"내가 신호하면 포구 쪽으로 달아나는 거다."

주변이 흑의인들에게 포위되어 이런 상태로는 오래 버틸 수도 없었다.

"알겠습니다."

조이가 대답했다.

무영이 곤린편을 회수하는 걸 본 철지상은 몸을 추스르며 잔뜩 경계를 하고 있었다.

"하앗!"

무영이 다시 곤린편을 날려 철지상을 향해 쏘아갔다.

쓰아아아……

후리리리……

놀란 철지상이 얼른 몸을 뒤로 빼며 곤린편들의 움직임을 주시했다.

후리리릭!

돌연 철지상을 향하던 곤린편들이 방향을 틀어 근처를 포위하고 있던 그의 수하들을 향했다.

"으아악!"

"악!"

"피해랏!"

대낮에도 피하기 어려울 정도로 빠르고 현란한 움직임을 보이는 다섯 개의 곤린편들이 음산한 파공음을 내며 야공을 아울러 이리저리 날아 닥치는 대로 흑의인들을 공격했다. 순식간에 몇 명의 흑의인들이 피를 흘리며 쓰러지자 포위망이 잠시 헝클어졌다.

"지금이야!"

무영은 조씨 형제에게 전음을 날리며 곤린편을 회수해 허공으로 몸을 솟구쳤다.

"놈이 달아난다. 잡아!"

열이 받은 철지상은 곧장 몸을 뽑아 올려 뒤따랐다.

"받아라!"

그런데 조이와 조사는 달아나지 않고 그런 철지상을 향해 쌍창을 휘두르며 막아섰다.

붕! 붕!

먼저 조이가 몸을 틀어 돌리며 전신중평창(轉身中平槍)의 자세로 창을 내려쳤고, 조사는 한 발을 내디디며 앞으로 나가 창대로 하늘을 갈라 내려치는 요보개파창(拗步蓋把槍)의 동작으로 철지상을 노렸다.

"타앗!"

"하압!"

다른 모든 위험은 도외시하고 오로지 한 사람만을 노리고 죽자 사자 달려드는 쌍창합격인시라 그 위력은 내단했다.

"이놈들이⋯⋯!"

화가 치밀어 검을 휘둘러 창끝을 베어가려던 철지상은 뱀꼬리처럼 말리며 교묘히 틀어오는 조이의 창끝을 보고는 기겁했다.

"헛!"

놈들의 의도를 알아챘지만 어떻게 할 수도 없었기에 그는 몸을 빼겨우 공격을 피했다. 하지만 두 형제는 집요하게 그의 뒤를 따라 몸을 날려가며 연신 장창을 휘둘러 공격해 갔다.

중원제일창이라는 양문의 양겸으로부터 지도를 받은 이래 꾸준히 연마해 온 창법이었다.

'이런 찢어 죽일 놈들!'

두 형제의 공격은 쉽게 감당할 수준이 아니었기에 기선을 제압당한 철지상은 연신 물러나며 방어에 급급했다.

무영의 말이 있기 전에 두 형제는 이미 죽음으로 뒤를 막아설 것을 약속했었다. 어차피 죽었다 살아난 목숨이었다. 조씨 형제들이 대학사와 대부인, 그리고 장무영으로 이어지는 장씨 가문에 목숨을 다해 충성을 바치기로 맹세한 것은 오래전의 일이었다.

오늘이 바로 그 맹세를 지키는 날이었다.

'지금이야!'

조이의 눈빛에 조사는 그 뜻을 알아듣고는 남몰래 조용히 고개를 끄덕였다.

'알았어, 형.'

말은 하지 않았지만 두 형제는 그렇게 최후를 준비했다.

그것만이 자신들이 받은 은혜를 갚는 길이었다. 대학사와 대부인은 아들처럼 대했고, 무영은 항상 아우처럼 그들을 대했었다. 이제는 자신들의 차례였다. 다만 한 가지 안타까운 것이 있다면 소주인의 뒤를 쫓는 모든 자들을 막아설 수 없다는 것이 전부였다.

하지만 무영도 그렇게 의리가 없는 놈은 아니었다.

'엉, 저놈들이…….'

답설무흔의 경공을 전개해 건물의 지붕 위로 꽁지가 빠지게 달아나던 무영은 이내 두 형제가 쫓아오지 않은 것을 발견하고는 그 속내를 짐작했다. 순간적으로 갈등이 있었지만 그 시간은 결코 길지 않았다.

'멍청이들!'

마음이야 알지만 화가 치밀어 오르는 것은 어쩔 수 없었다.

무영은 비룡승천을 운용해 가볍게 몸을 돌려 뒤를 쫓는 자들을 향해 검을 뽑아 휘둘러 갔다.

"하앗!"

무영은 검을 길게 옆으로 뉘어 횡소천군을 전개했다.

지난번 곡완주가 아귀장을 상대로 전개한 그 초식을 보고 느끼는 바가 많았던지라 언젠가 한번은 꼭 쓸 데가 있으리라 생각하며 남몰래 초식의 묘리를 곱씹어보기까지 했던 그였다.

"흡!"

"컥!"

허공에서 미처 착지를 하지 못하고 추격해 오던 귀견수 세 명이 순식간에 비명을 지르며 지붕 아래로 추락했다.

멀리 조씨 형제들이 철지상과 흑의인들의 공세를 이기지 못하고 수세에 몰려 허둥대며 막기에도 급급한 것이 눈에 들어왔다.

'저런!'

마음이 조급해진 그는 잇달아 강력한 검초를 전개하며 앞을 뚫었다.

'금룡파천, 금룡천변, 금룡파풍, 금룡무적……'

끊임없이 앞을 막아서는 적을 맞아 무영은 거의 무아의 상태에서 금룡검법의 정수를 펼치고 또 펼쳤다.

"크아악!"

"으악!"

"커억!"

월광에 반사된 검신이 번뜩이며 흑의인들을 사정없이 베어갔다. 그의 검은 눈앞에서 움직이는 모든 것들을 향해 사정없이 살기를 쏟아냈다.

"으아악!"

"크윽!"

무영의 검이 스치고 지나간 자리에는 밤하늘을 찢는 죽음의 단말마가 남았다.

"피, 피해!"·

"으악!"

마치 악귀와도 같은 그의 검초에 여기저기에서 두려움에 찬 소리가 나오기 시작하더니 십여 명의 귀견수를 제외한 다른 무인들은 모두 겁에 질려 물러서며 길을 터주었다.

"흐아아아……!"

무영은 자신도 모를 괴성을 지르며 귀견수들을 베어갔다.

귀견수 하나가 한 팔이 떨어진 상태에서도 그의 옆구리를 쑤셨다.

"후욱!"

몸을 틀기는 했지만 완전히 피하지는 못했기에 상대의 검이 옆구리를 스쳤다.

싸악!

"커억!"

하지만 무영은 개의치 않고 놈의 목을 잘라 버렸다.

무영의 몸에도 하나둘 상처가 생기기 시작했고, 달빛에 빛나던 하얀 백삼은 숱하게 죽어간 자들이 튀긴 피로 검붉게 물들어갔다.

"크윽!"

오로지 사람을 죽이는 훈련만을 받아온 귀견수들이었지만 이성이

마비된 것은 아니었다. 그들은 무영의 공포스런 기세에 질려 제대로 실력을 발휘하지 못하고 밀리며 하나둘 쓰러져 갔다.

"철지상, 멈추어라!"

조씨 형제들을 향해 달려가던 무영은 자신의 앞을 막아선 장벽에 틈이 생기자 더 이상 망설이지 않고 철지상을 향해 쏘아갔다.

철지상은 막 조씨 형제를 향해 철조를 찍어가던 중이었다. 두 형제는 예전에 무영이 선물로 준 장창도 토막이 난 상태라 장검을 뽑아 들고 겨우 버티고 있었다. 두 사람의 전신은 이미 피를 뒤집어쓴 듯했다.

철지상은 철조를 멈추지 않고 그대로 훑었다.

조이가 검을 들어 비스듬히 마주쳐 가며 철조를 막아갔지만 공격을 막아내기에는 역부족이었다.

팍!

"크윽!"

장검이 그대로 부러지며 앞가슴 살점이 떨어져 나가는 충격에 조이는 끝내 무릎을 꿇었다.

"이노옴!"

무영의 검이 철지상에게 쇄도해 갔다.

조이가 당하는 것을 목격하고 눈이 뒤집힌 무영의 검초에는 오로지 철지상을 죽이겠다는 살기만이 가득 담겨 있었다.

"금룡파천!"

무영이 몸을 날려 허공에서 철지상을 쪼개왔다.

"흥!"

끝이 잘려 나간 철조로 무영과 맞서는 것이 쉽지 않다고 본 철지상은 얼른 철조를 벗어 던지고 얼른 검을 뽑아 마주쳐 갔다.

카캉!

날카로운 소리와 함께 불꽃이 튀며 두 사람의 검이 부딪쳤다. 무영이 그 탄력으로 허공에서 몸을 돌리는 순간 철지상의 검이 허공을 크게 돌아 무영을 베어왔다. 마치 다음 동작을 예견한 듯한 초식이었다.

허공에 떠 있는 무영이 미처 몸을 수습하지 못한 위기의 상황이었다.

"하얏!"

"받아랏!"

부상을 당한 조씨 형제들이 비틀거리면서도 전력을 다해 철지상을 베어갔다. 그들은 정작 자신을 향해 베어오는 흑의인들은 쳐다보지도 않고 무영만을 살리려는 것이다.

"이키!"

옆면을 베어오는 검에 기겁을 한 철지상이 황급히 뒤로 물러섰고 그 순간 흑의인들의 검이 조씨 형제들을 노리고 날아들었다.

철지상이 피하는 순간 자신들도 등에서 쇄도하는 검기를 느끼고 몸을 내던지며 피했지만 이미 늦었다. 두 자루의 검이 형제들의 허리와 등을 스쳤다.

"크윽!"

"윽!"

이미 온몸 여기저기 상처를 입은 그들이었지만 죽음을 각오했기에 비틀거리며 다시 일어섰다.

"죽어랏!"

몸을 세운 무영이 조씨 형제를 공격하던 흑의인 둘을 베어넘겼다.

"으악!"

"커억!"

순간 철지상이 독수리처럼 날아오르며 무영을 향해 검을 내리그었다.

카캉!

무영이 막아가자 철지상은 공중에서 몸을 한 바퀴 돌더니 그의 뒤쪽으로 내려서며 몸을 돌려 비스듬히 일검을 그었다.

"핫!"

무영은 몸을 틀어 피하며 전력을 다해 횡소천군의 초식으로 철지상의 옆구리를 쓸었다.

'이놈이……!'

재빠른 반격에 미처 검을 거두지 못한 철지상은 적지 않게 당황했다. 검의 사용에 익숙하지 않았던 까닭이었다. 그는 황급히 몸을 틀어 뒤로 물러서며 부서진 철조를 낀 손에 진기를 주입해 막아갔다.

빠각!

병기가 서로 맞부딪치는 순간 무영의 검을 감당하지 못한 왼손의 철조가 두 조각으로 갈라지며 튕겨 나갔다.

하지만 그게 끝은 아니었다.

철지상이 미처 자세를 바로 하기도 전에 무영의 공세가 이어졌다.

'억!'

금룡승천(金龍昇天).

무영이 바닥에서 정수리로 검을 그었다.

캉!

재빨리 하나 남은 철조로 겨우 막기는 했지만 늦었다. 철지상은 비틀거리며 뒤로 물러섰다. 겨우 자세를 바로 한 그의 허벅지 부위에 핏물이 비쳤다.

'이놈이 어디서 대단한 무공비급이라도 구했나?'

비록 지난번 자신이 당하기는 했어도 결코 장무영을 맞수라고 생각해 본 적은 없었다. 그때는 남궁황과 겨룬 직후였고, 처음 대하는 괴이한 장력, 그리고 자신이 낳은 방심으로 망신을 당했다고만 생각했었다. 게다가 주어진 임무가 있어 결판을 내주지 못했던 터라 아쉬움만 있을 뿐이었다.

팽수와 동수를 이루었다는 말을 들었을 때도 '팽수란 놈도 별것 아니구나' 했는데 그게 아니었다.

"뿌드득, 장무영, 오늘 이곳이 네놈의 무덤이 될 것이다."

철지상은 무영을 향해 이를 갈았다.

"쳐라! 하지만 목숨만은 살려두어라. 내가 직접 처리하겠다."

만만치 않은 실력을 경험한 그는 일 대 일로 싸워 공연한 손해를 볼 필요는 없다 생각하고 수하들을 돌아보며 말했다. 적당히 흔들어놓고 놈이 휘청거리면 그때 자신이 나서서 마무리하겠다는 속셈이었다.

남아 있던 귀견수 십여 명이 무영을 목표로 서서히 조이며 들어갔다.

'젠장, 잘못하면 여기서 인생 종 치게 생겼군. 하긴 덤으로 사는 셈이니 억울할 것도 없지.'

덕분에 잠시 숨 돌릴 틈을 갖게 된 무영은 조이의 상세를 살폈다. 가슴과 등에서 흐르는 피의 양으로 보아 심각한 부상을 당했다는 것을 알 수 있었다.

"옆, 옆구리에⋯⋯."

조이가 숨을 헐떡이며 말했다.

"입을 열지 마!"

조이가 말을 하자 상처에서 더 많은 피가 흘렀다.

무영은 그의 말에 옆구리에 큰 상처를 입었나 하고 살폈지만 아니었다. 무영은 나무라듯 소리치고는 얼른 몇 군데 혈도를 짚어 지혈을 시켜주었다.

"지… 진천뢰……."

하지만 조이는 만류에도 불구하고 다시 힘겹게 말을 이었다. 무영은 그제야 그의 말뜻을 알아들었다.

"미련퉁이야, 아직까지 그걸 쓰지 않고 있다니. 몸이 이 모양이 되도록 뭘 했어."

"마, 마지막에 쓰려고."

"죽은 담에?"

무영이 그의 옆구리에서 진천뢰가 든 주머니를 풀어 자신의 허리춤에 차며 말했다.

그러는 중에 다시 전열을 가다듬은 귀견수들이 서서히 포위망을 좁히더니 공격을 시작했다. 하나같이 날카로운 실초들만 전개하니 부상을 당한 조씨 형제를 보호해 가며 싸워야 하는 무영으로서는 십 초도 지나지 않아 손발이 어지러워졌다.

이쪽의 약점을 눈치 챈 상대들은 조씨 형제들을 공격하는 척하다가 무영에게 공격을 가했다. 한꺼번에 서너 명의 고수들을 상대해야 하는 무영의 몸 곳곳에는 상처가 늘어갔다.

'망설이지 말자.'

막상 자신이 진천뢰를 갖게 되자 결정적인 순간을 위해 아끼고 쓰지 못했던 조이의 마음이 이해가 갔다. 더 이상은 어렵다고 본 무영이 소매에서 진천뢰를 꺼내 들었다.

'저놈은 아니야.'

생각 같아서는 철지상의 면상에 던지고 싶었지만 눈치가 빠른 놈이니 그리 던졌다가 미리 튀면 큰 손해였다. 그는 기회를 엿보다가 귀견수들이 공수를 교대하는 틈을 타 그쪽을 향해 냅다 진천뢰를 던졌다.

"엎드렷!"

무영이 조사에게 전음을 보내며 조이를 감싸고 바닥으로 뒹굴었다. 이미 무영이 진천뢰를 꺼낸 든 것을 본 조사였는지라 그의 말에 재빨리 몸을 눕혔다.

약간 뒤로 물러서서 싸움판을 주시하던 철지상의 눈에 무영이 던진 둥근 철환을 들어왔다.

"물러서라!"

그러지 않아도 무영과 조이가 나눈 대화를 엿들었기에 진천뢰라는 말이 오가자 찜찜했던 그였다. 그의 경고에 어리둥절해하던 수하들이 멈칫하더니 이내 몸을 뒤로 뺐다.

하지만 이미 늦었다.

쾅!

그의 말이 끝나자마자 요란한 폭발음과 함께 진천뢰가 터지며 미처 피하지 못한 수십 명이 폭발에 휘말렸다. 하얀 연기와 함께 핏물과 살점이 사방으로 튀었다.

갑자기 우뢰와 같은 폭음과 함께 잇달아 비명이 이어졌다.

배동호의 연락을 받은 청해삼호와 풍진악, 그리고 조씨 형제 중 동가장에 머물던 조일과 조삼이 최대한의 경공을 발휘해 항주 성안으로 달려온 것은 바로 그때였다. 상대가 삼백은 족히 된다는 배동호의 말에 풍요립 등이 사람들을 모아서 오는 동안이라도 조금이나마 힘을 보태고자 먼저 달려온 것이었다.

큰 폭발음과 고함, 도검 소리에 이내 싸우는 곳을 발견한 그들은 일제히 몸을 날렸고 운룡대팔식을 집중 연마한 달운이 가장 먼저 싸움판에 도착했다.

"이놈들!"

그는 뒤편에 포위망을 구축하고 있는 흑의인들을 그대로 베어가며 무영이 있는 곳으로 파고들었다. 이어 달운과 달뢰, 그리고 풍진악이 뛰어들었고, 그 뒤를 조일과 조삼이 따랐다.

"공자, 우리가 왔소."

달운은 무영을 공격하던 귀견수를 베어 쓰러뜨리고 무영에게 다가서며 말했다. 잇달아 도착하는 다른 사람들을 본 무영은 희색이 만면했다. 잠깐 사이에 도착한 그들은 서로 등을 마주하고 작은 원을 그리며 수비망을 구축했다. 진천뢰의 폭발로 수십 명이 죽거나 부상을 입었지만 아직도 백여 명이 넘는 적을 상대하기란 무리였다.

철지상은 난데없는 공격에 당황해하다가 그 수가 얼마 되지 않는 것을 보고는 안도했다.

"푸하하핫, 웬 놈들이 곧 죽을지 모르고 왔구나? 그렇게 소원이라면 들어주는 것도 어렵지 않지."

그러지 않아도 잠시 쉬었더니 손이 근질거리는 참이던 철지상이 앞장서서 무영 일행을 공격해 왔다.

그러나 무영 일행도 만만찮은 실력이라 비록 숫자로 우세를 확보한 그들이었지만 딱 부러지는 고수라고는 철지상밖에 없어 팽팽한 대치 상황으로 이어졌다.

'보통 놈들이 아니구나.'

싸움이 길어질수록 철지상의 마음은 점점 다급해졌다.

그는 발악을 하듯 수하들을 독려하며 압박해 왔지만 상대의 수비는 좀체 허점을 드러내지 않고 있었다.

무영 일행은 잠시만 시간을 끌면 구원군이 온다는 확신이 있었기에 위험한 모험은 시도하려 하지도 않았다. 그들은 사나운 기세로 공격을 하는 귀견수들의 공격을 정면으로 받지 않고 가볍게 피해 가며 진세를 유지하는 데만 신경을 썼다. 오히려 무공이 비교적 약한 철지상의 수하들만이 하나둘 무릎을 꿇고 있었다.

'이런 제기랄!'

철지상은 남은 수하들을 둘러보았다.

남아 있는 인원은 대략 백여 명도 되어 보이지 않았다. 칠팔십가량이 마차를 추격해 갔기에 남아서 싸우다가 죽은 수하가 백여 명은 된다는 말이었다.

그의 등에 식은땀이 흘렀다. 돌아가는 모양새를 보니 아무래도 일진이 좋은 날은 아닌 것 같았다.

'엇!'

문득 그의 눈에 빠른 속도로 사방을 은밀히 포위해 오는 수백의 인영이 눈에 띄었다. 언뜻 보기에도 움직임이 예사롭지 않은 것이 하나같이 제법 무공을 갖춘 자들이었다.

'이런!'

지금 대사형 일행은 목룡군을 잡으려 총력을 기울이고 있을 터이니 결코 우군일 리는 없었다. 어느새 포위망을 구축한 그들이 서서히 싸움터의 중심으로 몰려들고 있었다.

'이 근처에 저런 세력을 동원할 만한 문파가 있었나?'

아무래도 장무영 일당을 돕기 위해 온 자들이 분명해 보였다. 문득 먼저 도착한 자들이 적극적으로 싸움을 끝내려고 한다거나 달아나려는 기색이 없었다는 것에 생각이 미쳤다.

'가만, 이제 보니 저놈들은 원군을 기다리며 시간을 끌고 있었어.'

생각이 거기에 미치자 철지상은 당황했다.

자신이 가장 믿고 있는 귀견수들도 이미 칠팔 명밖에 남지 않은 터였고, 남은 자들이 칠팔십은 되지만 그저 그런 놈들이었다.

"내가 신호를 하면 모두 나를 따르라. 퇴각한다."

철지상은 은밀히 귀견수들에게만 전음을 날렸다. 짐짓 아무것도 모르는 체 무영을 상대로 공격을 가하다가 돌연 몸을 뺐다.

"지금이다."

그는 재빨리 경공을 전개해 허공으로 솟구치며 소리쳤다. 칠팔 명의 귀견수들도 그의 뒤를 따라 몸을 솟구쳤다.

"다 잡아! 놈들이 달아난다."

달아나는 철지상을 본 무영이 소리쳤다. 그도 이미 동가장의 본진이 도착한 것을 보았거니와 풍요립의 전음까지 받은 터였다.

"막아라!"

곳곳에서 몸을 숨기며 접근하던 곤륜파의 정예들이 나서서 철지상의 앞을 막아섰다. 그의 뒤를 따르려던 다른 자들도 모두 여기저기에서 포위망에 막혀 모두 봉쇄되었다.

"어딜 가느냐?"

제자들을 이끌고 가장 앞장서서 그들을 막아선 것은 사대호법 중 종리강과 성낙훈이었다. 그들은 이곳 항주로 온 이래 무영이 넘긴 비급과 남우선의 가르침으로 크게 실력이 향상되어 이제는 어느 문파에 내놓아도 호법으로 손색이 없을 정도였다.

"비켜라!"

대수롭지 않게 생각한 철지상은 귀찮다는 듯이 하나 남은 철조를 휘두르며 길을 트려고 했다. 하지만 이내 마주쳐 오는 검기가 예사롭지 않은 것을 알고는 방향을 바꾸어 달아나려고 했다.

쉬르르르……

순간 철지상의 등 뒤를 곤린편 한 개가 매서운 속도로 파고들었다.

'헛!'

철지상도 묘한 살기를 감지하고는 재빨리 몸을 휘감으며 옆으로 틀었지만 이미 늦었다.

팟!

"크윽!"

곤린편은 철지상의 왼팔을 그대로 절단시키고는 다시 허공을 선회하며 올라갔다.

그는 이를 악물고 아픔을 참으며 지혈하고는 그대로 달아났다. 종리강과 성낙훈이 먹잇감을 본 독수리처럼 뒤를 쫓았고 그 뒤를 다른 제자들이 따랐다.

철지상의 뒤를 따르려던 귀견수들은 다른 사람들에 의해 이미 몰살을 당했고, 철지상을 돕기 위해 온 인근 군소문파의 무인들은 '모두 항복하라'는 풍요립의 말에 순순히 도검을 접었다.

철지상이 먼저 달아나 버린 사실에 분개한 데다 실력 차가 뚜렷해 더 이상 싸울 마음이 없었기 때문이다.

"조일, 동생들을 돌봐. 나는 마누라들을 찾아봐야 해."

무영이 그렇게 말하며 전당강으로 방향을 잡아 뛰자 사람들은 그의 뒤를 따랐다.

제6장 하늘은 사랑만 베풀지 않는다

두두두두두!

마차 뒤에서 십여 명의 무사들과 함께 말을 타고 따라가는 조오의 어깨가 오늘처럼 무거운 적이 없었다. 네 대의 마차는 우레 같은 바퀴 소리로 밤을 찢으며 달렸다. 다행히 달빛이 밝았고 야밤이라 오가는 행인이 없어 성문 앞까지 도착하는 것은 어렵지 않았다. 성문만 지나면 멀지 않은 곳에 바로 포구가 있었다.

하지만 마차는 굳게 닫힌 성문 앞에서 멈추어야 했다.

"멈추시오!"

성문을 지키는 수문장이 수십여 명의 병사들과 함께 앞을 막아섰다. 그들도 다가오는 요란한 마차 소리를 듣고 위협을 느꼈기에 인근의 망루에 있던 병사들까지 가세해 앞을 막아선 것이다.

"문을 열어주시오!"

조오가 황급히 말을 몰라 대열 앞으로 나서며 말했다.

"통행패를 가지고 있소?"

수문장이 물었다. 그로서는 당연한 물음이었다.

"우리는 석가장 사람이오. 급한 일로 성을 나서야 하는지라 미처 챙기지 못했소."

조오는 말과 함께 재빨리 품속에서 은덩이 하나를 꺼내 수문장에게 건네주었다. 항주부에서 장무영과 남우선이 있는 석가장을 모르는 사람은 없었다. 석가장 사람들은 지부도 함부로 대하지 않는다는 것을 눈치 빠른 아랫사람들이 모를 리 없었다.

'사람들이 뭘 좀 아는군.'

은자를 품속에 챙긴 수문장이 재빨리 성문을 열어주었다.

조오는 대열의 뒤에서 마차가 성문을 통과하는 것을 기다리는 중에 많은 수의 추적자들이 멀리서 뒤를 쫓아오는 것이 보였다.

"서두르시오!"

마차가 질풍같이 성문을 통과해 포구로 달렸다.

성문과 포구는 그리 먼 거리기 아니었다. 추적자들과의 거리를 보며 짐작해 보니 자신이 막아서고 배만 포구에 닿아 있다면 다른 사람들은 충분히 탈 수 있을 것 같기도 했다.

"앗!"

성문을 나서는 순간 조오는 자신도 모르게 비명을 터뜨렸다.

쿠르르르릉!

고오오오오!

엄청난 물결이 장강을 역류하고 있었다.

전당괴조(錢塘怪潮).

마치 전쟁터의 아비규환의 비명을 연상할 정도로 으르렁대며 밀려오는 바다 물결이 거기에 있었다. 수십 장의 날개를 세운 듯한 물마루는 전당괴조라는 이름에 걸맞게 엄청난 기세로 강을 쓸어버리듯 올라가고 있었다.

매월 보름날 전후의 삼경이면 밀물 때 엄청난 바닷물이 전당강을 역류해 왔다. 정확히 시간을 맞추어 왔기에 조신(潮信)이라고도 불리는 전당괴조는 밀물 때 역류하는 바닷물이 얕은 전당강 바닥을 거슬러 올라와 부딪치며 만들어내는 엄청난 물봉우리였다.

항주는 물론이고 전당강 수백 리 인근에 사는 사람들치고 전당괴조를 모르는 이는 없었다.

"아뿔싸!"

조오는 망연자실했다.

중원의 명물이라는 전당괴조는 멀리서 보면 엄청난 장관이지만 지금 이런 상황에서는 절대 아니었다. 조오는 미처 전당괴조를 생각하지 못한 자신을 탓했다.

말을 달려 오면서 강 하구에 대기하고 있다는 배를 향해 날린 신호용 화전을 배에서 보았다 하더라도 감히 전당강 근처로 오지 못했을 것이었다. 아니, 전당괴조를 피해 멀리 이동해 있었을 것이기에 아예 보지 못했을 공산이 더 컸다.

'큰일이다.'

주공의 식솔들을 책임지고 있는 상황이었다. 그저 달아나는 것에만 급급해 전당강의 밀물을 생각하지 못한 것은 자신의 큰 불찰이었다.

모두 전당괴조를 피해 다른 곳으로 갔는지 이미 전당강 주변에는 어떤 배도 얼씬하지 않고 있었다.

앞섰던 마차들도 서서히 속력을 늦추더니 마침내 멈추었다.

안에 탄 사람들은 마차 바퀴 소리에 미처 상황을 알지 못하고 있다가 마차가 서자 요란한 물결 소리를 들었는지 모두들 마차 밖으로 고개를 내밀어 엄청난 기세의 물결을 보고는 입을 닫았다.

호위무사들은 바삐 움직였다.

아무런 명령도 없었건만 이미 돌아가는 상황을 파악한 그들은 마차를 쫓아오는 후방의 적을 향해 방진을 펴고 말없이 자리를 잡았다.

"많군요."

마차 밖으로 나온 상경이 검을 들고 조오의 곁에 나란히 서서 앞으로 다가오며 포위망을 형성하고 있는 흑의인들을 보며 하는 말이었다. 추적자들은 도망갈 곳이 없다는 것을 알고 있기에 서둘지 않았다.

"어떡해……"

남궁화도 겁에 질려 있었다.

어쩔 줄 몰라 하던 그녀는 문득 항주에도 남궁세가의 분타가 있다는 것에 생각이 미쳤다. 그녀가 떨리는 손으로 짐 보퉁이를 가리키자 시비인 쌍쌍이 얼른 보퉁이를 열었다. 남궁하는 급히 짐을 뒤져 화전통을 꺼낸 뒤 불을 붙여 허공으로 쏘아 올렸다.

펑!

사홍일황.

네 개의 홍색 화전과 한 개의 황색 화전.

세가의 가주 직계 가족이 위험에 처했을 때 사용하는 화전이었다.

"사홍일황!"

남궁세가 항주 분타주인 남궁충호는 전당강 포구 쪽에서 피어오르는 신호탄을 보았다.

남궁세가는 통상 홍황의 두 가지 색을 조합해 다섯 개의 신호탄을 쏘아 올렸다. 그중에서 홍색은 위급한 상황을 말하며 보통의 경우는 한 개로 위급의 정도에 따라 세 개까지 쓸 수 있었다.

붉은색이 세 개가 넘는 신호탄의 조합은 가주 직계만이 쏠 수 있는 신호탄이었고, 사홍일황의 신호탄을 이곳 항주에서 쏘아 올릴 사람은 장무영과 혼인을 한 남궁화뿐이었다.

석가장 쪽에서 불이 났다는 보고에 화들짝 놀라 잠에서 깨어난 그는 즉시 비상을 걸어 수하들을 소집하고 사람을 보내 확인시키는 등 바삐 움직이고 있는 중이었다.

신호탄을 본 남궁충호 뒤에 서 있던 다섯 명의 백의인들이 서로 눈빛을 교환하더니 신속하게 포구 쪽으로 몸을 날렸다.

그들은 본가에서 파견되어 항주 분타에 머물며 남궁화의 안위를 돌보는 임무를 맡고 있었다.

백의대가 본가를 벗어나는 경우는 드물었지만 석가장이 그리 안전한 곳이 아니라는 판단이 있었기에 남궁철상은 출가한 딸을 염려하는 아비의 심정으로 당분간이라는 단서를 달아 파견했었다. 그들은 가주의 직접 명령만 수행하기에 이곳 항주의 분타주인 남궁충호로서도 함부로 할 수 없는 위치였다.

"가자!"

수하들이 소집되는 동안에도 석가장 쪽의 화재에 이어 엄청난 폭음이 들려와 여간 긴장하고 있던 것이 아니었다. 남구충호는 수하들을 인솔해 급히 전당강 포구로 향했다. 석가장 쪽으로 보낸 정찰조가 아직 돌아오지 않았지만 그들도 사홍일황을 보았을 것이니 알아서 움직일 터였다.

"쳐랏!"

귀견수들 중에서 선임으로 보이는 자가 명령을 내리자 그들은 망설이지 않고 마차를 향해 돌격했다. 이미 화전이 쏘아지는 것을 본 터라 상대에게 원군이 올지도 모른다는 생각에 마음이 급해졌던 까닭이었다. 칠팔십여 명에 이르는 흑의인들은 순식간에 상경과 조오 일행을 밀어붙였다.

곡완주는 초조한 마음으로 싸움을 지켜보고 있었다.

"아!"

그녀의 얼굴에 절망감이 스쳤다.

이십여 명의 장원무사들은 전당강을 등 뒤로 하고 죽기로 싸웠지만 일각이 채 지나지 않아 이미 절반쯤으로 줄어 있었다. 생각 같아서는 자신이 나서서 놈들을 요절 내버리고 싶었지만 남산만한 배를 움켜쥐고 싸울 수는 없는 일이었다. 게다가 자칫 뱃속의 태아가 잘못되기라도 한다면…

그건 정말 상상조차도 하기 싫은 일이었다.

'어떻게 하지……'

어느새 곡완주는 검을 잡고 있었다.

하지만 감히 마차 밖으로 나갈 생각도 못하고 그저 몸만 움찔거릴 뿐이었다. 마차에는 아라 공주도 같이 있었기에 그녀의 시비인 단단과 직속 호위무사 두 명이 마차 곁으로 다가와 싸움판을 지켜보고 있었다.

"너희들도 어서 나서서 돕거라."

아라 공주가 호위무사들을 보며 말했다. 지금 앞을 막아서는 조오 일행이 무너진다면 자신 곁에 있는 호위 두 명도 결국 아무런 도움이 되지 못할 것은 자명했다.

곡완주도 몸을 일으켰다.

"동생, 이 몸으로 어떻게 하려고……!"

이라 공주가 깜짝 놀라며 말했다.

"여기서 자라나 지키다가 일을 당하는 것보다는 차라리 나가서 싸우는 편이 나아요."

곡완주는 검을 빼 들고 전면으로 나섰다.

뱃속의 아기 때문에 마음속의 불안은 그 누구보다 더했지만 그녀가 보기에도 저울추는 흑의인들 편으로 급격히 기울고 있었다.

상경은 그런대로 네 명의 귀견수들을 맞아 침착하게 받아치며 수비를 하고 있었지만 가장 심하게 밀리는 사람은 조오였다. 이제 열다섯을 갓 넘은 그였지만 조자룡의 직계 후대라는 말이 있을 정도로 신체는 여느 성인 못지않은 강골이었다.

그러나 곤륜검법에 양가창법까지 더한 그였지만 세 명이 한 조를 이루어 덤벼드는 귀견수들을 어쩌지 못하고 연신 위태로운 고비를 맞으며 버티고 있었다. 이미 몸 곳곳에 상처를 입었지만 한일 자로 입술을 굳게 다물고 죽음으로 마차를 지키겠다는 의지를 보여주고 있었다.

곡완주는 조오 가까이로 다가서자마자 그를 둘러싼 두 명의 귀견수를 사정없이 베어버렸다.

"으악!"

"억!"

흑의인들은 웬 임산부까지 뒤뚱거리며 검을 빼 들고 나서기에 우습다 못해 어이없어했는데 순식간에 두 명의 동료가 죽어 자빠지자 크게 경악했다. 뒤를 받치고 있던 다른 흑의인 셋이 이번에는 곡완주를 목표로 말없이 달려들었다.

"으악!"

기세 좋게 앞장섰던 흑의인 하나가 일검에 피를 뿌리며 나동그라지자 뒤따르던 두 명이 움찔했다. 배를 내밀고 뒤뚱거리는 임산부가 예사 고수가 아니라는 것을 알게 되자 흑의인들의 움직임이 신중해졌다.

그러는 중에도 곳곳에서 장원무사들이 피를 뿌리며 쓰러져 갔다. 곡완주를 둘러싼 흑의인들은 수십이 넘었고, 조오를 비롯한 남궁화와 상경 등이 한 덩어리가 되어 포위된 형국이었다.

이미 흑의인들 몇몇이 마차 쪽으로 다가서고 있었다.

"아가야, 미안하다. 잠시 참아주렴."

곡완주는 내공을 최고로 끌어올렸다. 아기가 놀랐는지 아랫배에서 꿈틀하는 느낌이 왔지만 지금은 어쩔 수 없었다.

"하앗!"

곡완주의 몸이 허공으로 치솟았다.

애회만천!

월광을 받은 검이 너울대며 춤을 추더니 수백 수천의 꽃잎을 만들어 밤하늘에 뿌렸다.

"으아악!"

마치 한 사람의 소리와도 같은 처절한 비명이 야공을 찢는 순간 곡완주를 둘러쌌던 수십 명의 흑의인들이 술에 취한 듯 비틀거리며 하나둘 무기를 떨어뜨렸다.

쿠르릉!

싸움판에 있던 모든 사람들의 동작이 모두 멎었고 그 틈으로 전당괴조가 일으키는 물결 소리가 포구를 넘나들었다.

"아!"

다음 순간 곡완주의 몸이 비틀거리더니 검을 바닥에 떨구었다.

"주모! 안 돼요!"

조오가 급히 몸을 빼 화살처럼 곡완주에게로 달려들었다.

'아!'

과도한 내력 소모로 인해 그녀는 머리가 텅 빈 것 같은 느낌이 들었지만 애써 몸을 다잡았다.

조오는 한 손으로 비스듬히 곡완주를 안고 강을 따라 달렸다.

바로 옆은 비스듬한 언덕이라 조금만 실수해도 무서운 강물로 떨어지는 아슬아슬한 곳이었지만 앞길은 흑의인들에 의해 철통같이 막혔으니 선택의 여지가 없었다.

그저 주공의 아이를 가진 주모님을 여기서 죽게 할 수 없다는 생각뿐, 어디로 어떻게 가야 할지는 생각하지도 못했다.

"잡아라!"

남아 있던 흑의인들 대부분이 이번에는 곡완주를 안고 달아나는 조오를 향해 덤볐다.

"멈춰랏!"

상경이 그를 돕기 위해 신속히 몸을 날렸지만 이미 늦었다.

흑의인 하나가 날린 장풍이 조오의 등을 강타하는 순간 그는 곡완주를 안고 있던 손에 힘이 빠지며 전당강을 밀고 올라오는 수십 길 높이의 전당괴조가 넘실대는 언덕에서 비틀거렸다.

"악!"

순간 곡완주는 팅기듯 조오의 몸에서 저만치 떨어져 나가며 물길 속으로 사라져 갔다.

"안 돼!"

조오는 그 와중에도 그녀를 잡기 위해 허공에서 손을 벌렸지만 소용없는 일이었다.

"으아악!"

균형을 잃은 조오 자신도 비명을 지르며 물속으로 떨어지려는 순간 상경이 달려오며 급히 풀어 던진 허리띠가 그의 몸을 휘감았다.

쿠르르릉!

마치 큰 성이라도 삼킬 듯한 거대한 물결이 곡완주를 삼켜 버리고는 그대로 저 멀리 밀고 올라갔다.

'아악!'

곡완주는 집채보다도 높은 물결에 휩싸이는 자신을 발견하고는 공포에 휩싸였다. 물마루는 거대한 장벽이었다.

"아기는 안 돼!"

그녀는 몸을 휘감아오는 물결 속으로 파묻히며 절규했다. 하지만 거대한 대자연의 법칙은 누구도 거역할 수 없었다.

컴컴한 물속으로 빠져드니 죽음의 공포가 온몸을 휘감았다.

물살이 그녀의 몸을 이리저리 감아 밀고 당기며 때로는 위로 띄워올리고, 때로는 내동댕이쳤지만 할 수 있는 것은 아무것도 없었다.

곡완주는 한동안 그렇게 정신없이 물살 속을 헤맸다.

"비워라. 비움이 곧 가득 참이니 그것은 곧 하늘과 내가 함께하는 만천심공의 묘리(妙理)다. 크게 채우기 위한 크게 비움을 배워야 한다."

절체절명의 순간 곡완주는 문득 만천심공(滿天心功)의 구결을 일러주시던 스승님의 말씀을 떠올렸다.

'스승님!'

마지막으로 만천심공에 기대어보기로 한 그녀는 전신의 기도를 닫은 채 우르렁대는 물결 속에 몸을 맡겼다.

우르르릉!

쐬아아아!

곡완주를 품은 전당괴조는 아무 일 없었다는 듯이 거대한 파도를 일으키며 전당강을 거슬러 위로 밀고 올라갔다.

제7장 해룡방의 최후

이제 막 동녘에서 솟아오른 아침 태양이 온 누리를 구석구석 비추며 대지의 잠을 깨웠다.

반쯤 불에 타버린 석가장은 아직도 여기저기에서 흰 연기를 내뿜으며 간밤의 끔찍했던 상황을 떠올리게 했다. 장원 곳곳에는 동가장에서 파견한 무인들이 번뜩이는 눈으로 사방을 감시하고 있었다.

무영은 반쯤 타버린 고목의 기둥에 몸을 기대고 하늘을 쳐다보았다.

비록 싸움에는 이겼지만 잃은 것이 너무도 많았다. 뺨을 타고 눈물이 흘렀지만 그는 닦을 생각조차 하지 않았다.

아라 공주와 남궁화는 무영의 곁에 있으면서도 감히 말 붙일 생각을 하지 못했다. 그의 심정을 잘 아는 남우선이나 백문호 등 여러 사람들도 저만치 떨어져 멀쩡한 하늘을 쳐다보며 한숨만 푹푹 내쉬는 것이 고작이었다.

그들 중에서도 가장 상심한 사람은 남우선이었다.

'휴우… 이것도 천운이려나? 늘그막에 손주 하나 안아보나 했더니……. 그나저나 저 녀석이 얼마나 마음이 아플꼬……. 쯧쯧쯧.'

생각 같아서야 등이라도 토닥여 주며 위로의 말이라도 건네고 싶었지만 지금은 그런 분위기도 못 되었다. 그저 녀석을 지켜보며 같이 아파하는 것이 전부였다.

보다 못한 남궁화가 무영에게 다가가 하얀 손수건을 꺼내 눈물을 닦아주었지만 말을 붙이지 못하기는 그녀도 마찬가지였다. 남궁화는 너무 울어 눈이 퉁퉁 부은 채 붉게 물들어 있었지만 무영 앞에서는 애써 울음을 참고 있었다.

'너, 살아 있지?'

그저 먼 하늘만 바라보고 있는 듯 보이는 무영의 눈은 초점을 잃고 있었다. 머리는 텅 비어버려 아무것도 담을 수 없었다. 그저 전당강 물결 속으로 사라진 곡완주의 모습만 자꾸 아른거릴 뿐이었다.

수백 명의 사람이 동원되어 강을 따라 상류 백여 리에 이르는 지역까지 샅샅이 뒤지고는 있지만, 십여 장이 넘는 엄청난 파도를 이루며 전당강으로 역류하는 귀혼조를 본 사람이라면 그녀가 살아 있거나 혹여 시체라도 찾을 수 있을 것이라고 기대하는 사람은 아무도 없었다.

화광이 충천하고 엄청난 폭발음까지 들리는 상황에서도 벌벌 떨기만 하고 관병들을 출동시키지 못했던 항주 지부가 몸소 찾아와 위로의 말을 건네려 했지만 무영의 상태를 아는 사람들은 그가 온 사실조차도 전하지 않았다.

간밤의 치열한 싸움 와중에 죽어 나간 사람들은 모두 삼백에 가까웠다. 게다가 싸움이 성안에서 벌어졌기 때문에 피치 못할 사정이었다고는 하지만 무영이 던진 진천뢰에 날벼락을 맞아 죽거나 다친 양민도 몇이나 되었다. 그런 사람들에게는 백문호가 나서서 직접 찾아 위로금을 전달해 주었다.

무영은 눈을 감았다.

눈물도 말라 버렸는지 더 이상 흐르지 않았다.

자신을 위해 몸을 던져 막아서던 곡완주의 모습이 떠올랐다. 잠깐이라도 방을 나설라 치면 남산만한 배를 항상 두 손으로 안고 움직이던 그녀였다. 언제나 자신을 향해 깊은 사랑을 보내주었건만 자신은 아무것도 해준 것이 없다는 생각이 더욱 그를 괴롭혔다.

어느덧 해가 중천에 올라섰다.

무영이 기대고 있던 고목에서 몸을 일으켰다. 다른 사람들은 모두 자리를 비켜 그의 곁에는 남궁화와 아라 공주만이 지키고 있었다.

"복수를 하겠어!"

무영이 단호한 어조로 말했다.

"상공, 하지만 피는 피를 부르는 법입니다."

곡완주를 잃고 어찌나 많이 울었는지 아직도 눈두덩이 부어올라 있는 아라 공주가 걱정스런 어조로 말했다. 그녀도 아기를 애타게 기다렸었다.

"그동안 완주를 위해 내가 해준 것이 아무것도 없다는 것을 깨달았어. 이미 늦었지만 내가 해줄 수 있는 것이라고는 그것뿐이야."

무영은 그렇게 말하고 조이를 불렀다.

청해삼호와 조씨 형제 등은 모두 곡완주를 찾겠다고 전당강으로 나섰기에 그의 곁에는 중상을 입고 누워 있는 조이만이 남아 있었다.

"장원의 모든 식구들은 예정대로 오늘 중에 섬으로 옮겨갈 것이니

다시 짐을 정리해 가져갈 것들을 챙기도록 해라. 출발은 한 시진 후다."

"알겠습니다."

조이 곁을 물러난 무영은 남궁화와 아라 공주를 대동하고 안채로 들어가 미처 수습하지 못한 물건들을 수습해 떠날 준비를 하고는 조오를 찾았다. 막내동생 같은 조오가 이번 일로 큰 충격에 받은 것 같다는 남궁화의 말에 가슴이 아팠다.

"네 잘못이 아니다. 너에게 너무 어려운 일을 맡긴 내 잘못이다."

그냥 인사차 하는 빈말이 아니라 무영의 마음속에 있던 진심 어린 말이었다. 적을 막는 것보다 비교적 안전한 일이었기에 장원에 남아 있던 조씨 형제들 중 막내인 그에게 맡긴 것이었는데 오히려 그에게 깊은 상처만 주는 결과를 낳았다.

상처가 가볍지 않아 누워 있던 그는 무영의 말에 대답도 하지 않고 눈물만 펑펑 쏟아내더니 마침내 고개마저 돌려 버렸다. 죄스러운 마음에 얼굴을 마주치기도 힘들었던 모양이다.

"진심이란다."

무영은 그렇게 말하고는 조오의 어깨를 다독여 주고 조용히 자리를 떴다. 계속 그 곁에 있다가는 자신도 눈물을 쏟을 것 같았다.

"출항!"

무영의 지시에 따라 배는 즉시 출발했다.

곡완주에 대한 수색은 동가장 사람들과 개방도들에게 맡겨두고 떠나는 길이라 마음이 편치 못했지만 남은 사람들의 안전을 위해서는 하루라도 빨리 중원을 떠나야 했다. 놈들이 공격하러 왔다가 도리어 많은 사상자를 내고 실패했으니 후속 공격이 이어질 것이라는 염려 때문이었다. 막상 적들이 대규모로 온다면 동가장과 협력을 하더라도 막을 자신이 없었다.

곡완주를 찾지도 못하고 항주를 떠나야 하는 것이 마음에 걸렸지만 이미 상대가 동원한 묘족 대군의 위용을 남해에서 직접 보았기에 몇만을 쉽게 동원하는 마교에 대항해 장원을 지키고 있을 수는 없었다.

장원에는 나이 많은 노복과 임시로 고용한 호위무사 몇몇만을 남겨 두어 지키게 했다.

세 척의 배들이 전당강 하구로 달리고 있었다.

"수로채의 수적들 같지는 않습니다."

그들은 청방의 목룡군 일행이었다.

정춘교는 멀리 보이는 중형의 전함을 예의 주시하며 말했다. 비록 앞에서 가는 배이기는 했지만 강을 벗어나면 언제 선수를 틀어 적으로 돌변할지 모르는 상황이었다.

주변의 평범한 그런 것들이 적으로 돌변하는 상황을 이미 십여 차례 이상 겪은 그들이었기에 신경이 극도로 예민해져 있었다.

그들은 전당강에서 대해로 나갔다가 다시 장강을 거슬러 올라가는 수로를 택해 남경으로 가려 하고 있었다. 도중에 뒤를 추적하는 배를 따돌리기는 했지만 사방에 보이지 않는 눈들이 번뜩이고 있을 터이니 조금도 마음 놓을 여유가 없었다.

전속으로 배를 달려 소흥을 벗어나 막 전단강 입구로 접어들 때 그들은 무영의 배를 발견하고 잔뜩 긴장하고 있었다. 강이 넓기는 했지만 전함들이 함부로 다닐 만한 곳은 아니었다.

정춘교의 눈에 상대 배의 돛대에 매단 깃발이 들어왔다.

"쌍봉기를 달았습니다. 요즘 중원에서 이름을 날린다는 항주 장무영의 쌍봉선단 중 한 척 같습니다."

그의 말에 선실 안에 몸을 숨기고 있던 목룡군이 갑판으로 나왔다. 그도 무영의 배에 매단 세 개의 깃발에 각각 그려져 있는 쌍봉과 적룡, 그리고 오징어 문양을 보았다.

"적룡은 남해대왕의 깃발인 것을 알겠는데 저 오징어는 뭔가?"

"남해대왕 휘하에 여러 도주들이 있는데 그들은 제각기 바다에 사는 낙지나 오징어, 고래, 상어, 새우 등을 각 섬의 표식으로 삼는다고 들었습니다."

"음!"

"아시다시피 장무영은 전임 대학사 장자맹의 아들로 스승이 남우선이라는 학자인데 어떻게 남해를 평정했는지 모르겠습니다. 게다가 팽수마저 망신을 당했다고 하니……."

"남궁세가의 사위가 되었다니 여자를 다루는 재간도 남다른 모양일세. 그런데 어딜 저리 바삐 가는지 모르겠군."

그들의 눈에도 무영의 배가 무척 빨리 달리는 것으로 보였다. 계속 물길로 도망을 다니느라 석가장이 마교의 공격을 당했다는 소식을 아직 접하지 못했던 것이다.

갑자기 강폭이 넓어지며 물결도 한층 세졌다. 바다와 맞닿는 전당강의 하구는 강폭이 이백여 리에 달할 정도로 넓었다. 무영의 배는 어산도로 가기 위해 선수를 오른쪽으로 틀었고 장강으로 가려는 목룡군의 선단은 왼쪽으로 향했기에 두 배의 거리는 점차 멀어져 이제는 작은 점으로 보일 정도였다.

정춘교는 선단 앞 멀리 십여 척의 배가 마주 달려오는 것을 보았다.

"응?"

전당강에서는 좀체 보기 어려운 대규모 선단이라 정춘교는 얼른 천리경을 들어 자세히 살폈다. 배마다 무장을 한 사내들이 잔뜩 타고 있는 것이 보였다.

"엇! 저놈들은!"

청방 사람이라면 배의 생김새만 보아도 그 배가 어디 소속이라는 것을 알 수 있었다.

"수로채 놈들입니다."

그 소리에 목룡군의 안색이 변했다.

"지금 배를 돌릴 수 있겠나?"

가능하면 뭍으로라도 배를 대보려는 심산이었다.

"이미 늦었습니다."

정춘교가 힘이 빠진 목소리로 대답했다.

물길 근처에서 모든 인생을 보냈다 해도 과언이 아닌 목룡군이라고 그걸 모를 리 없었다. 다만 한번 해보는 말이었다고나 할까……

목룡군의 얼굴에 주름이 깊어졌다.

단순히 숫자의 열세뿐 아니라 배의 규모도 목룡군 일행보다 두 배 이상이니 상대가 되지 않았다.

"일단 갈 때까지 가보는 수밖에……"

그의 말에 정춘교가 방향을 돌릴 것을 지시했다.

"배를 오른쪽으로 돌려라!"

그쪽은 무영의 배가 가고 있는 방향이었다.

"도움을 청해볼까요?"

정춘교가 말했다. 벌써 까마득한 한 점이 되어가고 있는 무영의 배를 두고 하는 말이었다. 무영의 배는 전투용 전함이니 비록 한 척이라 해도 수로채의 대형 배들보다는 크고 전투력도 월등하다는 것을 알기에 하는 소리였다.

"상대가 너무 많아. 괜히 저들에게마저 피해를 주고 싶지는 않네. 그리고 우리를 도와준다는 보장도 없지 않나? 괜히 구차한 꼴만 보일 수도 있네."

맞는 말이었지만 지금은 아니었다.

"체면을 차릴 때가 아닙니다. 지금은 명주실이라도 있으면 잡아야 하는 형편이 아니겠습니까?"

그렇게 말한 정춘교는 목룡군의 대답도 듣지 않고 신호탄을 쏘아 올릴 것을 지시했다. 그의 말에 따라 배에서 신호탄이 쏘아져 흰 꼬리의 연기를 뿜으며 올라가 허공에서 폭발했다.

펑!

"엇! 저건 조난 신호인데……."

배의 선장이 천리경을 들고 멀리서 뒤따라오는 세 척의 배를 보며 말했다.

"배도 잘 달리고, 물결도 그리 높지 않은데? 이상하군……."

무영의 배에서는 목룡군 일행의 뒤를 추격하는 수로채의 선단이 보이지 않고 있었다. 선장의 혼잣말에 무영도 천리경을 들고 목룡군의 배를 살폈다.

"어디 소속인지 알겠어요?"

"아직은 모르겠습니다. 저런 작은 배로 대해로 나서다니, 조금만 파도가 거세지면 위험하겠는데요."

무영의 말에 선장이 대답했다. 목룡군이 탄 배는 겨우 사오십이 탈 수 있는 규모로서 강에서나 볼 수 있는 것이었다.

"속력을 조금 줄이시오."

박절히 모른 체할 수 없어 무영은 그렇게 지시했다.

속도를 줄이자 무영의 배와 세 척의 배와의 사이가 차차 좁혀졌다. 그러자 세 척의 뒤를 쫓고 있는 십여 척의 선단이 자연 눈에 들어왔다.

"저놈들은 또 뭐야? 해적들인가? 이거 우리도 도망가는 판인데 잘못 말려드는 것 같은데……."

무영이 깜짝 놀라며 말했다.

"그냥 갈까요?"

"음, 그냥 놔두면 추적자들에게 금방 잡히겠는데. 상대가 너무 많아 돕기도 쉽지 않겠고… 그냥 가기도 그러니 더 가까워지면 대포나 몇 발 쏴주고 가자구."

포를 쏜 후에 일단 달아나기로 한다면 큰 돛을 십여 개나 장착한 자신의 배를 쫓지는 못할 것이라는 계산이 있다.

배가 가까워지자 정춘교가 선수로 나서서 무영을 향해 소리쳤다.

"도와주시오! 지금 수적들에게 쫓기고 있소!"

아직 두 배의 거리는 제법 되었지만 내공을 실어 보내는 소린지라 쉽게 알아들을 수 있었다.

"상대가 너무 많아 힘들겠소. 대신 놈들에게 대포나 몇 발 쏴주고 가기는 하겠소."

무영이 그렇게 답했다.

"음……."

그 말에 정춘교는 약간 실망했지만 상대의 입장도 이해할 수 있었다. 자신들의 일로 공연히 남에게까지 폐를 끼칠 수는 없었다.

무영은 목룡군 일행의 배와 속도를 나란히 해서 달렸다. 하지만 그들의 배가 워낙 작아 파도를 이기지 못하고 뒤뚱거리는 통에 추격선과의 거리는 급격하게 가까워지고 있었다.

"포문 개방!"

"쏴!"

대포의 사정거리에 들어온 것을 확인한 무영이 발사 명령을 내렸다.

쾅! 쾅! 쾅!

대포를 발사하기 위해 비스듬히 가고 있던 무영의 배에서 십여 발의 대포알이 요란한 소리를 내며 발사되었다. 발포의 반동에 충격으로 배가 심하게 일렁거렸다.

"음, 저놈이 끝내 말썽이로구나."

포탄이 날아오는 것을 본 악화의 눈매가 가늘어졌다. 그러지 않아도 쌍봉기를 보고 무영의 배라는 것을 이미 확인한 터였다. 포탄은 대부분 빗나갔지만 한 척은 명중되어 갑판의 일부가 부서졌다.

"음……."

그의 곁에는 낙일도와 은교교도 있었다.

"호호호. 대사형, 이런 것을 두고 일석이조라고 하는 것 아니겠어요? 두 가지 난제를 한꺼번에 처리할 수 있으니 차라리 잘되었어요."

은교교가 나서며 말했다.

"목룡군은 그런대로 쉽게 잡을 수 있겠지만 장무영은 달아나려 한다면 쉽지 않겠는데……."

악화가 무영의 배에 장착된 수많은 돛을 보고 하는 말이었다.

"약간 피해가 있겠지만 대포를 쏠 때 최대한 접근한 후 화공을 가해서 돛을 태워 버리면 돼요."

"흠, 그 방법이 좋겠구나."

그의 지시는 신속히 각 배의 선장들에게 하달되었고 배들이 무영의 전함을 향해 일제히 달렸다.

그 사실을 모르는 무영은 명중탄을 보고 신이 나서 포탄을 재장전시키며 발사를 준비하고 있었다.

"흠, 저놈들이 덤벼? 한 방 더 먹어야 정신을 차리겠구만. 발사!"

다시 요란한 폭음과 함께 포탄이 발사되었다.

하지만 수로채 배들은 포탄 세례에도 개의치 않고 전속으로 무영의 배로 달려들었다.

"어어, 저놈들이!"

포탄이나 수십 발 퍼부어주고 상대가 주춤하는 틈에 달아나려 했지만 계속 접근을 시도하는 수로채 배들을 보고는 무영이 당황했다. 자신의 배는 포격의 반동으로 아직 물 위에서 출렁기리고 있었다.

슈수숙!

갑자기 수로채의 배들에서 불이 붙은 화탄이 날아들었다.

"전속으로!"

무영의 배가 급히 달아나기 시작했다. 계속 포격을 가한다면 두세 척은 어떻게 침몰시킬 수 있겠지만 거기까지가 전부였다. 무영의 배는 돛아, 날 살려라 하고 달아났지만 십여 척의 선단에서 쏘아대는 화탄에 갑판은 물론이고 몇몇 돛에 불이 붙는 것을 피할 수 없었다. 그나마 상대도 같이 달리며 쏘는 화탄이라 대부분 빗나간 것이 다행이었다.

"불을 꺼라!"

"불붙은 돛을 교체해라!"

선장의 명령에 선원들이 물동이를 들고 바삐 움직였다.

불이 다른 돛으로 옮지 않게 하기 위해 불이 붙은 돛이 신속하게 내려졌고, 갑판에서도 불을 끄느라 정신이 없었다. 생각 같아서는 포탄을 퍼부어주며 달아나고 싶었지만 포격의 반동으로 배의 속도가 떨어질 염려가 있어 그럴 수도 없었다.

"어서 서둘러라!"

선장은 다급한 어조로 선원들을 독려했다.

일단 배가 가까워지면 불리했다. 무영의 배에서도 신기전이며 쇠뇌, 장궁 등 각종 무기를 총동원해 가까이 붙으려는 적선들을 향해 발사하며 접근을 저지했다.

강을 오가는 화물선에 불과한 목룡군의 배들은 해전에서 아무런 도움이 되지 못하고 싸우는 틈을 이용해 그저 꽁지가 빠지게 달아나는 것이 고작이었다. 그나마 바다를 항해하기에 적당한 배가 아니기에 겨우겨우 파도를 헤치고 나가는 형편이라 멀리 도망가지도 못했다.

그때였다.

쫓고 쫓기는 추격전이 펼쳐지는데 돌연 전함 열 척이 그들의 뒤에서 나타나더니 전속으로 따라붙었다.

"왔구나."

배의 출현을 알리는 수하의 보고에 악화가 말했다.

새로 나타난 열 척은 원래 전당강 하구에서 합류하게 되어 있었지만 약간 늦게 당도한 것으로, 포성과 포연에 방향을 잡고 쫓아온 배들이었다. 해룡방의 전함들은 그 규모나 무장에서 결코 무영의 배에 뒤지지 않았다. 반 시진이 채 되지 않아 그들은 수로채의 배들과 어깨를 나란히 하고 무영의 배를 바짝 뒤쫓게 되었다.

앞서 달아나던 목룡군의 배들도 높은 파도에 고전하다가 언제부터인가 무영의 배와 같이 가는 형국이었다. 하지만 수로를 타기 위해 만들어진 배이다 보니 점점 뒤로 처지고 있었다.

"어산도가 얼마나 남았소?"

무영이 선장에게 물었다.

"한 시진은 족히 가야 할 거랍니다."

"음, 해룡방 놈들의 배가 곧 따라잡을 터인데… 우리는 어떻게 버텨보겠지만 저 사람들은 무리겠군."

장강수로채나 목룡군이 타고 온 배는 강을 오가기 위해 만들어진 배라 아무리 속력을 내도 한계가 있을 수밖에 없었다.

"우리 배로 건너오라고 하면 안 될까요?"

남궁화가 갑판에 올라왔다가 그렇게 말했다.

그들은 무영의 배에서 십여 장의 거리를 두고 달리고 있지만 조금 거리를 좁히고 밧줄을 내려준다면 무공이 제법 있는 사람들로 보이니 그리 어려운 일도 아닐 것이라는 생각이 들었다

"그 배로는 어렵겠소! 이쪽으로 건너올 수 있겠소?"

남궁화의 말에 무영이 힘겹게 옆에서 달리고 있는 소선에 탄 사람들을 보며 소리쳤다.

적선들과 거리가 좁혀져 어찌할 바를 모르고 있던 정춘교는 무영의 말을 듣고는 앞이 훤하게 트이는 기분이었다.

"알겠소! 고맙소!"

정춘교는 그렇게 대답하고는 선장에게 거리를 좁힐 것을 지시했다. 잠깐 만에 두 배의 거리가 삼사 장에 불과할 정도로 가까워지자 무영의 전함이 일으키는 물보라에 소선이 뒤뚱거렸다. 더 이상 가까이 대는 것은 무리였다.

무영의 배에서 몇 개의 밧줄이 던져지자 목룡군의 배에서는 그 밧줄을 묶어 두 배를 연결하는 줄을 만들었다. 밧줄이 있다면 웬만큼 무공을 수련한 자들은 이쪽 배로 건너올 수 있었다. 지금 목룡군을 수행하는 사람들은 그래도 청방 내에서 한다 하는 고수들이었기에 크게 어려울 것이 없었다.

"그럼 건너가겠소!"

밧줄의 설치가 끝나자 정춘교가 소리쳤다.

비연을 안은 목룡군이 먼저 몸을 날렸고 그 뒤를 십수 명의 청방 무사들이 따랐다. 다른 두 배의 무사들도 정춘교의 지시에 따라 일단 목룡군이 탔던 배로 옮겨 탄 뒤 다시 무영의 전함으로 건너갔다. 배의 속도는 줄지 않았지만 모두들 고련을 거친 자들인지라 어렵지 않게 건너올 수 있었다.

목룡군 일행은 모두 육십여 명 정도의 적지 않은 인원이었지만 자리는 충분했다.

"고맙소이다. 본인은 청방 총호법 정춘교라 하고 이분은 방주님이신 목룡군 어른이십니다."

정춘교가 나서서 소개했다.

"고맙소이다. 본의 아니게 신세를 지게 되었소이다."

목룡군은 가볍게 포권을 하며 인사했다. 그는 무영의 몇 걸음 뒤에서 호기심에 찬 눈매로 자신들을 보는 화월용태의 아름다운 여인을 보고는 그녀가 남궁화라는 것을 알았다.

"장무영이라고 합니다."

무영도 포권을 하며 답례했다.

"장 공자의 고명은 많이 들었습니다."

"인사는 차차 하기로 하고 우선 놈들의 추적을 떼버리는 일이 더 급한 것 같군요."

무영은 그렇게 말하고는 사람을 시켜 목룡군 일행을 선실로 모시게 했다.

"저희들은 갑판에 남아 싸움을 돕겠습니다."

정춘교가 나서며 말했다. 무영의 배에는 원래 삼백여 명 정도는 충분히 탈 수 있지만 지금은 절반에 불과해 전력을 제대로 발휘할 수 없는 상태였다.

무영은 그들을 적재적소에 배치를 시켰다. 여럿이 달라붙어 타버린 돛을 신속히 여분의 새 돛으로 갈았지만 계속되는 공격으로 점차 속도가 떨어지는 것은 어쩔 수 없었다.

"섬까지 얼마나 길리겠소?"

무영이 다급한 어조로 선장에게 물었다. 쫓기기 시작한 이래 벌써 여러 차례 묻는 말이었다.

"반 각이면 될 것 같습니다."

"그때까지 버틸 수 있겠소?"

"음, 뭐라고 말씀을 드리기가 어렵군요."

오십은 충분히 되었을 선장이 자신없는 투로 말했다.

바다에서 잔뼈가 굵은 그인지라 물길은 자신있었지만 적선이 이십여 척이 넘는 상황이었고 가끔씩 날아오는 화탄이 배의 발목을 잡기까지 했다. 그나마 다행이라면 양측 모두 전속으로 움직이는 상황이라 포격전이 벌어지지는 않는다는 점이었다.

"선두에 나서는 배에는 무조건 집중 공격을 가해라!"

무영이 명령을 내렸다. 앞장서는 놈을 찍어서 두들기면 아무래도 앞으로 나서고 싶어하진 않을 것이라는 생각이었다.

무영의 배에서 발사되는 각종 화탄이며 장궁 등이 가장 앞서서 추격을 해오는 배에 집중되는 것이 몇 차례 반복되자 과연 그의 의도가 적중했는지 추적자들과의 사이에 어느 정도 일정한 거리가 유지되었다. 하지만 눈에 띄지 않게 조금씩 줄어드는 간격은 어쩔 수 없었다.

어산도 주변에는 남북 항로를 중심으로 한 시진 간격으로 두 척의 순찰선이 다녔다. 섬을 책임지고 있는 상문인이 지시한 일이었다.

순찰선들은 섬에서 관측이 불가능한 먼 지역을 수시로 오가며 순찰을 돌았는데 그날 북쪽의 해안을 담당한 배는 왕극아가 지휘하는 선단 중 하나였다.

"어, 저게 뭐지?"

수평선 근처에서 허공으로 화광이 오가는 것이 그의 눈에 들어왔다. 선장 도준옥이 천리경을 들고 자세히 살피니 배의 윤곽이 들어왔다.

거리가 상당히 떨어져 있었기에 아직 어떤 상황인지 분간은 가지 않았지만 천리경을 통해 보이는 상황은 상당한 규모의 전투가 벌어지고 있다는 것을 말해 주고 있었다. 달려오는 배들의 속도가 상당히 빠른지 다가오는 속도도 예사롭지 않았다.

쫓기는 배는 한 척이었고 쫓는 배들은 대규모 선단이었다.

도준옥은 천리경으로 배의 깃발을 열심히 살폈다. 대개의 경우 깃발만 보면 그 배의 정체를 파악할 수 있기 때문이었다.

"엇, 저건… 가만……!"

아직 확실히 판별할 수 있는 거리는 아니었지만 워낙 눈에 익었는지라 쫓기는 배의 깃발을 바로 알아볼 수 있었다.

"대제님의 배다!"

선단 중에서 어산도를 향해 남하하는 배라면 무영의 배밖에 없었고 오징어 문양의 깃발을 달았기에 금방 알아볼 수 있었다.

그는 섬에 위급을 알리는 신호탄을 쏘아 보낼 것을 지시한 후 어떻게 할 것인가를 고민했다. 적은 대규모 선단이니 자신이 가서 막아줄 수도 없는 노릇이었다. 고준옥이 망설이는 사이에도 배는 점차 가까워지고 있었다. 부하들도 불안한 눈치를 보이기는 마찬가지였다.

"선수를 섬 쪽으로 돌려라."

배가 서서히 방향을 틀었다.

"서서히 속도를 내려라."

무영의 배와 속도를 맞추어 섬 쪽으로 퇴각할 생각이었다.

무영의 배는 화탄을 계속 맞아 여기저기 불이 붙어 싸움은커녕 이제는 불을 끄기에도 벅찰 정도로 연기를 뿜으며 달리고 있었다.

모두들 배를 빨리 가게 하는 것과 불을 끄는 것에만 집중해도 손이 모자랄 지경이었다. 하지만 속도는 눈에 띄게 떨어져 있었다. 거리가 가까울수록 각종 무기의 사정권 안으로 들기 때문에 타격이 이만저만이 아니었다.

"앞에 오징어 기를 단 배가 가고 있습니다."

망루 위의 관측병이 말했다.

오징어라면 이 배와 같은 소속인 왕극아의 선단 중 한 척이었다. 그쪽에서도 이런 요란한 전투를 아직 보지 못했을 리는 없었다. 다만 한 척뿐이니 서서히 보조를 맞추려는 것으로 보였다.

"모두들 힘내라. 거의 다 온 것 같다."

이미 배 안의 사람들도 관측병의 말을 듣고는 내심 희망이 생겼기에 용을 쓰는 중이었다.

"총호법님, 장력이 강한 고수들을 몇십 명 추려주십시오."

무영이 정춘교에게 말했다.

그는 영문을 몰라 했지만 아무튼 무슨 이유가 있겠지 하고는 신속하게 청방 수하들을 분류해서 데려왔다. 모두 삼십여 명가량이었다. 소집된 무영의 수하들까지 합치니 모두 사십 명이었다.

"두 조로 나뉘어 각각 배의 좌우 대포를 쏘는 포문으로 내려가 물결에 장력을 날려주십시오. 중요한 것은 박자입니다. 정 호법께서 그 일을 맡아주십시오. 지금은 손 하나라도 아쉬운 형편이니 모두들 최선을 다해주십시오."

정춘교는 그제야 무영의 의도를 알았다. 장력으로 파도를 때려 속도를 붙인다는 말이 너무 어이없게 들렸지만 지금은 조그만 힘이 된다면 무슨 짓이라도 해야 할 판이었다.

스무 명씩 두 개 조로 나뉜 무인들은 배 아래에 설치된 포문 개폐구로 갔다. 수면과의 거리가 갑판보다는 가까웠지만 그래도 여전히 몇 장은 되었기에 장력의 효과가 의심스러웠지만 모두들 정춘교의 구령에 따라 열심히 장력을 날렸다.

'에이, 이거야 물을 간질이는 것도 아니고… 공연히 힘만 빼는 것 같으니.'

게다가 비록 각자 알아서 내공의 수위를 조절하고 있겠지만 장력을 날리는 것도 한계가 있을 수밖에 없었다.

몇 번 날리고 나니 모두들 지쳤는지 땀만 삐질거리고 있었다.

'이거야 원, 시키니 하지 않을 수도 없구. 미친 짓거리지……'

모두들 말은 하지 않고 있었지만 비슷한 생각이었다.

갑판까지 올라가 불 끄는 것을 돕던 하경은 상황이 너무 위험해져 무영의 권고에 따라 일행을 데리고 갑판 아래로 내려오다가 그 광경을 목격했다. 모두들 속도를 높이려고 애쓰는 것은 이해하겠는데 너무 우둔한 짓을 하고 있었다.

"그러지 말고 파도가 치면 일제히 힘을 모았다가 그 파도를 때리는 것이 더 나을 것 같은데요."

하경의 조언에 정춘교의 머리가 맑아졌다. 파도는 이삼 장 높이로 치고 있으니 효과가 있을 것 같기도 했다. 모두 그의 구령에 맞추어 올라오는 파도를 때리니 배가 일렁거리는 것이 몸으로도 느껴질 정도였다.

"준비! 때럿!"

정춘교의 목소리에 한층 힘이 실렸다.

갑판 위는 최악의 상황이었다.

화살이 비 오듯이 쏟아졌고, 이제는 해룡방 배들이 간간이 쏘아대는 포탄이 배의 주변에 떨어져 물보라를 일으켰다. 돛도 더 이상 버티지 못하고 불덩이가 되어 떨어져 내려 배의 속도가 현격하게 떨어졌다. 포탄에 맞거나 화살에 맞는 등 비명 소리가 곳곳에서 터져 무영의 배는 그야말로 아비규환 그 자체였다.

불을 끄는 것을 독려하면서 무영은 연신 앞을 바라보았다.

멀리 어산도의 섬들이 까만 점들로 눈에 들어왔고 몇 척의 선단이 나오는 것이 보였다. 앞서 가던 도준옥의 배도 이제 소리치면 들릴 정도로 무척 가까워져 있었다. 그 배에서도 적선을 향해 포격을 퍼붓는 것이 눈에 들어왔지만 상대의 수가 워낙 많아 공격의 효과는 거의 없었다.

"밧줄로 던질 테니 배에 묶으십시오."

도준옥의 배에서 신기전에 밧줄을 묶어 무영의 배로 쏘자 선원들이 재빨리 선수에 묶어 두 배를 연결했다.

"속도를 높여라!"

도준옥의 지시에 따라 배가 최대로 속도를 높이며 달리자 빌빌거리던 무영의 배가 다시 힘을 받았지만 적선들의 속도가 더 빨랐다.

위급 신호를 받은 상문인은 급히 십여 척의 배를 수습해 어산도의 작은 섬들을 돌아 나왔다. 요란한 포격 소리는 그의 귀에도 들렸고 포물선을 그리며 날아가는 각종 무기들도 육안으로 관측할 수 있을 정도였다. 천리경으로 무영이 탄 배라는 것을 확인한 상문인은 전속력으로 선단을 이끌고 싸움터로 향했다.

싸움터 가까이 접근했을 무렵에 무영의 배는 서서히 침몰할 지경까지 와 있었다.

"쏴랏!"

쿵! 쿵! 쿵!

아직 포탄의 사정권에서 약간 떨어져 있기는 했지만 일단 위협이라도 줄 셈으로 상문인은 발포를 명했다. 다섯 척에서 발사한 수십 발의 포탄이 무영의 배와 해룡방 전함들의 사이 곳곳에서 커다란 물기둥을 이루며 떨어지자 해룡방 배들이 주춤했다.

그들도 나타난 배들이 무영의 선단이라는 것을 알고 경계하고 있었다. 게다가 나타난 배들 중에 보선이라 불리는 기함들이 두 척이나 있는 것을 보고 기가 꺾였다. 그들은 보함의 포가 다른 배들이 장착한 일반 포보다 사정거리가 훨씬 길다는 것을 잘 알고 있었다.

"추격을 멈추어라!"

해룡방주 수진명은 휘하의 다른 배들을 향해 신호를 보냈다. 그런 지시가 없어도 다른 배의 선장들도 눈치로 잔뼈가 굵은 자들인지라 이미 속도를 늦춘 지 오래였다.

"돌아간다!"

수진명이 큰 소리로 명했다.

엄청난 크기의 보선들과 맞서다가는 승패를 떠나 결과적으로 쪽박을 차기 십상이었다. 괜히 대가를 받고 하는 일에 전 재산을 몽땅 걸 필요까지는 없다는 판단이었다.

상문이도 무영의 안위가 걱정되어 더 이상 추격을 하지 않았다.

도준옥은 그 와중에도 무영의 배를 힘차게 어산도 쪽으로 끌고 가고 있었다. 대포를 쏘는 포구로 몸을 내밀고 땀을 줄줄 흘려가며 파도를 향해 장풍을 날려대던 사람들도 그제야 숨을 돌렸다. 얼마나 열심히 했는지 다들 안색이 중환자같이 변해 있었다.

배로 서서히 물이 올라오는 것이, 가라앉을 조짐마저 보이자 무영을 비롯한 배에 탔던 모든 사람들은 서둘러 소선을 내려 도준옥의 배로 갈아탔다.

"에구, 물고기 밥이 되는 줄 알았네."

무영은 그제야 한숨을 돌렸다.

"죄송합니다. 제가 더 적극적으로 나섰어야 하는데 워낙 적선들의 수가 많아……."

도준옥이 송구스러운 얼굴로 말했다. 그는 혹시나 무영의 질책이 있을까 내심 걱정하고 있었다.

"아니오, 그 상황에서는 탁월한 판단이었소. 어차피 십 대 일로는 싸움 상대가 되지 않소."

무영이 옷에 묻은 재를 털어내며 말했다.

거센 풍랑에 배가 빌빌거리는 통에 장강수로채 수적들과 함께 해룡방의 선단을 뒤에서 쫓아가던 악화는 뱃머리를 돌리는 선단을 보고는 당황했다.

"무슨 일이냐?"

십여 장에 이르는 거리를 단숨에 건너뛰어 갑판으로 올라온 악화가 굳은 표정으로 수진명에 물었다.

'음, 무공이 대단하구나…….'

사람이 저 정도의 거리를 단숨에 건너뛸 수 있다는 사실을 믿지 않았는데 오늘 두 눈으로 직접 보게 되었고, 게다가 놈은 자신이 소득도 없이 그냥 돌아가려는 것을 추궁하려는 것이 분명하니 등에서 식은땀이 흐를 정도였다.

"놈들의 보선과 붙어서는 승산이 희박합니다. 어쩔 수 없습니다."

부하들이 보고 있는 앞이었지만 자신도 모르게 목소리가 떨려 나오는 것을 어쩔 수 없었다.

"흐흐흐, 약속을 어길 테냐?"

그의 말에 화가 머리끝까지 치민 악화의 말투가 바뀌었다.

생각 같아서는 단칼에 목을 떨어뜨리고 싶었지만 다른 배에 타고 있는 수진명의 수하들이 반발할 게 염려되어 그로서는 한껏 인내를 하는 중이었다.

"남해대제 휘하의 본함인 보선의 전투력은 우리 전함들보다 두세 배 이상입니다. 게다가 이 인근에 놈들의 근거지가 있다는 말이 있습니다. 승리를 장담할 수 없습니다."

"닥쳐랏! 네놈의 목을 계속 달고 다니고 싶다면 놈들을 모두 잡아라."

"헉!"

수진명의 목에서 자신도 모르게 헛바람이 나왔다.

산전수전 다 겪어 웬만한 상황에서는 눈썹도 꿈쩍 않을 그였지만 지금은 아니었다. 그는 상대의 눈에서 풍기는 진한 피 냄새를 맡을 수 있었다.

'진짜로 죽일 놈이다.'

사람을 보는 눈은 있었다.

'제긴, 오늘 정말 일진이 사납군. 상대가 목룡군이라고 했지 언제 남해대제라고 했더란 말이냐?'

그렇게 말하고 싶은 마음이 굴뚝같았지만 그것은 단지 희망 사항이었다. 상대가 남해대제라는 것을 알았더라면 절대 응하지 않았을 거였지만 그렇게 말하기에는 너무 늦었다는 것을 알았다.

"알았습니다. 하지만 바다에서는 무공도 소용이 없다는 것을 알아두십시오."

"약속을 어기면 네놈의 목이 먼저 달아난다. 명심해라."

수진명이 그렇게 숙이자 악화는 싸늘한 경고를 남기고 올 때와 마찬가지로 그대로 몸을 날려 자신의 배로 돌아갔다.

"제길……."

수진명은 입을 씰룩거리며 그렇게 내뱉고는 돌아섰다.

방금의 사내와는 일면식도 없는 그였다.

어떤 사내의 요구로 그저 은자 십만 냥이라는 거금을 청부금으로 받고 나선 길이었다. 자신은 이제 스스로가 불러들인 탐욕의 올가미에 걸려 밑천까지 털릴 형편이었다.

"배를 돌려라."

부하들은 말없이 그의 지시를 따랐지만 남해대제가 거느린 함대의 위용을 알기에 얼굴에 불안한 표정을 숨기지는 못했다.

멀리서 남해대제의 함선이 어산도를 돌아 들어가는 것이 수진명의 눈에 들어왔다.

'음, 소문대로 어산도가 본거지였군. 빌어먹을 놈, 남해에서나 장사를 하지 왜 이곳까지 올라와 살림을 차려 가지고…….'

수진명의 얼굴에 찜찜함이 그대로 묻어났다.

어산도의 본도로 들어와 막 항구에 정박을 하려는데 갑자기 북쪽 섬에서 봉화가 올랐다. 이어 섬 사이를 오가는 쾌속선을 통해 올라온 보고에 의하면 놈들이 이쪽으로 방향을 튼 것이 공격을 시도하려는 것 같다는 말이었다.

"흥, 건방진 놈들. 감히 장강 하구에서 오가며 수적질이나 하는 놈들이 대해를 무대로 하는 우리에게 도전장을 내밀다니…….'

상문인이 가소롭다는 듯이 코웃음을 치며 말했다.

해룡방이 비록 강소나 절강 앞바다에서 세력을 떨치는 수적들이기는 하지만 과거에도 감히 남해대왕의 세력과는 맞서지 못했었다. 그들은 복건 근처에는 얼씬도 하지 못했고 어쩌다 마주치면 꽁지가 빠지게 달아나곤 했던 것이 그간의 관행이었다.

"제가 나가서 즉시 물속에 가라앉히고 오겠습니다."

상문인이 자신있다는 듯 나섰다.

"아니지오, 이번 기회에 이 섬의 방어 능력을 시험해 보는 것도 괜찮을 듯싶소. 그동안 중포와 불랑기에 장군전 등을 사들이느라고 이 섬에 만만찮은 투자를 했는데 실전은 한 번도 없었지 않소? 모르기는 해도 좋은 훈련이 될 것이오. 전함들을 출동시키면 아무래도 어느 정도의 손실은 피할 수 없지 않소? 섬 사이로 끌어들여 집중 포격을 가하는 거오. 십자로 그물을 형성해 포탄을 퍼부어 영원히 물속으로 잠수를 시켜주는 거지."

무영이 재미있겠다는 표정을 지으며 말했다.

"알겠습니다. 아무래도 미끼가 필요할 테니 제가 다섯 척만 끌고 나가보겠습니다."

상문인의 말에 무영이 고개를 끄덕였다.

수진명은 작은 군도들에 둘러싸인 어산도를 눈앞에 두고 명을 내려 배들의 속도를 늦춰 경계를 하며 진행하고 있었다.

"뭣들 하느냐, 어서 안으로 진입하지 않고?"

별안간 벼락을 치는 듯한 소리가 그의 귀청을 흔들었다.

"음……."

수진명의 입에서 나직한 신음성을 나왔다. 보지 않아도 소리를 지른 놈은 아까 자신의 배로 건너와 자신을 윽박지른 자라는 것을 알았다.

'알았다, 이놈아. 간다, 가.'

그는 부글부글 끓어오르는 속을 달래가며 휘하 함대에게 전진을 지시했다. 섬과 섬 사이의 간격은 중형의 전함 십여 척이 동시에 지나가도 무리가 없을 정도로 충분히 넓었다.

"모두들 암초를 조심하라고 일러라."

낯선 바다에서 적선보다 더 두려운 것이 암초였다. 아무리 튼튼한 목재를 댔어도 암초에 걸린 배는 열이면 열 침몰할 수밖에 없었다.

한 척의 척후선이 앞장서고 그 뒤를 다른 배들이 대형을 맞추어 나갔다. 해룡방 전선들이 앞에 섰고 그 뒤를 수로채의 배들이 따르니 모두 이십여 척에 이르는 대선단이라 위풍이 당당했다.

숫자가 만만찮으니 수진명으로서도 자신감이 생기기는 했다. 아무리 수로채 놈들의 배가 해전에서 거의 무용지물이나 다름없다고 해도 일단 전투가 벌어져 접근전이 되면 상당한 도움이 될 수 있었다.

'까짓것, 이제는 죽기 아니면 까무러치기다.'

함대의 위용에 힘을 얻은 수진명이 호흡을 가다듬었다. 그의 함대는 섬 하나를 돌자 안쪽에서 나오는 상문인의 함대와 마주쳤다.

"발사!"

수진명은 기다리고 있었다는 듯이 포격 명령을 내렸다. 목표물을 정확히 조준하고 쏘는 것은 아니지만 포수들은 사전 명령에 따라 적이 나타날 만한 곳으로 포신을 돌려가며 준비하고 있었다.

쿵! 쿵! 쿵! 쿵!

요란한 초성과 함께 자욱한 연기를 뚫고 포탄들이 허공을 날았다.

상문인이 이끄는 선단 배들 중 두 척이 눈먼 포탄에 명중되어 충격을 받기는 했지만 대단한 정도는 아니었다.

"흠, 이제는 기습을 당한 것처럼 튀는 순서인가?"

상문인은 크게 당황한 표정을 지어가며 눈에 띄도록 몸 동작도 크게 해 선단을 지휘했다. 놈이 천리경으로 자신을 지켜볼지도 모르니 표정 관리도 중요했다.

"후퇴!"

명령이 내려지자 배들이 사전 약속에 따라 옆으로 난 수로로 방향을 틀었다.

이곳에서 마주치도록 각본을 꾸민 이유는 섬 사이에 샛길이 있어 배를 쉽게 돌릴 수 있어서이기도 했지만, 무엇보다도 지금 가는 방향은 섬에 숨겨져 있는 중포나 불랑기 등의 화력을 가장 잘 집중시킬 수 있는 위치였다.

수진명의 눈에 황급히 달아나는 적선들이 들어왔다.

"됐다, 우리가 기선을 잡았다. 놈들이 지나간 곳을 잘 보고 따라가며 추격하라고 일러라."

수진명은 흥분을 감추지 못했다.

해전에서 등을 보이는 것은 반격의 기회를 포기하는 걸 의미했다. 수진명은 천리경을 통해 갑작스러운 포격에 놀라 당황한 듯 바쁘게 선단을 지휘하는 적선의 지휘관을 발견하고는 열심히 살피고 있었다. 상문인의 예상대로였다.

수진명은 수전에서의 백전노장답게 혹시라도 놈들이 자신의 함대를 암초밭으로 유인하지 않을까 하고 부하들을 조심시키기까지 했다.

상문인의 함선들이 섬을 돌아 나왔고 잠시 후에 해룡방의 선단과 수로채의 배들이 뒤를 따랐다. 어산도는 십수 개의 여러 섬들로 이루어진 군도였기에 섬을 돌아 나왔어도 주위에는 여전히 여러 개의 섬들이 나타났다.

쾅! 쾅! 쾅! 쾅! 쾅!

별안간 수십 발의 요란한 포성이 하늘을 찢더니 섬 곳곳에서 포연이 솟아올랐고 이어 포탄이 슈욱거리며 하늘을 나는 소리가 들렸다.

함대를 둘러싼 섬에서 맹렬한 포격을 시작했다.

"헉!"

수진명은 함정에 빠진 것을 직감했다.

"저리로! 선단을 저리로 돌리라고 해라!"

수진명이 악을 쓰듯 소리쳤다. 선단의 지휘관답게 그는 위급한 순간에도 배가 빠져나갈 적절한 길을 찾아 지시를 했다. 기수가 황급히 깃발을 휘둘러 배들이 나갈 방향을 지시했다.

슈우웅! 슈우웅!

셀 수도 없는 포탄들이 듣기에도 엄청난 파공음을 남기며 함선들을 향했다. 첫 번째 피격임에도 조준을 하고 쏘는 포격인지 선단의 피해가 적지 않았다.

펑! 펑! 펑!

포격은 쉴 새 없이 이어져 벌써 몇 척의 배가 돛이 부러지거나 구멍이 나는 등 심각한 타격을 입었다.

상대방의 포가 섬 곳곳의 숲 속에 숨겨져 있기에 제대로 된 반격을 가할 형편도 아니었다. 설사 보인다 하더라도 전함에는 발사 때 반동의 충격을 우려해 사정거리가 그리 길지 않는 포를 장착하는 것이 일반적이기에 상대에게 타격을 줄 수 있는 반격은 불가능했다.

슈우욱! 슈우욱!

이번에는 화약이 터지는 힘으로 추진력을 얻어 날리는 장군전이 날아왔다. 통나무를 길게 깎아 만든 장군전이 배에 적중되면 큰 구멍을 내기 때문에 그 구멍으로 들어오는 물에 배가 잠겨 침몰하는 도리밖에 없었다. 게다가 배들이 밀집되어 있어 일단 장군전이 날아오면 이 배에 맞지 않으면 저 배에 가서 맞는 형편이라 순식간에 여러 척이 장군전에 맞아 비틀거렸다.

"저 웬수 같은 놈 때문에……!"

눈이 뒤집히다시피 열이 받친 수진명은 악화가 타고 있을 것으로 짐작되는 배를 돌아보며 이를 갈았다. 공격을 피할 방법이라고는 무조건 섬들 사이를 빠져나가 대해로 나가는 방법밖에 없었다.

슈우웅……!

이제까지와는 색다른 소리가 나기에 허공을 보니 이제는 시뻘겋게 불이 붙은 유황덩어리까지 날아오고 있었다.

"어이쿠!"

그 덩어리는 수진명의 배를 향해 집중적으로 날아왔다. 아마도 어디선가 상대가 천리경을 통해 선단의 대장선을 알아보고 집중 포격을 가하는 것이 틀림없어 보였다.

펑! 펑! 펑!

잇달아 대여섯 개의 불덩어리가 그의 배에 적중되었지만 여기저기서 날아오는 포탄과 계속되는 화탄에 불을 끌 엄두도 내지 못했다.

'끝장이구나.'

배에 적중된 유황덩어리의 수가 십여 개가 넘는 것을 확인한 그는 더 이상 미련을 두지 않고 물속으로 몸을 던졌다. 섬까지 헤엄을 칠 수 있다면 구차하게나마 포로가 되어 살아날 기회가 있을지도 몰랐다.

하지만 수진명은 정말 운이 없었다.

슈우우… 욱!

어디선가 날아온 장군전 하나가 막 물속으로 잠수하려는 그의 몸을 꿰뚫고 그대로 배에 꽂혔다.

"컥!"

그는 외마디 비명과 함께 장군전의 꼬치가 되어 박혔다.

같이 탔던 수하들도 뒤따라 바다에 뛰어들다가 언뜻 곁눈질로 그 광경을 목격했지만 제 코가 석 자인 그들에게는 단지 시체 하나를 본 것이 전부일 뿐 아무런 느낌도 없었다.

차례로 목표물을 바꾸어가며 날아드는 유황탄에 끝내는 마지막 한 척의 배까지 화염에 휩싸였다.

해룡방이 자랑했던 전투함대는 어산도에서 그렇게 최후를 맞았다.

수로채의 배들도 형편이 다르지 않았다.

상대의 공격력을 떨어뜨리기 위해 해룡방의 중형 전투함에 집중되었던 공격이 이번에는 수로채 선단으로 향했다.

"무리했어. 놈의 말을 들었어야 했는데."

악화는 자신의 과오를 크게 뉘우쳤다.

그저 목룡군을 잡겠다는 생각에 앞뒤 가리지 않고 수진명을 몰아친 것이 실수였다. 적어도 바다에서는 이름이 높다는 해룡방 방주의 경험이나 판단을 존중했어야 하는데 욕심을 앞세운 바람에 모든 것이 엉망이 되었다. 집중 포격이 시작되자마자 벌써 절반 이상의 배들이 속속 불에 타거나 기우는 것이 보였다.

"대사형, 어떡하죠?"

은교교가 파랗게 질린 얼굴로 말했다.

옆에 선 낙일도 자기 목숨 아까운 줄은 알기에 악화의 입만 쳐다보고 있었다.

'쓸모없는 것들.'

악화도 답답하기는 마찬가지였다. 그도 거센 파도가 몰아치는 이런 대해에 나온 건 처음이었다.

"판자를 뜯어라! 각자 뜯어낸 판자를 앞으로 던져 밟아가며 섬까지 가는 수밖에 없다. 죽고 사는 것은 각자 능력에 달린 일이다."

재빨리 주변을 둘러보던 그는 그렇게 말하며 손수 갑판에 댄 나무를 뜯기 시작했다. 남은 두 사람도 대사형이 하는 짓을 연신 곁눈질해 가며 비슷한 크기로 판자를 뜯어냈다.

"이러고 기다려야 좋은 일은 더 이상 없을 게다."

악화는 그렇게 말하고는 훌쩍 배에서 뛰어내렸다. 그는 연신 판자를 앞으로 던져 가며 눈 깜짝할 사이에 이십여 장이 넘는 섬 저편에 도달해 있었다. 남은 두 사람도 서로에게 눈길을 준 후 몸을 날렸다. 타고 있는 배도 옆구리가 뚫리고 불이 붙어 더 이상 남아 있을 수도 없었다.

"호, 혼자 가면 나는 어떡하라는 말이오!"

그 배는 진강수채의 채주인 서문탁이 몰고 온 배였다.

곁에서 그들이 하는 얘기를 듣고 있던 그는 어찌할 바를 모르다가 미처 생각을 정리하기도 전에 모두 배를 버리고 떠나 버리자 은교교의 뒤에 대고 그렇게 소리쳤다.

'미친놈!'

온교교는 그렇게 쏘아주고 싶었지만 기력을 아끼기 위해 참았다. 지금 자신의 생사도 도박에 걸고 있는 판이었다.

그런데 그들을 기다리는 상황은 그리 좋지 않았다. 처음 악화가 건너올 때는 너무 황당해서 어찌할 바를 몰라 손을 놓고 있었던 섬의 수비병들이 다시 두 명이 몸을 날리자 이번에는 그들을 향해 화살을 쏘았다. 그래도 은교교는 운이 좋았는지 화살이 비켜갔지만 낙일도는 그렇지 못했다.

팍!

눈먼 화살 하나가 그의 장딴지를 스쳤다.

"억!"

평소 같았으면 충분히 피할 수 있었지만 허공에 떠다니는 판자를 밟아야 하는 지금이야 어디 그럴 수 있는 상황인가? 낙일도의 몸이 순간 휘청하더니 그대로 파도 속으로 풍덩 빠져들었다.

"등신!"

미리 건너와서 사제와 사매가 뒤따르는 것을 염려스러운 눈길로 보고 있던 악화는 그대로 고개를 돌렸다.

"헉! 헉……!"

뒤늦게 당도한 은교교는 내공의 소모가 심했던지 얼굴이 빨갛게 달아올라 숨을 몰아쉬었다. 그 때문에 평소에도 뭇 사내의 간장을 녹일 듯한 그녀의 얼굴이 한층 요기를 띠었다.

'흠… 역시 요물이야.'

붉게 달아오른 은교교의 뇌쇄적인 모습에 악화는 가슴이 크게 진탕되는 것을 느끼고는 얼른 고개를 돌렸다.

"호호호, 사형, 제가 마음에 드시면 언제든지 말씀만 하세요."

계집에게 마음이 흔들린 사내의 몸짓도 모를 은교교가 아니었다. 그녀는 이 와중에도 습관처럼 그렇게 말했다.

'더러운 계집.'

악화는 자신의 속내를 들킨 것에 마음이 상해 대꾸도 않고 섬 안쪽으로 달려갔다.

어산도의 여러 군도 중 하나인 그 섬은 크지는 않았지만 그리 작지도 않았기에 일단 섬으로 스며든 두 사람을 금방 찾아낸다는 것은 불가능했다. 게다가 섬에는 겨우 사오십 명의 병력이 포가 설치된 몇 곳에 몸을 숨기고 중포와 불랑기를 조작하는 것이 병력의 전부였다.

악화는 나무들 사이로 몸을 숨기며 달렸다. 공연히 수비병들의 눈에 띄어 시간을 소모할 여유는 없었다.

수비병들의 눈을 피해 섬을 탈출할 만한 배가 있는지를 살피던 그들은 오래지 않아 섬 맞은편에서 한 척의 배를 발견했다. 배 주위에는 십수 명의 무장 선원들이 지키고 있었다.

"저 배를 타고 이곳을 빠져나가사!"

악화가 말했다.

"너무 작은 것이 아닐까요?"

은교교가 걱정스런 어투로 말했다.

그녀의 말대로 그 배는 겨우 이삼십 명이나 탈 수 있는 크기에 두 개의 작은 돛이 있었고, 특별한 점이라면 파도를 고려해 높게 설치된 노가 상당수 달려 있는 것이었다.

그들이 발견한 배는 섬 주위를 수시로 오가며 급한 일들을 처리하는 쾌속선이었다. 작은데다 돛과 노를 동시에 사용하는 배였기에 속도가 빠르기는 하지만 큰 풍랑이 일면 물에 띄울 수 없다는 단점이 있었다.

"가릴 처지가 아니다. 저놈들을 몽땅 사로잡아 배를 몰게 해야 하니 다치게 하면 안 된다."

악화가 그렇게 말하고는 최대한 몸을 숨겨 배가 있는 곳으로 접근하자 은교교가 뒤를 따랐다.

비록 맞은편에는 싸움이 벌어지고 있었지만 사내들은 관심도 없다는 듯이 한가하게 잡담을 나누며 대기 중이었다. 그들은 싸움에 필요한 급한 보급품이 있으면 즉시 본도로 달려가 공급을 받아 오거나 응급 환자를 나르는 것이 임무였다.

사내들의 뒤로 돌아간 악화는 벽력같이 몸을 날렸다.

"엇! 웬 놈이냐?"

한 사내가 그를 발견하고는 놀라 소리 질렀지만 악화가 더 빨랐다. 그는 사내들이 반응을 보이기도 전에 순식간에 모두의 혈도를 제압했다. 사내들은 무인이라기보다 배꾼들이기에 악화의 상대가 될 수 없었다.

"곧 혈도를 풀어줄 터이니 죽기 싫다면 즉시 배에 올라 바다로 몰아라. 이미 본좌의 무공은 견식했을 것이다. 조금이라도 허튼수작 부리는 놈이 있다면 즉시 목을 베겠다."

악화는 말이 끝나기 무섭게 배로 연결된 끈을 묶어둔 나무 기둥을 향해 일검을 날렸다. 몇 장의 거리가 있었지만 어느 정도 두께를 가진 나무 기둥이 매끈하게 베어져 두 조각 났다.

신기에 가까운 그의 무공에 비록 혈도가 짚여 말을 하지 못하는 사내들이었지만 눈에 공포가 어렸다.

악화는 재빨리 그들의 혈도를 풀어주었다.

"빨리 배에 올라라."

싸늘하게 뱉는 악화의 말에 사내들은 마치 무엇에 홀린 듯이 배로 뛰어 각자의 자리로 달려갔다. 모두 열한 명으로 한 명은 돛을 담당하는 자였고 나머지 열 명은 노꾼들로 평소 자주 해왔던 일이었기에 눈 깜짝할 사이에 각자 자리를 잡고 앉았다.

악화와 은교교가 의미심장한 눈빛을 교환하고는 배에 올랐다.

"제일 가까운 뭍이 어디냐?"

악화가 돛대를 담당한 자를 향해 물었다.

"태주(台州)……."

사내가 약간 떨리는 음성으로 대답했다.

"그리로 간다."

모두 놀란 눈으로 그를 쳐다보았다. 마치 '이런 작은 배로 어떻게…' 하는 눈빛이었다.

악화의 눈에서 살광이 뿜어 나왔다.

'헉!'

그들의 가벼운 반항은 악화의 눈에서 뻗어나는 가공한 살기로 금방 사그라들었다. 그들은 감히 눈을 마주치지 못하고 얼른 고개를 돌렸다.

"가자!"

악화의 말이 떨어지자 돛이 올라가고 사내들이 노를 젓기 시작했다.

그때였다.

"같이 갑시다."

귀에 익은 소리에 은교교가 돌아보니 멀리 진강채주 서문탁이 달려 오며 소리치고 있었다. 그는 죽어라 경공을 전개해 소선으로 달려와 올라탔다.

"헉! 헉! 헉!"

서문탁은 얼마나 열심히 달렸는지 배에 오르자마자 그대로 늘어졌다.

"가자!"

악화가 다시 명령을 내리자 노꾼들이 열심히 노를 젓기 시작했다.

"더 힘차게!"

그 말에 노를 잡은 사내들의 손길이 더욱 바쁘게 움직였다.

다른 섬에서도 수로를 빠져나가는 그 배를 보기는 했지만 늘상 섬 사이를 오가는 쾌속선인데다 모두 싸움판에만 신경을 쓰고 있어서 크게 관심을 가지고 지켜보는 사람도 없었다.

쾌속선은 빠른 속도로 섬 사이를 지나 바다로 향했다.

이번 싸움으로 포로가 된 자들은 해룡방과 장강수로채 졸개들을 합쳐 모두 삼백이 넘었다.

무영은 그들을 철저히 분류해 전향이 가능한 자는 철저한 교육을 거친 후에 함대로 편입하라 하고 나머지는 모두 뭍으로 돌려보낼 것을 지시했다.

포로나 물에서 건진 시체 속에서도 이번 공격을 주도했다고 하는 자는 발견되지 않았는데, 상문인이 삼십 중반의 사내 하나를 무영 앞으로 끌고 왔다. 호남형의 얼굴에 짙은 눈썹과 한일 자로 굳게 다문 입하며 여자들에게 상당히 인기가 있어 보이는 자였다.

"다른 포로들의 말에 의하면 이자가 공격을 주도한 자들과 한 패거리라고 하는데 고문해도 도무지 입을 열지 않습니다. 제법 무공이 상당한 것으로 보여 끌고 왔습니다."

그는 혹시 무영이 알아볼까 하고 데려온 것이었다.

"흠, 원래 우리가 아니라 목룡군 일행을 공격한 자들이니 그분이 아실지 모르겠군."

무영의 지시로 수하 하나가 빈관에 머물고 있는 목룡군과 정춘교를 안내해 왔다.

"이자에 대해 아는 바는 없지만 아마도 문향교라 불리는 마교의 수족들일 겝니다."

두 사람도 사내에 대해 뚜렷이 아는 바가 없었다.

"네놈 이름이 뭐냐?"

하지만 사내는 그의 말에도 눈을 내리깔고 말이 없었다.

무영의 몸에서 슬슬 열기가 피어올랐다.

'음, 드디어 주공의 주특기가 나오시겠구나. 하지만 분근착골에도 버티던 놈인데⋯⋯.'

상문인은 은근히 결과가 궁금해졌다.

무영에게 은근히 대들었던 남해대왕이 둘째 마누라가 보는 앞에서 무지하게 터졌다는 얘기는 '너만 알고 있어라' 하는 식으로 입에서 입으로 전해져 더 이상 비밀도 아니었다.

무영의 얼굴에 가벼운 미소가 돌았다.

'음, 노형님에게 배운 점혈법을 시험해 볼 때가 되었군.'

그는 사내에게 다가가 남괴에게 배운 점혈법을 시도했다.

"쉭, 쉭, 쉭, 쉭, 쉭."

움직이는 것은 손가락인데 자신도 모르게 버릇이 되어 입으로 쉭쉭거리는 소리가 나왔다. 불회곡에서 벽에 사람을 그려두고 연습할 때 허기가 져 입으로만 했던 것이 버릇이 되어 나온 것이다.

'음, 독특한 점혈법이군.'

상문인은 물론이고 목룡군과 정춘교도 지풍을 날리며 입으로 쉭쉭거리는 무영의 이상한 작태를 보았지만, 그저 남다른 비법의 일종인가 보다 하고 호기심 어린 눈으로 지켜보고만 있었다.

'음, 나도 모르게 그만……'

자신의 실태를 깨달은 무영이 찔끔했지만 실수라는 것을 눈치 챈 사람들은 없어 보였다. 지풍을 맞은 사내의 눈동자에서 힘이 풀린 것을 본 무영이 취조를 시작했다.

"이름."

"낙일도."

사내는 무미건조한 어조로 대답했다.

"헛!"

사람들의 입에서 경탄성이 터졌다.

간단한 점혈로 손쉽게 상대의 입을 열게 하는 무영의 신기에 놀라기도 했지만 그것보다는 사내의 이름이 낙일도라는 사실에 더 놀랐다. 지금 여기 모인 사람들 중에 산서 상방에서 맹활약(?)을 하고 있다는 낙일도의 이름을 모르는 자는 상문인뿐이었다.

"무슨 이유로 목룡군을 공격했느냐?"

"교주의 지시."

"너는 청수원에 것으로 알고 있는데 무슨 이유로 여기까지 왔느냐?"

"곽수민을 치기 위해서."

곽수민이 누군지 모르는 무영이 다른 사람들을 둘러보았다.

"곽수민은 산서 상방의 전임 총행두 교평천이 임명한 염방의 방주요. 확실치는 않지만 정보에 의하면 요월선자의 체제에 반대하는 산서 상방의 원로들이 교평천의 아들 교본성을 곽수민과 연계해 총방에 대항한다는 소문이 있소이다."

목룡군이 나서서 말했다.

"흠……."

무영도 산서 상방 내부에 갈등이 있다는 정보는 입수하고 있었다.

"이번 공격을 주도한 자는 누구냐?"

"악화 대사형."

"악화는 교주와 무슨 관계냐?"

"교주의 양자."

대답을 하는 낙일도의 몸이 서서히 기울고 있었다. 그 모습을 본 무영은 문득 남괴의 당부가 기억났다.

"이 점혈법은 반각 이상 계속되면 상대에게 치명적인 문제를 일으킬 수 있으니 조심해야 한다. 무공을 익힌 자는 무공을 잃을 수도 있으니 그 점을 각별히 유의해서 사용해라. 그리고 한 번 시술한 후 다시 사용하려면 적어도 일주일은 있어야 당하는 쪽에 무리를 주지 않는다."

'음, 이게 그 조짐인가?'

앉아서도 몸을 꼬며 비틀거리는 것이 아무래도 한계에 다다른 것 같다는 생각이 들었다. 아직 묻고 싶은 것이 많았기에 갈등이 일었다.

'음, 요놈은 여자들에게 죄를 많이 지은 놈이니… 이번 기회에 무공을 없애 버리는 것이 낫겠군.'

마음이 결정되자 무영은 질문을 계속했다.

낙일도의 정보는 모여 있는 모든 사람들의 입이 벌어지게 할 만큼 엄청났다.

문향교가 대명의 황권을 노리는 역모에 관련이 있을 것이라는 사실은 새로운 소식이 아니었다. 하지만 산서 상방도 광동 상방도, 그리고 금릉전장도 모두 그들의 손아귀에서 놀아나고 있다는 소문이 사실임을 확인하고는 모두들 경악을 금치 못했다.

그동안 막연한 소문으로만 떠돌던 말들은 모두 사실이었다.

게다가…….

"무림은 악화 대사형과 역무군이 맡아 장악하기로 되어……."

낙일도는 그 말을 마지막으로 모로 쓰러졌다. 계속되는 한계를 넘은 질문 공세에 기력이 탈진한 것이었다.

'음, 무공을 잃었겠군.'

힘없이 쓰러진 낙일도를 보니 미안한 마음이 드는 무영이었다.

목룡군이 입을 열었다.

"그간 우리가 쫓겨 다녀야 했던 것도 마교를 피하기 위해서였소. 그들은 청방을 휘하에 두고 군수 물자를 쉽게 수송하려는 생각을 가지고 있소. 자금이 풍부한 그들은 쉽게 세력을 모을 수 있으니 반역을 일으킨다면 진압하기가 쉽지 않을 게요."

그는 문득 자신이 청방의 전 병력을 동원해 금릉전장을 치려 했던 것을 떠올리고는 그것이 얼마나 어리석은 생각이었는가를 깨달았다. 그야말로 계란으로 바위 치기였다.

무영은 함대의 대부분을 상문인의 인솔 하에 안남으로 갈 것을 지시했다.

"쌀을 살 수 있는 만큼 사들이시오. 배가 가라앉지 않을 정도까지 사시오. 현지의 시세를 상관하지 말고 사시오."

"쌀은 다른 품목과 달리 이문이 크지 않고 팔리지 않을 경우 보관이 쉽지 않습니다. 차라리 향료 따위를 사들이는 편이 낫지 않겠습니까?"

상문인이 의아하다는 듯이 말했다.

"큰 전쟁이 날 것이오. 분위기가 무르익었소. 그간 마교에서 수년간 바닥 다지기를 해왔으니 이제는 더 이상 시간을 끌지 않을 것이오. 비록 목룡군을 자신의 편으로 끌어들이는 데에 실패하기는 했지만 그렇다고 더 기다릴 수는 없을 것이오. 목룡군의 말에 의하면 운성현에 수만 병력이 집결하기 시작한 지도 벌써 일 년이 넘었다고 하는데 소문이 날까 두려워서라도 반드시 거사를 일으킬 것이오."

"흠, 하지만 쌀이라면 광동이나 절강, 하남 등지에서 얼마든지 살 수 있지 않습니까?"

"그렇게 하면 중원의 쌀을 매점하는 모양새니 일반 백성들의 고통이 적지 않을 것이오. 게다가 다른 상인들이 보고만 있겠소. 남만에서 쌀을 사들여 중원 쌀의 절대량을 늘리는 것이 중요하오. 장사를 하더라도 욕먹을 짓은 하지 말아야 하는 것이 아니오?"

"생각이 짧았습니다."

상문인이 황급히 얼굴을 붉히며 고개를 숙였다.

"그동안 섬에 큰 창고를 지어 쌀이 도착하면 보관할 수 있도록 하겠소. 책임자로 적당한 사람을 선정하도록 하시오. 물량이 충분하면 현지에서 추가로 수송 선단을 구해 최대한 많이 싣고 오도록 하시오."

"알겠습니다."

상문인이 물러가자 이번에는 왕극아를 불렀다.

"장원으로 돌아가 섬서 상방의 막혜를 찾아라. 내 지시라 말하고 섬서 상방의 모든 조직을 통해 가능한 살 수 있는 만큼 유황과 화약, 농기구 등을 사들이도록 해라."

"예?"

갑자기 농사라도 크게 지으려고 그러나 하는 말도 되지 않는 생각마저 드는 왕극아였다.

"전쟁이 나면 무기가 필요하다. 무기는 철로 만들지 않느냐? 하지만 실제 전쟁 상황에서는 광산에서 철을 캐다가 무기를 만드는 것이 아니라 농기구를 녹여 만든다. 그게 가장 손쉽고 빠르기 때문이지."

"아!"

왕극아는 그제야 무영의 말뜻을 이해했다.

"시복과 영후발에게도 유황과 화약, 그리고 쇠붙이 등을 사들이도록 하라고 해라. 명심해라. 이번 일의 핵심은 최단기일 안에 최대한의 물량을 확보하는 데에 있다."

"핫핫핫, 공자, 대단하구려……."

위진해가 무영을 찾아 내실로 들어오다가 그 말을 듣고는 크게 웃으며 말했다.

"오셨습니까?"

"중원 은자를 긁어모을 이런 호기에 우리 광동 상방은 일을 할 수 없다니 그것이 안타까울 뿐이오."

위진해의 말에는 은근한 질책이 들어 있었다.

큰소리치더니 네가 그동안 광동 상방을 위해 한 것이 대체 무엇이냐 하는…….

"사람을 보냈으니 조직이 정리되는 대로 일을 벌이면 됩니다."

배동호를 두고 하는 말이었다.

그는 무영이 섬으로 오기 전에 원래의 일을 계속하라는 지시를 받고 다시 복건으로 떠났었다.

"헛헛헛, 하지만 그가 돌아올 무렵이면 모든 상황이 다 끝나 있을지도 모르지 않소?"

위진해는 비웃듯이 돌려 말했다.

"총행두께서 직접 나선다고 해도 말리지 않겠습니다. 우리의 계약을 파기해도 이의를 제기하지 않겠다는 말이지요."

성질이 난 무영이 쏘아주듯 대답했다.

"허허허, 공자께서 워낙 하시는 일이 많아 광동 상방의 일에는 적극적으로 매달리지 못하니 그게 안타까워서 하는 말이 아니오?"

"지금으로서는 일단 쓸 수 있는 조직부터 파악해 보는 것이 최우선이 아닙니까?"

"내가 중원으로 돌아갈 테니 공자께서는 내가 있는 광주의 총방만이라도 지켜주실 수는 없겠소? 그렇게만 할 수 있다면 내가 상방을 다시 장악하는 것도 어렵지 않을 것이라는 생각이 드오만……."

'음, 이 사람이 아예 작심을 하고 왔구만…….'

그제야 무영은 위진해가 단순히 자신에게 불평만 하러 온 것이 아니라는 것을 알았다. 광동 상방의 총방이 있는 광주로 돌아가 자신이 직접 상방 장악을 해보겠다는 말이었다.

위진해의 새로운 제안에 무영은 생각에 잠겼다.

하지만 위진해의 제안을 수용하려면 광주에 상당한 무력을 제공해야 하는데 지금 중원에는 자신이 직접 움직일 수 있는 병력이 없었다.

"그렇게만 해주신다면 우리의 계약은 계속 유효한 것으로 하겠소."

무영의 속내를 모르는 위진해는 그가 계약 조건이 바뀔 것을 염려해 망설이는 줄 알고 그렇게 말했다. 위진해는 일전에 석가장을 구원하기 위해 달려온 무인들의 실력이 대단한 것을 보았다. 그는 무영이 그들을 동원할 수 있다고 잘못 생각하고 있기에 그런 제안을 한 것이었다.

'에라, 그래. 이번 기회에 죽든지 살든지 알아서 해라.'

그러지 않아도 조석으로 찾아와 귀찮게 구는 위진해였다.

아라 공주와 남궁화도 위진해에게 질려 눈인사만 하고는 아예 고개를 돌려 딴청을 피우고 있었다.

"좋습니다. 제가 호위할 무인들을 동원해 보지요."

무영이 그렇게 말하자 위진해는 만족한 표정으로 돌아섰다.

사실 위진해도 이미 나름대로 움직이고 있었다.

이런 와중에서도 상인답게 황건을 통해 필요한 조치를 취해놓고 있었다. 비록 마교의 급습에 의해 일시적으로 무너지며 구차한 꼴을 보이기는 했지만 광동 상방은 중원 양대 산맥이었다.

밀무역을 하는 대함대가 고스란히 남아 있기에 크게 본다면 실제로 그가 받은 타격은 그리 대단하다고 볼 순 없었다.

악화와 은교교가 천주봉으로 돌아온 것은 섬을 떠난 지 거의 한 달이 지난 후였다. 조각배와 다름없는 소선으로 거친 바다에서 힘겹게 파도와 싸우다가 지나가는 어선을 만난 것이 그의 행운이었다.

"어떻게 하실 거죠?"

은교교가 물었다.

목룡군을 사로잡는 것은 고사하고 염방은 공격해 보지도 못한 데다가 장무영에게 참패를 당해 출동시킨 수로채 병력을 모두 잃은 사실로 총단에 심한 질책을 받았다.

"휴… 일단 그렇게 보고하는 도리밖에……."

악화가 한숨을 쉬며 그렇게 대답했다.

중년의 나이였지만 팽팽한 피부로 인해 조금만 외모에 신경을 쓰면 삼십 대 초반이라도 믿을 만할 정도였다.

은교교는 악화의 그 말이 절반의 진심뿐이라고 생각했다.

악화가 태주에서 가장 먼저 취했어야 할 행동은 이번 출동의 결과를 만세야께 보고하는 일이었다. 하지만 그는 그러지 못했고, 오히려 자신의 실책이 드러날 것을 염려하는 기색이 역력했다. 사내의 표정 하나로도 모든 것을 꿰뚫는 능력을 지닌 은교교가 그것을 놓칠 리 없었다.

"대사형께서 이번 일로 앞으로 총단에서 여러 가지 불리한 점이 많을 텐데요."

은교교가 그렇게 말했다.

하지만 그 말이 사실이었기에 악화는 반박할 말을 찾지 못했다.

최근 총단에서 내려오는 지시들은 대부분 민세야 측근의 자들과 협의하여 내려지는 것들이고, 자신이 올린 의견은 거의 반영되지 않은 것이 어제오늘의 일도 아니었다.

'휴, 이제 때가 되었나……?'

제때 보고서를 올리지 않은 것은 은교교가 짐작하는 결코 그런 이유가 전부가 아니었다.

"흥, 총단의 아무것도 모르는 썩은 짚단 같은 것들이 만세야님 곁에 있으며 일이 꼬이게 하고 있어요. 우리가 올리는 모든 정보도 그놈들이 먼저 보는 판이니 이제 우리는 말만 양자고 제자지 꿔다 놓은 보릿

자루만도 못해요."

그가 아무런 말이 없자 자신감을 얻은 은교교가 말을 이었다. 은교교가 하늘 같은 대사형 앞에서 감히 그렇게 말할 수 있었던 것은 이미 악화의 내심을 읽었기 때문이다.

아무리 사형제라 해도 예전 같으면 꿈도 꾸지 못할 일이었다. 그녀의 말이 교주 측근을 비난하는 말 같지만 사실은 교주에 대한 은근한 불만을 돌려 말한 것이었다.

악화가 여전히 말이 없자 너무 심한 말을 했나 싶어 은근히 뒤가 켕긴 은교교도 입을 닫았다.

"음……."

악화가 신음성을 냈다. 무언가 골똘히 생각하는 눈치였다. 한참을 생각하던 악화가 입을 열었다.

"만세야께서 날 질책하시면 너는 누구의 편을 들겠느냐?"

은교교의 머리가 팽팽 돌아갔다.

'만약 내가 분명한 의사를 밝혀두지 않는다면 무슨 일이 일어날지 장담할 수 없겠구나…….'

은교교는 문득 그런 생각이 들었다. 만약 악화가 만세야를 배신할 생각을 조금이라도 하고 있다면 그때는 자신을 제거할 것인가 한편인가를 결정해야 할 것이었다.

"고아의 몸으로 만세야님의 큰 은혜를 입기는 했지만 이제껏 사형과 함께 생활했기에 그 정이 혈육에 못지않으니 소매가 사형을 떠난 상황을 어찌 상상이나 할 수 있겠습니까?"

그 말은 악화의 비위를 맞추려는 말이기는 했지만 사실이기도 했다.

"네가 보기에 다른 사제들의 생각은 어떨 것 같으냐?"

"다른 사제들도 소매의 생각과 크게 다르지 않을 것입니다."

"하지만 사부님께서 진노하시면 감당하기가 쉽지 않을 터이니 언덕이 필요할 터인데……."

"어차피 만세야께서 권력을 잡는다 해도 교 내에서 저희 사형제들의 자리는 미약하기 그지없을 것입니다."

결단을 내리라는 말이었다.

목룡군의 일은 은교교의 책임이라 할 수도 있었다. 그녀는 상황이 이렇게 된 이상 끝까지 밀어붙이기로 했다.

"흠……."

"나라의 일은 만세야께서 알아서 하시게 두고 저희는 강호를 휘어잡으면 그뿐입니다. 감히 말씀드리지 못했지만 크게 기대했던 묘족의 대군이 남해에서 해적들에 의해 절단이 난 이상 소매는 만세야께서 도모하시는 일이 순탄치 않을 것으로 보았습니다."

은교교가 말을 이었다.

"역무군을 부추겨 강호를 혼란으로 몰아넣은 뒤에 우리가 장악하는 수순을 밟는다면 강호를 일통하는 일도 어렵지는 않을 것입니다. 위진해나 요월선자 중 하나를 골라 손을 잡을 수 있다면 자금을 조달하는 일도 어려울 것이 없습니다."

은교교의 생각은 자못 엉뚱했다.

"내게도 생각이 있으니 너는 일단 수로채로 돌아가 계속 그곳을 장악하고 있도록 해라."

악화는 그렇게 말을 맺었다. 은교교의 내심은 짐작할 수 있지만 아직은 자신의 입장을 밝힐 단계가 아니었다.

그는 무림이 싫었다.

그래도 천주봉에 있을 때에는 사제들에게 명령만 내리고 결과를 총
단에 보고하면 그뿐이었지만, 제대로 되는 일도 없는 데다가 자신이 직
접 나서야 하는 이런 상황은 정말 싫었다.

도대체 만세야가 천하를 일통한들 그게 자신과 무슨 관계가 있다는
말인가? 스승이 어떻게 되던 자신은 언제나 이인자나 그림자로 남을
뿐이었다.

사람들은 왜 그렇게 발버둥질을 치는가? 그저 적당히 먹을 것과 입
을 것만 있다면 다 똑같은 인생이 아닌가?

악화는 싫었다.

그저 적당한 재산을 챙겨 아무도 모르는 한적한 곳에 가서 조용한
인생을 즐기고 싶었다.

제8장 날마다 밤이면

물속은 암흑이었다.

곡완주는 마치 통나무처럼 물 위에 떠서 물살을 따라 상류로 떠밀려 가고 있었다. 전당괴조의 기세는 앞을 막는 것이라면 산악이라도 무너 뜨릴 듯이 무서웠다.

저 멀리 달빛 아래 수십 장 높이의 육화탑이 강변에 우뚝 솟아 있지 만 곡완주는 볼 수 없었다. 전당괴조에 의한 피해를 막아보려는 인간 의 간절한 기원이 담긴 탑이지만 바다가 그 기도를 들어준 적은 단 한 번도 없었다.

이미 그녀의 모든 감각 기관은 만천심공에 의해 자연스레 폐쇄되어 외부의 상황을 인지하는 기능을 상실했다.

물살은 육화탑을 뒤로하고 수십 리를 더 밀고 올라가도 멈출 줄 몰 랐지만 그 기세는 점차 누그러지고 있었다.

부양현.

멀리 학산이 전당강을 굽어보는 이곳에는 부랑자들이 많았다. 그들은 전당강에 여러 척의 걸개선을 띄워 강가에 나온 어린 여자 아이들을 유괴해 거렁뱅이로 삼았다.

또 그 여자 아이가 성년으로 자라난 후에 미모가 웬만하면 유곽에 팔아 은자를 챙겼고, 도저히 팔아먹지 못할 정도면 팔다리를 부러뜨리거나 몸에 큰 상처를 내 불구자로 만들어 사람들의 동정을 사도록 해 동냥을 시켰다. 동냥을 해온 여자 아이들에게는 겨우 살 만큼의 먹을 것만 주고 동냥한 동전을 그들이 챙기는 것은 물론이었다.

그들은 벌이가 시원치 않으면 어부 노릇을 하기도 했지만 그보다는 여러 척이 떼를 지어 다니며 나가 지나가는 여객선을 상대로 약탈을 자행하기도 했는데, 관청의 하급 관리들과 암묵적인 거래가 있기에 웬만해선 관병이 출동하는 경우가 없었고 걸개선들도 그 약탈의 수위를 적당히 알아서 조절했다.

문칠도 그런 걸개선의 선장들 중 하나였다.

말이 선장이지 사실은 부랑자들의 두목이었지만 그는 수하들이 자신을 두령이라던가 대장이라는 등의 저급한 냄새가 풍기는 칭호로 부르는 것을 무척이나 싫어했다.

문칠이 다른 선장들과 다른 점은 이곳 전당강에 뿌리를 내린 걸개선 중에서 그의 배가 소위 왕초 배라는 것이었다. 물론 그는 그런 이름 대신 총선장이라는 그럴듯한 명칭으로 불리는 것을 좋아했다.

문칠은 희미한 여명이 비치는 아침 일찍 포구로 나왔다.

그가 이른 아침 포구에 모습을 드러내는 날은 보름 그 다음날뿐이었고, 대개의 겨우 수하들이 미리 나와 말끔히 손질해 놓은 걸개선에 오르는 마지막 사람인 경우가 대부분이었다.

그가 매월 보름날 새벽에 포구를 찾는 것은 바로 전당괴조로 인해 혹시나 그의 배에 이상이 생기지나 않았는지 확인하기 위해서였다.

배는 그가 은자를 벌 수 있는 유일한 재산이었다. 그가 걸개선 선장들의 대장 격으로 대우를 받고 있기는 하지만 배가 없다면 다시 은자를 모아 배를 구입하기까지 수년간 다른 선장들 밑으로 들어가 일하는 수밖에 없었고, 그것은 하나의 불문율이기도 했다.

그 또한 이곳에서 선장 행세를 하며 거드름을 피우다가 전당괴조가 이는 날 관리를 소홀히 해 하루아침에 배를 잃고 걸개선 선부로 전락한 자들을 적지 않게 보았다.

그날도 아침이 밝기 전에 서둘러 집을 나섰다. 저녁에 배를 확실하게 묶어두기는 했지만 안심할 수는 없는 노릇이었다.

배를 대는 것에도 선장 간에 서열이 있어 포구에서 가장 깊숙하고 인진한 곳이 바로 그의 배가 징박하는 자리였다.

자신의 배에 다가간 문칠은 배에 올라 이곳저곳을 돌아보며 혹시나 물을 따라 올라온 나무 기둥 같은 것에 손상을 입지나 않았는지 조심스레 살폈다. 포구로 걸어오면서 밀고 올라오는 물살에 쓸리다가 저희끼리 부딪쳐 일부분이 부서진 배도 보았었다.

"엉!"

문칠의 눈에 배 주위에 떠 있는 이상한 물체가 띄었다. 길쭉한 것이 물에 휩쓸려 올라온 통나무일 가능성도 있었지만 헝겊으로 둘러진 것이 좀 이상했다.

'젠장, 이거 혹시 내 배에 상처라도 내놓은 것 아니야?'

배 곁에 저런 것이 떠다니면 그럴 가능성이 높았다. 일단 재산 목록 일호인 배부터 구석구석 살피니 다행히 부서지거나 금이 간 곳은 보이지 않았다.

"헉! 시, 시체!"

눈길을 돌려 물 위에 떠 있는 물체를 자세히 살펴보던 문칠은 크게 놀라 숨을 들이켰다. 사람 목숨을 예사로 아는 그였지만 어스름 여명에 시체를 보게 되니 놀랄 수밖에 없었다.

"에이, 니미럴, 새벽부터……."

혼잣말로 투덜거리던 문칠은 문득 물에 떠다니는 시체를 건져서 잘 묻어주면 큰 복을 받는다는 말이 생각났다.

그는 배에서 장대를 꺼내 시체를 바싹 당긴 뒤 끙끙거리며 힘주어 배 위로 끌어 올렸다. 물을 잔뜩 먹고 죽어서인지 시체의 배가 뚱뚱했다. 아마도 지난밤 전당괴조의 무서움을 모르고 강변을 싸다니다가 물살에 휩쓸려 죽은 것이 분명해 보였다. 이런 시체가 자주 떠오는 것은 아니지만 일 년에 몇 차례는 있었다.

거센 물길에 휩쓸린 시신이 늘 그렇듯 지금 건져 올린 시체도 얼굴 여기저기에 상처를 입어 차마 눈 뜨고 볼 수 없을 정도로 처참했는데, 다만 앞가슴이 봉긋한 것이 죽은 사람이 여자임을 말해 주었다.

"쯧쯧, 어찌 그리 허망하게 죽으셨소? 내가 모셔가 땅에다 고이 묻어드릴 테니 이승에서의 모든 원한일랑 남김없이 잊으시고 부디 편안히 저승길 가시오."

그는 어디서 주워 들은 말투의 기억을 애써 떠올리며 그렇게 말했다. 그런 짓거리를 하면서 생각하니 이 시체가 꼭 자신에게 복을 몰아다 줄 것만 같은 기분도 들었다.

"이놈들, 보름 다음날에는 좀 일찍 나오지 않고……."

아직 부하들이 나올 시간은 아니었지만 그렇게 내뱉는 것으로 스스로에게 자신의 부지런함을 확인했다.

시체와 같이 있기가 찜찜해진 그는 선실 안으로 들어가 누웠다. 시체를 어디다 어떻게 묻을까 하며 이런저런 생각을 하다 보니 날이 완전히 밝았다.

"형님, 일찍 나오셨군요. 제가 아무리 부지런을 떨어도 형님을 당하지 못하겠으니. 핫핫핫."

배 안에서의 서열이 문칠에 이어 제이인자인 서관이 선실로 들어서며 말했다.

"일찍 일어나는 것도 다 습관이지. 그런데 시체를 하나 주웠네."

문칠이 기분 좋은 목소리로 답했다. 다른 수하에 비해 이인자인 서관에게는 어느 정도 예우를 해주어 형님 아우 하는 사이였다.

"옛?"

깜짝 놀라 주위를 살피는 서관의 눈에 시체 하나가 들어왔다. 아까는 인사에만 신경을 쓰느라 미처 발견하지 못했었다.

"배 주위에 뭔가 떠 있기에 건져 올렸더니 시체지 뭔가? 하하하, 올해는 재수가 좀 있으려나……."

시체를 주웠다고 하며 좋아하는 문칠을 보고 내심 희한한 성격이라 생각하던 서관도 그제야 이유를 알았다.

"축하드립니다. 형님의 운수가 대통하려는 모양입니다."

서관은 그렇게 덕담을 하며 시체 곁으로 다가가 살폈다.

"계집일세. 나 혼자서는 어떻게 할 수 없어 그렇게 두고 있었네."

치켜세우는 말에 기분이 좋아진 문칠이 선실을 나오며 말을 받았다.

"흠, 옷을 보니 제법 귀한 댁 안주인 같은데 어쩌다가 물길에 휩쓸렸는지 모르겠군요."

'흠, 그 생각을 미처 못했군.'

서관의 말에 문칠이 시체 가까이로 가서 이것저것 살폈다. 대갓집 규수나 안주인이라면 몸에 값비싼 장신구를 하고 있는 것이 보통이기 때문이었다.

아까는 여명 무렵이라 알 수 없었지만 지금 보니 과연 죽은 여자는 인근에서 구경도 하기 어려운 값비싼 비단옷을 입고 있었다.

'잘하면 한동안 장사를 나가지 않아도 될지 몰라.'

문칠은 내심 그런 생각을 하며 몸 곳곳을 살폈다. 하지만 물살에 씻겨갔는지 눈에 띄는 장식물이 하나도 없자 그는 옷고름을 풀어 안을 살폈다.

속옷에는 단단히 메어진 붉은 비단 주머니 하나가 매달려 있었다.

'횡재했다.'

주머니 안에서 뭔가 묵직한 것이 만져지자 문칠의 입이 찢어졌다.

"잉?"

서둘러 연 비단 주머니 안에는 동전 하나가 들어 있을 뿐이었다. 그것도 요즘 쓸 수 있는 것이 아닌지 보지 못하던 형태였다.

"이런 제기랄. 아니, 이따위 동전 하나를 넣어두려고 비단 주머니를 매달고 다녔다는 말이야?"

기가 막힌 문칠이 서관을 올려다보며 뇌까렸다.

그가 하는 양을 흥미있게 지켜보던 서관도 김이 새는 것은 마찬가지였다.

"그러게 말입니다. 저런 질 좋은 비단 주머니를 사려면 은자 몇 냥은 줘야 하는데……."

말끝을 흐리던 서관이 갑자기 무언가 생각났던지 말을 이었다.

"아! 그렇군요. 이 여자는 뱃속에 아이를 가진 겁니다. 그러니까 배가 불룩 솟은 것도 물을 먹어서 그런 것이 아니라 아이를 가져서 그런 것이지요."

"엥? 그게 이 동전과 상관이 있나?"

"그건 남전(男錢)이라고 부르는 것인데 사내아이 낳기를 기원하는 여자들이 차고 다니는 겁니다. 그리고 비단 주머니에 새겨진 것은 기린인데 아들을 보내주는 영물이라 해서 기린송자(麒麟送子)라 하지 않습니까? 그러니 죽은 여자는 임부라 할밖에요."

모처럼 아는 것을 자랑할 기회를 맞은 서관은 누가 말리기라도 할세라 숨도 쉬지 않고 떠들었다.

'자식, 되게 티를 내는구만. 그나저나 알아먹지도 못하는 어려운 말까지 섞여 있는 것을 보니 틀린 말은 아닌 성싶군.'

서관은 이곳 건달패 중에서도 드물게 글을 배워 제법 먹물이 튄 부류에 속했다. 그럴듯한 추리에 고개를 끄덕일 수밖에 없었지만 칭찬을 해주기 싫었던 그는 말을 아꼈다.

"그런데 좀 이상한데요? 보통 물에 불었다가 나오면 피부가 물먹은 솜처럼 풀어져 윤기를 잃고 불어버리는 법인데 이 여자는 상처 입은 곳을 제외하고 피부가 이상하리만치 탱탱해 보이는군요."

서관의 말을 듣고 보니 그런 것 같기도 했다.

"피부 가죽이 좀 두꺼운 여자인 모양이지?"

"그런 모양입니다."

그들이 생각할 수 있는 추리는 거기까지였다.

"이 여자가 명문댁의 여자라면 혹시라도 찾아 나서는 놈들이 있지 않겠는가? 상금을 걸고 말일세."

이대로 묻어버리기에는 뭔가 아쉬운 구석이 있던 문칠이 물었다.

"어이쿠, 형님은 귀찮은 일을 자초하려 하시는군요. 이런 임산부가 얌전하게 집구석에 처박혀 있지 않고 전당괴조에 휩쓸려 여기까지 떠밀려 올 정도면 무슨 사연이 있어도 단단히 있는 것 같은데……. 일 년 전에 오가 놈도 떠밀려 온 시체를 잘못 수습했다가 한밤중에 쥐도 새도 모르게 죽지 않았습니까?"

그 일이라면 자신도 알고 있었기에 문칠의 등골이 서늘해졌다.

"일단 사람들 눈에 띄지 않게 거적으로 덮어둔 후 적당한 곳에 구덩이를 파고 묻어주는 것이 상책입니다."

그의 말에 뒤가 켕긴 문칠은 거적을 가져다 시체를 덮어두게 하고는 선실로 들어가 술 한 동이를 벌컥벌컥 들이키는 것으로 아침을 대신하고 자리에 누웠다.

지금부터 패거리의 배를 돌보는 일은 서관의 몫이었다.

배의 상태를 알기 위해 이른 새벽부터 나와보기는 했지만 걸개선이 움직이는 시간은 대충 점심이 다 될 무렵이기에 수하들은 그때나 돼야 온다. 시체를 나르고 야산에 구덩이라도 파려면 그들이 와야 했다.

따사로운 초여름의 아침 햇살이 거적 위를 비추었다.

거적 아래의 시체는 곡완주였다.

아직은 아침이라 약간 쌀쌀한 기운이 돌았지만 곡완주의 몸을 덮고 있는 거적은 햇살을 받아들여 데워지며 시간이 흐를수록 아래에 따뜻

한 공기층을 만들어주었다.

만천심공에 의해 폐쇄되었던 곡완주의 모든 기능들이 주변의 그런 변화를 감지하고는 자연스레 서로 간에 신호를 주고받으며 본연의 자리를 되찾아가려고 했다.

한 시진이 지났을까.

'음…….'

아직 몸이 제 기능을 찾은 것은 아니었지만 곡완주는 차츰 정신을 회복하고 있었다. 텅 비어버렸던 머리 속에 하나둘 기억들이 채워지며 지난일들이 주마등처럼 스쳐 갔다.

어린 자신에게 목검을 들려주시던 스승님이 보이더니 옆에서 힘차게 채찍을 휘두르던 아버지도 나타났다. 이런저런 기억들이 주마등처럼 머리 속을 스치고 지나는 한순간 돌연 무영의 모습이 다가왔다.

'아!'

정신이 온전치 않은 와중에도 가슴 한구석에 뭔가 찡하게 와 닿는 얼굴이었다. 백무도에서 무영과 단둘이 보냈던 꿈같은 시간이 끝없이 전개되더니… 갑자기 마차를 타고 쫓기던 자신의 모습이 떠올랐다.

쿠르르르……!

마차 바퀴 소리가 천둥처럼 자신의 귀를 파고드는 순간 곡완주는 본능적인 위험을 감지하고는 눈을 번쩍 떴다.

'헉!'

자신을 덮고 있는 뭔가 답답한 것의 촘촘한 틈새 사이로 빛이 들어왔고, 퀴퀴한 냄새가 코를 찔렀다.

'우리 아기!'

문득 뱃속의 아이가 생각난 그녀는 배로 손을 가져가려고 했지만 몸이 따라주지 않았다. 대신 얼굴 전체와 몸 여기저기에서 강한 통증과 함께 마치 불에 덴 듯한 화끈거림이 느껴졌다.

'여기가 어디지? 다들 어떻게 된 거지?'

한참 기억을 떠올리려고 애쓰던 그녀는 그제야 지난밤 자신이 집채만한 밀물에 빠지던 생각이 났다.

다시 몸을 움직여 보려고 했지만 고통만 더할 뿐 아무런 소용이 없었다.

진한 피로가 몰려왔다. 참아보려고 했지만 정신이 혼미해지며 눈이 절로 감겨왔다. 곡완주는 다시 혼몽의 상태로 빠졌다.

문칠이 눈을 뜬 것은 한낮이 다 될 무렵이었다.

어느새 십여 명의 수하들이 배에 올라 이것저것 필요한 것들을 손보고 있었지만 두목의 잠을 방해할까 봐 무척 조심스레 행동하고 있었다.

"저… 거적 안에 자고 있는 계집은 어떻게……?"

그가 잠에서 깨어난 것을 확인한 수하 하나가 다가와 물었다.

"음, 옮길 준비를 해두어라. 애들을 몇 보내 야산 적당한 곳에 구덩이 하나를 파두라 시키고 술과 싸구려 향이라도 몇 개 사두도록 해라."

"예?"

아무리 비양심적인 일로 먹고 사는 그들이었지만 생사람을 파묻으라는 문칠의 말에 부하는 크게 놀랐다.

"시체 묻을 준비를 하라는 말이다."

수하가 자신의 말을 이해하지 못한다고 생각한 문칠이 짜증이 배어나는 목소리로 말했다.

"살아 있는데요?"

"이 등신 같은 놈, 너는 뒈져 버린 인간과 살아 있는 인간도 구분하지 못한다는 말이냐?"

'이상하다. 내가 잘못 보았나?'

통나무처럼 반듯하게 누워 있기는 해도 분명 살아 있는 사람으로 보았건만, 문칠의 기세에 놀란 부하가 다시 거적을 들치고 죽은 듯 누워 있는 여자를 자세히 살폈다. 숨소리도 작지 않았지만 확실히 하기 위해 맥을 짚어보니 분명 뛰었고, 따스한 온기도 느낄 수 있었다.

'씨, 분명히 살아 있는데…….'

자신감을 얻은 그가 다시 문칠을 찾아가 말하려는데 마침 그도 선실을 나서고 있었다.

"숨도 쉬고, 몸에 온기도 있고, 그리고 맥박도……."

자신의 생각이 맞았다는 것을 확인하기는 했지만 두목에게 반항하는 모양새가 돼서는 곤란하다는 생각이 들자 말이 엉켜 나왔다.

"뭐라고?"

설마 저놈이 감히 자신에게 농을 건네지는 않을 것이라는 생각이 들자 문칠은 황급히 거적을 들쳤다. 흉측한 얼굴이 드러나 자신도 모르게 얼굴을 찌푸려야 했지만 확인을 위해 자세히 살피던 그도 수하의 말에 동의하지 않을 수 없었다.

그의 눈에도 여인의 가슴이 호흡에 따라 볼록이는 것이 보였다.

"흠, 아까는 분명히 죽어 있었는데……."

그는 여자를 어떻게 할 것인가 골똘히 생각했지만 마땅히 떠오르는 묘안이 없자 일단 깨어날 때까지 두고 보기로 했다. 오늘은 장례나 치러주며 하루를 술로 때우려고 했지만 여자가 살아났으니 돈벌이나 나서야겠다고 마음을 바꾸었다.

"일단 선창에 넣어두도록 해라."

수하들이 그의 지시에 따라 곡완주를 거적에 말아 배 바닥에 있는 선창에 굴려두었다.

모두들 황주 한 잔씩을 걸치자 배를 출발시켰다.

이곳에 있는 수십 척의 걸개선들은 각자 맡아서 영업을 하는 구역이 정해져 있었다. 전당강 본류는 문칠을 비롯한 고참 걸개선들이 차지했고, 영업이 상대적으로 덜 되는 많은 지류들은 주로 신참 걸개선의 몫이었다.

그날따라 문칠은 재수가 좋았다.

자매로 보이는 열 살이 채 되지 않은 계집애 둘을 납치할 수 있었기 때문이다. 날마다 그런 횡재가 있는 것은 아니었다. 기껏해야 한 달에 납치할 수 있는 여아는 두세 명 정도였는데 오늘은 운이 매우 좋다는 생각이 들었다.

곡완주는 문칠 일행이 포구로 돌아올 때까지도 깨어나지 못했다. 그녀의 흉측한 몰골을 본 수하들 또한 근처에 얼씬도 하지 않았기에 귀찮게 구는 사람도 없었다.

그녀는 선원들이 모두 배에서 물러간 한밤중 무렵에야 깊은 혼몽에서 깨어났다. 하지만 거적에 둘둘 말려 있었기에 한참을 노력한 끝에야 겨우 벗어날 수 있었다. 온몸 구석구석 아프지 않은 곳이 없을 정도였지만 뱃속의 아이가 걱정된 그녀는 억지로 몸을 추스르고 앉아 운기조식을 시작했다. 일단 자신의 몸이 회복돼야 아기의 상태를 알아볼 수 있다는 생각 때문이었다.

외부 곳곳이 상처투성이였지만 다행히 만천심공으로 보호된 내부의 장기나 혈맥의 흐름에는 이상이 없었다. 곡완주는 진기를 모아 일주천

시키기까지 한 시진이 넘도록 운공을 계속해야 했다.

"휴우……."

진기가 몸속의 모든 혈도를 골고루 어루만져 주어 상쾌한 기분이 들자 그녀는 긴 한숨과 함께 운공을 마쳤다. 캄캄하게 느껴졌던 공간이 그제야 환히 눈에 들어왔다.

비록 밖이 보이지는 않았지만 물결 소리와 출렁거림, 그리고 출입문이 위로만 나 있는 점으로 볼 때 자신이 있는 곳이 배의 선창일 것이라는 짐작은 할 수 있었다.

'어떻게 된 거지?'

주변을 관찰하던 곡완주는 문득 아이의 숨결이 더 이상 느껴지지 않고 있다는 것을 깨달았다. 산월이 다 되어가면서 뱃속에서 자주 발길질을 해댔던 아기였다.

"아악!"

한동안 불안한 상상을 하던 그녀는 갑자기 아랫배에서 찢어지는 듯한 고통을 느끼며 비명을 참지 못했다.

"아… 아기가 나오려나……."

누구에게든 도움을 청해야 한다고 생각했지만 알 수 없었고 몸을 움직일 수도 없었다. 이제껏 느껴보지 못했던 극심한 고통이었다.

"아아아악!"

한참을 고통과 씨름하던 곡완주는 어느 한순간 자신이 아기를 낳았다는 것을 깨달았다.

얼른 아기를 안아 품으로 가져왔지만 움직임이 전혀 없었다.

"아가, 왜 그래? 응, 어서 큰 소리로 울어보렴."

놀란 그녀는 반쯤 울음 섞인 소리로 혼잣말을 해가며 아기의 상태를 살폈다.

"악!"

조심스레 아기를 안고 다른 한 손으로 여기저기를 만져 보던 곡완주의 손길이 비명 소리와 함께 멎었다.

사산이었다.

아기는 숨결도 없고 맥도 없이 그저 축 늘어진 채로 자신에게 안겨 있을 뿐이었다.

쿵!

아기의 죽음을 확인한 곡완주는 그대로 옆으로 쓰러져 혼절했고 그 충격으로 배가 출렁거렸다.

문칠은 곡완주를 거두었다.

인신매매를 본업으로 하는 문칠이 그녀를 거둔 것은 자비심이나 동정심 때문이 아니라 어떻게 생겨먹은 인간도 다 돈이 된다는 것을 잘 아는 까닭이었다. 팔다리가 없거나 앉은뱅이, 혹은 추녀 등 어떤 종류의 계집이라 할지라도 환자나 다 늙어 기동을 못하지 않는 이상은 다 쓸모가 있다는 것을 그는 알고 있었다.

사람을 거두는 데 특별히 어려울 것도 없었다. 그저 거렁뱅이 패거리를 집단으로 수용시키는 곳에 거적자리 하나만 깔 수 있는 공간을 주면 그것으로 그만이었다.

그래도 한동안 곡완주에게는 금방 아이를 낳은 산부라 하여 특식이 제공되기는 했다. 바로 앞의 전당강에서 쉽게 구할 수 있는 흔한 잡어를 넣어 탕을 끓인, 그런대로 산부가 몸을 추스를 만한 음식이었다.

물론 문칠이 곡완주를 어여삐 여겨 그러는 것이 아니라, 오랜 경험으로 볼 때 일단 자신의 돈벌이로 쓰려면 몸이 아프지 않게 해야 일을 잘할 수 있다는 것 때문이었다.

한동안 기력을 잃었던 곡완주는 빠르게 몸을 회복했다. 하지만 전당 괴조의 충격에 아이는 사산되었고 물살에 밀려 이리저리 부딪친 까닭에 얼굴이 흉측하게 망가졌다는 사실에 한동안 눈물만 줄줄 흘려대며 악몽에 시달리기도 했었다.

'그래, 한동안 이렇게 아무도 모르는 곳에 묻혀 지내보자.'

곡완주는 그렇게 마음을 굳혔다.

죽고 싶은 마음이 굴뚝같았지만 목숨이란 것은 그렇게 쉽게 끊을 수 있는 것이 아니었다.

어미로서 뱃속의 아이를 제대로 돌보지 못했다는 죄책감이 그녀를 괴롭혔고, 세상의 어떤 추녀보다도 고약하게 망가져 버린 외모가 자신감을 잃게 했다. 무영이 얼마나 아이를 기다렸는지도 잘 알고 있었다.

자신이 있는 곳이 항주에서 백수십 리 떨어져 있는 부양현이라는 것도 알았다. 생각 같아서는 한달음에 항주로 가서 무영에게 펑펑 울며 안기고도 싶었지만 아이를 지키지 못한 주제에 감히 얼굴을 드러낸다는 자체가 너무도 뻔뻔한 일이었다.

그녀가 하는 일이라고는 가끔씩 눈물을 줄줄 흘리다가 그저 아무 하는 일 없이 한구석에 처박혀 하루 두 끼의 식사를 거르지 않고 먹는 것이 전부였다.

"아이들의 식사는 이제 네가 맡도록 해라."

그녀의 몸 상태가 이만하면 되었다 싶었는지 어느 날 문칠의 수하하나가 할 일을 정해주었다. 이십여 명이 넘는 대식구의 식사 수발은 그녀로 하여금 다른 생각을 가질 여유를 주지 않았다. 무공도 완전히 회복되었지만 그걸로 무얼 해보겠다는 생각은 조금도 들지 않았다.

수하들 중에는 그녀의 뽀얀 살결을 보고 한 번쯤 품어볼까 하는 생각으로 뒤에서 음흉한 눈길을 보낸 자들도 있었지만 흉측한 외모를 보고 나면 모두들 고개를 돌렸다.

다른 사람들도 곡완주의 과거 신분이 예사롭지 않다는 것을 알고 있었다. 입고 있는 옷이 비록 여기저기 헤어져 말이 아니었지만 값비싼 비단이라는 것은 누구나 알 수 있었고, 그녀의 걸음걸이나 행동, 그리고 가끔씩 필요할 때만 하는 말투에서 기품을 읽었다.

"아무래도 무슨 사연이 있는 여자 같지 않아?"

"그럴 거야. 관심 꺼, 그 쓸데없는 궁금증 때문에 제 명대로 살지 못하는 놈들이 많아."

한동안 문칠의 수하들은 그녀의 정체에 대해 수군거리며 입에 올리기도 했다.

추대부인(醜大夫人).

이곳 선부들이 그녀의 추한 외모에 기품있는 행동거지를 합쳐 빗대어 부르는 이름이었다.

그러나 곡완주는 그런 말에 아무 반응 없이 그저 묵묵히 맡은 일만 열중했다. 문칠도 그런 그녀에 대해 과거사를 캐묻거나 하지 않았는데 그녀는 내심 그 점을 고맙게 생각했다.

그녀가 조석으로 식사를 뒷바라지해야 하는 막사 안에는 많은 여자 아이들이 있었다. 우연히 강가에 놀러 나왔다가 납치된 아이들도 간혹 있었고, 고아로 떠돌다가 문칠이나 그의 수하들 눈에 띄어 끌려온 아이들도 있었다.

아침을 먹고 나면 그들은 저마다 최대한 동정을 얻을 수 있는 차림

새로 옷을 매만지고 나서 저잣거리로 나서는데 멀리 나가는 아이들은 문칠의 배를 타고 가기도 했다.

대여섯의 어린아이부터 십이삼 세의 소녀들까지 한창 어리광이나 장난을 치며 놀 나이였지만 하루 종일 쪽박을 차고 떠돌거나 불구인 아이들은 자리 깔고 구걸을 했다.

누군가의 딸이었을 그런 어린아이들을 보고 있노라면 안된 마음이 들기도 하련만 이미 감정이 메말라 버린 곡완주에게는 아무런 느낌도 주지 않았다. 그저 묵묵히 간단한 주먹밥을 챙기거나 때로는 인근의 들로 나가 나물을 캐서 반찬거리를 장만해 주는 것이 고작이었다.

늦은 밤.

곡완주가 막사 문을 살며시 닫으며 밖으로 나왔다.

밤마다 한 명씩 교대로 번을 서며 아이들의 막사 출입을 통제하는 문칠의 부하들도 이곳의 유일한 성인 여자인 그녀는 자유로이 버려두었다. 어차피 떠날 여자가 아니라는 것을 느꼈기 때문이었다.

자신이 묵는 막사가 저 아래로 내려다보이는 언덕에 편편히 솟은 큰 바위, 언제부터인가 그곳은 그녀의 자리였다.

곡완주는 천천히 바위에 올라가 앉았다.

'오늘 또 시작이군.'

곡완주가 저녁만 되면 바위에 올라 달을 보며 훌쩍거린다는 사실은 이곳에 있는 사람들 모두 알고 있었다. 하기는 저런 몰골로 물에서 떠올랐을 땐 그만한 사연쯤은 있게 마련이라는 생각에 그녀가 우는 이유를 아무도 묻지 않았다.

'꿀꺽, 뒷모습만 봐서는 월궁항아가 따로 없는데… 에잉, 얼굴이 그 모양이니……'

곡완주의 뒷모습을 지켜보던 막사 경비 당번은 마른침을 삼키며 고개를 돌렸다. 우아하고도 기품있는 곡완주의 걸음걸이는 그녀의 날씬한 몸매와 더불어 사내들의 간장을 녹이기에 충분했다.

이곳에 있는 건달들 모두 한 번쯤은 그녀를 건드려 볼까 하는 생각을 가졌다가도, 마치 큰 화상을 입은 듯한 끔찍한 흉터로 덮인 앞모습만 보면 징그러운 외모에 고개를 저었다.

'음, 얼굴에 나뭇잎이라도 깔고서 어떻게 한 번 눌러줘?'

조금 아쉬운 마음에 망설이기도 했지만 끝내 그는 고개를 돌렸다. 젊은 혈기에 한 번 못할 것도 없지만 그녀의 기품있는 행동거지는 그로 하여금 함부로 건드리지 못하게 하는 그 무엇이 있었다.

곡완주는 눈물에 가려 흐릿한 시선으로 달을 쳐다보았다. 이렇게 쳐다보고 있노라면 어느 순간 무영이 달 속에 나타나 미소를 지어주었다. 언제 보아도 또 보고픈 얼굴이었다.

잊겠노라 있겠노라 하루 종일 백 번 천 번 되뇌어도 늦은 밤만 되면 마치 몽유병 환자처럼 이곳에 나와 앉아 있는 자신을 발견하고 깜짝 놀라곤 했다. 그럴 때면 자신도 소스라치게 놀라 막사로 돌아가 다시 잠을 청하지만 그 밤은 끝내 불면의 밤이었다.

낮에는 표정없는 사람이 되어 맡은 일에만 열중하는 그녀였지만 달빛이 어스름한 밤이면 메말랐던 감정도 살아났다.

항주가 그리 멀리 떨어져 있는 것도 아니었다. 그날 이후 무영이 어떻게 되었는지가 궁금했지만 자신의 정체가 드러날까 두려워 누구에게 물어보지도 못했다. 잊을 수 없는 얼굴이기에 그저 가슴에 묻고 표내지 않을 뿐이었다.

곡완주는 그렇게 한 시진도 넘게 앉아 있다가 막사로 돌아갔다.

"골패는 던져졌다. 모두 나를 따르라!"

선상에서 문칠은 악을 쓰듯 소리쳤다.

"전당강을 지키자! 전당걸개 천세!"

포구에 모인 걸개선 이십여 척에서 수백에 달하는 무리들이 뱃전 서서 두 손을 번쩍 들어 문칠의 말에 화답했다.

싸움 준비는 모두 끝났다.

오늘은 전당강 걸개선들과 부춘강 걸개선들이 운명을 걸고 일전을 벌이는 날이었다.

수많은 산야를 돌아 수천 리도 천 리가 훨씬 넘는 긴 강줄기를 이루며 대해로 가는 동안 무수한 지류를 받아들이는 전당강을 상류 지역에서는 부춘강(富春江)으로 불렀다.

부춘강에도 걸개선들이 적지 않았는데, 같은 영업을 해야 하는 두 집단 간에는 예로부터 사소한 다툼이 끊임없이 있어왔다. 하지만 두 집단 간의 싸움이 서로에게 이롭지 않다는 판단 아래 정면 충돌은 서로 피해왔기에 큰 싸움으로 번진 적은 단 한 번도 없었다.

그런데 이번에는 달랐다. 얼마 전 수하들 간의 사소한 다툼을 빌미로 부춘강 걸개선의 총대장 등숙번은 문칠에게 자신들의 조직으로 합류하라고 요구해 왔다.

"미친놈!"

불쾌감의 표시로 등숙번이 보낸 사자에게 똥바가지를 씌워 보내준 문칠이었고, 그 결과로 부춘강 걸개선 수십 척이 전당강 패거리의 본거지라 할 수 있는 이곳까지 내려와 강 위를 선회하며 위협하는 상황으로 발전했다.

문칠은 잔뜩 눈에 힘을 주고 강 상류를 지켜보았다. 벌써 놈이 말한 시한인 정오가 지난 지 오래였다.

곡완주도 문칠의 배에 타고 있었다.

"너는 싸움이 벌어지게 되면 숨어서 잘 살피고 있다가 무기가 부족한 사람이 생겨 허둥대지 않도록 날라주고, 혹시 배에 불이 붙으면 재빨리 끄도록 해라."

어디서 어떻게 벌어질지는 아무도 몰랐지만 일단 붙게 되면 단 한 명의 손발이라도 아쉬울 것이기에 문칠은 막사 안의 유일한 성인 여자인 곡완주도 데려왔다.

"온다. 모두 준비해라!"

강 상류를 노려보던 문칠의 입에서 고함이 터졌다.

수십 척의 배가 대오를 지어가며 서서히 물줄기를 타고 내려오는 것이 보였다. 기세를 올리려고 했는지 걸개선에 어울리지 않게 각 배마다 형형색색의 큰 기치를 달고 내려왔다.

"나가자!"

전당강 패거리들도 부두를 벗어나 강으로 나섰다.

강의 중심은 물살이 세서 싸움 대형을 이루는 것이 쉽지 않았기에 배들은 중앙을 비우고 양쪽으로 나뉘어 강변으로 붙어가며 양면 협공의 형태를 취했다.

천천히 내려오던 부춘강 패거리들은 이십여 장의 거리를 두고 닻을 던져 배를 멈추었다.

"문칠 동생, 그동안 잘 있었는가?"

사소한 다툼으로 몇 번 만난 적이 있는 등숙번이 징그러운 미소를 띠며 말했다.

“그래, 이 형님은 잘 계셨다. 이곳까지 쓰레기들을 날라온 것을 보니 네놈이 죽으려고 환장을 한 것이 틀림없구나.”

문칠도 지지 않고 부춘강 패거리들을 쓰레기로 몰아 맞받았다.

‘아무래도 이상해······.’

자신이 알기로 등숙번은 그렇게 간이 큰 놈도, 자신을 제압할 만한 실력이 있는 놈도 아니었다. 두 집단 간에 싸움이 붙으면 자멸이라는 수순을 밟게 될 것을 뻔히 아는 놈이었다. 문제가 생기면 걸개선 몇 척을 몰고 와 멀리서 허풍을 치고 간 적은 있어도 이렇게 대규모로 와서 소란을 떤 적은 없었다.

부춘강 패거리라면 대개 안면은 있었다.

문칠은 보지 못하던 놈들이 있나 하고 유심히 살폈다. 놈이 자신 밑으로 들어오라는 둥 별 소리를 다 하는 것으로 보아 혹시 어디서 방조자라도 데려왔나 살펴보려는 것이었다.

그의 예측은 적중했다.

‘음, 저놈들은······.’

등숙번의 뒤로 낯선 흑의인들 몇이 눈에 띄었다.

걸개선에 어울리지 않게 말쑥한 흑의 차림새의 그들은 무인들처럼 등에 장검을 비껴 메고 있었다. 두 다리를 딱 벌리고 당당히 서 있는 자세에서 뭔지 모르게 자신감이 넘치는 놈들이었다.

“등숙번, 어디서 쓰레기들 몇 놈 더 끌고 와 감히 전당강을 넘보다니, 죽을 때가 된 모양이구나.”

흑의인들의 위세를 보니 예사 놈들이 아닌 것 같아 찜찜해진 그는 내심을 감추기 위해 더 큰 소리로 소리쳤다.

걸개선 선부들치고 제대로 무공을 익힌 놈은 없었다. 그저 그런 삼류무사의 실력으로 칼을 들고 막춤을 추듯이 싸우는 것이 고작이었고, 성질이 더럽기는 했지만 무공이 높은 놈들을 만나면 눈치로 알아보고 미리 꼬리를 내릴 줄도 알았다.

그런데 이상했다.

그 말이 끝나기 무섭게 흑의인들이 앞으로 나섰는데 등숙번은 마치 고양이 앞의 쥐처럼 쩔쩔매고 있는 것이 아닌가? 부춘강 일대에서 등숙번의 고개를 숙이게 만든다는 것은 상대의 실력이나 배경에 뭔가 있다는 증거였다.

"형님, 아무리 봐도 심상찮은 놈들인데요."

이럴 때면 곁으로 와 작전 참모 노릇을 하는 서관도 그걸 느꼈는지 속삭이듯 말했다.

'이거 어째 일이 꼬일 것 같은 기분이 드는데……'

기세 좋게 한마디 더 해주고 싶었지만 걸개선에서 삼십 년을 넘게 살아오며 생긴 예감이 그런 문칠을 말렸다. 그는 입을 닫고 상대가 하는 양을 조용히 지켜보았다.

'맞아, 니가 졌어.'

곡완주는 선실에 나 있는 창을 통해 흑의인들을 지켜보고 있었다. 그녀는 한눈에 흑의인들의 무공이 예사롭지 않다는 것을 알았다. 문칠이 백 명이라도 저들 다섯을 당할 수는 없었다.

'분명 내가 아는 놈들 같은데……'

유심히 상대를 살피던 곡완주는 그들의 기도에서 풍겨나는 뭔가 익숙한 느낌에 자신의 기억을 더듬었다.

"배를 가까이 대라!"

등숙번의 말에 부춘강의 다른 배들은 움직이지 않고 그의 배만 닻을 거두자 배는 물살을 타고 문칠이 있는 쪽으로 흘러왔다.

"음······."

그들의 행동을 살피던 문칠은 긴장했다. 이제 그는 흑의인들이 자신만을 상대하기 위해 같이 온 자들이라는 것을 알았기 때문이었다.

곡완주는 망설였다.

상대는 이쪽과의 거리가 오 장 이내로만 좁혀지면 건너뛰어 이 배로 달려들 것이 틀림없었다. 나서고 싶지는 않았지만 그래도 그동안 자포자기한 자신의 목숨을 구해주고 편하게 버려두었던 문칠이기에 망설이는 것이었다.

'맞아! 그놈들이야!'

한순간 곡완주의 얼굴이 찡그려지더니 몸을 떨었다.

두 달여 전에 전당강 포구에서 자신을 공격했던 놈들과 같은 기운을 풍기고 있었다. 자신의 아기와 행복을 몽땅 빼앗아간 그놈들이었다.

"아······."

갑자기 곡완주는 갑자기 머리가 텅 비는 것을 느꼈다.

아무런 생각도 나지 않고 온몸에서 힘이 빠져나가 서 있을 수소자도 없어 겨우 창틀을 잡고 몸을 기댔다.

"활, 활을 준비해라!"

등숙번의 의도를 눈치 챈 문칠이 부하들을 재촉했다.

놈들에게 활을 쏘아 다가오지 못하게 하는 것이 최선이었다. 부하들은 문칠의 당황한 어조에 뭔가 이상한 감을 잡고 재빨리 활로 바꾸어 들었다. 그들은 팽팽하게 시위를 먹이고 등숙번의 배를 겨냥했다.

등숙번의 수하들도 재빨리 난간에 몸을 숨기고 같이 활을 준비하는 등 부산을 떨었지만 흑의인들은 꿈쩍도 하지 않았다.

"추대부인, 화살을 더 가져와라."

문칠이 선실을 향해 소리쳤다. 어쩌면 화살만 쏘아대는 싸움이 될지도 모른다는 생각에 미리 준비를 하려는 것이었다. 하지만 충격을 받은 곡완주의 귀에는 그의 고함 소리도 들려오지 않았다. 그저 멍한 눈만 뜨고 있을 뿐이었다.

"쏴랏!"

문칠이 선실 쪽에서 고개를 돌려 부하들에게 명하자 수하들이 힘껏 시위를 당겼다.

"아니?"

문칠은 눈을 둥그렇게 떴다.

지켜보던 등숙번의 수하들은 모두 고개를 숙여 화살을 피했지만 흑의인들은 수십 발의 화살을 가볍게 쳐내고 있었다.

"발사!"

그의 부하들도 눈을 둥그렇게 뜨고 놀라 보고 있다가 문칠의 고함에 다시 화살을 먹여 쏘았지만 마찬가지였다. 어느새 거리가 오 장 정도로 가까워지자 흑의인들이 문칠의 배로 몸을 날렸다.

"어이쿠!"

이미 흑의인들의 무공을 본 문칠을 비롯한 걸개선 선부들은 그들의 기세에 놀라 모두 배의 맞은편으로 물러섰다. 그러나 좁은 배 안에서 달아날 곳은 없었다.

"으아악!"

비명 소리와 함께 문칠의 수하 몇 명이 갑판 위에 쓰러졌다.

"이놈들!"

비명 소리에 퍼뜩 정신을 차린 곡완주의 눈에서 불꽃이 튀었다. 그녀는 와락 선실 문을 박차고 나가 겁에 질려 뒤로 물러서는 한 선부의 박도를 빼앗아 들고 흑의인들을 향해 그대로 휘둘렀다.

"커억!"

그녀의 한칼에 흑의인 둘이 피를 뿌렸고, 이어 다른 한 명을 향해 습관처럼 직도황룡이 펼쳐졌다.

챙!

흑의인이 재빨리 검을 들어 막았지만 소용없는 일이었다. 곡완주의 박도는 상대의 검까지 그대로 쓸어버리고는 수박을 쪼개듯 머리를 갈라놓았다.

다섯 명의 흑의인들은 천주봉에서 파견한 귀견수들이었다.

목룡군의 포획에 실패한 그들은 병참을 수송할 다른 대안으로 걸개선을 지목했다. 귀견수들은 부춘강의 등숙번을 가볍게 제압하고 그 여세를 몰아 전당강으로 내려왔던 것이다.

악귀 같은 형상에 핏발이 선 곡완주의 두 눈은 전문적인 살인 기계로 만들어진 귀견수들마저 공포에 젖게 했다. 그들은 이곳으로 오기 전에 등숙번을 통해 전당강 걸개선들에 대해 대충 조사는 했지만 이런 무서운 계집이 있단 소리는 들어본 적도 없었다.

남은 귀견수 둘이 곡완주를 향해 검을 휘두르며 합공을 해왔다.

"흥!"

미처 찔러 들어오기도 전에 곡완주의 검이 허공을 춤추었다.

"크악!"

그것으로 끝이었다.

이제 싸움이 막 시작된 순간이었지만 전당강에 모인 수십 척의 걸개선들에 탄 선부며 건달들은 모두 숨을 죽였다.

박도를 든 곡완주는 한동안 그 자리에서 움직이지 않았다. 흑의인들을 발견하고 모두 죽이는 순간 그녀의 머리가 다시 텅 비어버린 까닭이었다.

얼마가 흘렀을까?

걸개선의 수하들이 하나둘씩 문칠을 향해 눈길을 보냈다.

'두령님, 어서 가서 무슨 일인지 알아보세요.'

너무 오랫동안 부동자세의 추대부인을 보고 있자니 은근히 궁금해졌기에 감히 말은 하지 않았지만 모두들 같은 생각이었다.

'미쳤냐? 내가 나서게.'

그런 눈치도 모를 문칠이 아니었다. 하지만 추대부인의 곁에 갔다가 무슨 봉변을 당할지 몰랐다. 아니, 봉변 정도면 다행이겠지만······.

문칠의 눈이 서관을 향했다.

'니가 가봐라!'

하지만 눈치로 말하자면 누구에게도 지지 않을 자신이 있다는 서관도 만반의 준비를 하고 있었다. 머리를 쓰는 일에 관한 한 그는 문칠보다 한 수 위였다.

그는 문칠의 그런 의도를 미리 읽고 있었기에 추대부인의 놀라운 실력에 대한 경탄의 눈길을 이제껏 거두지 않고 고정시키고 있었다. 생명이 달린 일인지도 몰랐다. 그는 절대 한눈을 팔지 않았다.

문칠이 계속 서관을 노려보자 다른 수하들의 시선이 모두 그에게 향했건만 그는 이 한눈에 생사를 걸었기에 추대부인을 향한 서관의 눈에서는 작은 깜빡임마저도 찾을 수 없었다.

그의 생명을 지켜줄 유일한 핑곗거리였다.

수하들의 시선이 다시 문칠을 향했다.

‘음…….’

문칠은 내색도 못하고 얼굴만 구겼다.

하기는 지금은 두령인 자신이 나서야 하는 대목 같기는 하다는 생각
도 들었다.

‘에라! 죽기 아니면 까무러치기다.’

그는 떨리는 발걸음을 다잡고 용기를 내 그녀에게 다가갔다.

‘엉?’

가까이 가보니 그녀의 눈동자는 거의 초점을 잃었고 몸도 쓰러지기
직전이라는 것을 알았다.

‘음, 괜히 겁먹었군.’

부하들의 부담스런 눈길에 체면상 하는 수 없이 나섰던 그는 그제야
안심했다. 곡완주의 몸이 무너지려는 것을 느낀 그는 얼른 그녀의 허
리에 손을 둘러 선실로 데려갔다.

“비켜라!”

아무도 앞에서 거치적기리는 사람이 없었건만 그는 그렇게 소리를
치는 것으로 자신이 얼마나 위험한 일을 하고 있는가를 부하들에게 재
확인시켰다.

‘음, 역시 두령님이야…….’

부하들의 그런 시선을 한 몸에 받는 문칠의 어깨에 힘이 들어갔다.

그토록 무섭게 칼을 휘둘렀던 그녀건만 안아보니 그저 평범한 여인
의 몸이라는 것이 자못 신기한 느낌마저 들었다. 문칠은 자신이 평소
눕던 침상에 조심스레 그녀를 뉘인 후 밖으로 나왔다.

‘놈!’

든든한 후원자를 뒀다는 생각에 전신에서 백배 용기가 넘쳐 난 문칠

이 등숙번을 째렸다.

맞은편 배의 등숙번은 처음부터 돌아가는 모든 상황을 봤으면서도 순식간의 반전에 너무 놀란 나머지 아직도 뭐가 뭔지 정리가 되지 않는다는 표정이었다.

"등숙번, 무릎을 꿇어라!"

서로의 배가 스치듯 마주하고 있었기에 문칠은 나지막하게 무게를 잔뜩 실은 어조로 말했다.

등숙번도 수십 년간 걸개선을 탄 건달이었기에 일단 싸움에 졌을 때는 어떻게 해야 하는지 잘 알고 있었다. 어차피 방금 전의 그 고수를 끼고 있는 문칠 놈과 다시 싸울 엄두도 나지 않았다.

"형님!"

등숙번은 갑판 위에서 문칠을 향해 무릎 꿇고 머리를 조아렸다. 두령의 굴복에 다른 수하들도 모두 무릎을 꿇었다.

문칠의 얼굴에 함지박만한 미소가 걸렸다.

전당강과 부춘강의 걸개선단은 그렇게 하나로 통합되었다.

그들은 곡완주를 총두령으로 모셨고 문칠이 둘째, 등숙번은 셋째가 되어 걸개선을 지휘했다.

곡완주는 언제 그랬냐는 듯이 다시 예전으로 돌아왔지만 다른 사람들은 그렇게 지내지 못했다.

문칠은 아침저녁으로 그녀를 찾아와서 그날그날의 모든 일을 보고했다. 아무리 말려도 소용없다는 것을 안 곡완주는 그냥 조용히 그의 말을 경청하는 것으로 절차를 마쳤다. 만류에도 불구하고 그녀는 여전히 아이들과 같은 막사에서 잤으며 그들의 식사 수발을 들었다.

선부나 건달들이 그녀를 부르는 호칭도 면전에서는 추대부인에서

'추'가 빠진 그냥 대부인이 되었지만 곡완주는 예전에 그랬던 것처럼 전혀 상관하지 않았다.

하지만 대부인이라는 호칭이 싫지는 않았다. 무영의 직위가 대장군이니 자신을 대부인으로 부르는 것도 틀린 호칭은 아니라는 생각인데다가 그 칭호가 자신과 무영 사이를 엮어주는 어떤 끈과도 같았기 때문이다.

막사를 지키는 건달의 수도 둘로 늘었다.

예전에는 아이들이 밤중에 달아나는 것을 막기 위해서였지만 지금은 곡완주의 신변 보호를 위한다는 것이 달랐다.

"아무리 고수라도 보이지 않는 칼은 막기 어려운 법이다."

문칠은 어디선가 주워 들은 기억이 있는 강호의 말로 그 이유를 부하들에게 설명했다.

곡완주는 날마다 아픔이 찾아오는 밤이 두려웠다.

밤은 끊을 수 없는 인연의 괴로움을 가져다 주었고, 그런 때면 막사 뒤를 찾아 눈물에 어리는 달을 보며 다시 아파했다.

제9장 무림에 부는 바람

무림맹은 다음과 같은 사실을 포고한다.

일, 앞으로 무림맹에 가입을 하지 않은 방파나 문파는 무림의 일원으로 인정하지 않는다.

일, 무인으로서 열 명 이상 함께 몰려다닐 경우 무림맹의 허가를 받지 않고는 무기를 휴대할 수 없다.

일, 위 규정을 위반한 자는 무림의 질서를 어지럽히는 사마외도와 다름없음이니 무림맹의 이름으로 철저하게 응징할 것이다.

일, 위 사항을 제외한 기타의 것은 기존의 무림맹 규칙에 준한다.

무림맹주 역무군 백.

화산.

중원오악 중 서악인 화산은 위로는 왕후장상으로부터 아래로 일반 백성이 받드는 성스러운 산이지만 무림에서는 구파일방의 하나인 화산파가 있는 곳이기도 했다.

꽃같이 아름답다 하여 그 이름도 화산이기는 했지만 그 산세가 거칠고 험해 산 중턱에 더 오르는 것은 힘이 드니 그만 마음을 돌려 돌아가라는 뜻으로 회심정이라고 이름 지어진 곳이 있을 정도였다.

조앙봉.

화산을 이루는 다섯 개의 봉우리 중에 중봉인 조앙봉에는 화산파의 본산이 있었다.

해가 이제 막 봉우리 중턱에 걸쳤을까? 백여 명의 화산 제자들이 굳은 표정으로 청가평을 나섰다. 사봉평을 지나면 마주치는 청가평은 화산에 들기 위해서 반드시 지나야 하는 길목이었다.

백여 명이 좁은 산길을 내려오려면 꽤나 시간이 걸렸을 법한데 이런 이른 시간에 청가평에 도달한 것으로 보아 새벽부터 길을 나선 것이 틀림없었다.

행렬의 가장 선두에 선 자는 선임 장문인 익중명의 수제자였던 주사경이었는데, 한일 자로 굳게 다문 입술은 *그*가 굳은 의지를 가진 인물임을 보여주었다.

주사경은 무림맹에서 희생된 사부 악중명의 일을 해결하기 위해 나서는 길로 이미 개방, 무당, 당문, 아미 등 다른 문파들과 힘을 합치기로 약조가 되어 있었다.

'온다.'

그런 화산파 제자들을 지켜보는 눈이 있었다.

흑의를 입은 사내 하나가 몸을 숨긴 숲의 한구석에서는 청가평 내의 모든 움직임이 한눈에 들어왔다. 흑의인은 화산파 제자들이 청가평 안으로 모두 진입한 것을 확인하고는 지체없이 화전을 날렸다.

쐐애—액!

화전이 흰 연기를 뿜으며 하늘로 치솟자 청가평 구석진 곳에서 수백의 화살이 날아 주사경 일행을 향했다.

"화살이다! 피해라!"

화살을 가장 먼저 발견한 것은 주사경의 사숙 마불위였다.

그는 난데없이 쏘아진 화전에 긴장을 늦추지 않고 있다가 느닷없이 쏟아지는 화살 세례에 놀라 제자들에게 소리쳐 경고하고는 재빨리 근처 바위를 향해 몸을 날렸다.

"으아악!"

비록 그의 경고가 빨랐지만 제자들의 행동은 그렇게 재빠르지 못했다. 미처 사태를 파악하지 못하고 허둥대던 제자 수십이 순식간에 고슴도치가 되어 바닥에 굴렀다.

"웬 놈들이 감히 화산파의 문전에서 암습을 하느냐?"

겨우 밖으로 굴러 화살을 피한 신임 장문인 주사경이 화가 머리끝까지 난 목소리로 소리쳤지만 그 대답은 연이어 날아오는 화살비였다. 화산파 제자들은 이제 막 청가평 중앙을 지나던 무렵이었기에 수십 명이 몸을 숨길 만한 마땅한 엄폐물도 쉽게 찾을 수 없어 다시 십여 명이 과녁이 되어 쓰러졌다.

"멈추어라, 이놈들!"

보다 못한 마불위와 주사경 등이 화살에 쓰러지는 제자들을 보호하기 위해 앞을 막아서며 날아오는 화살을 향해 닥치는 대로 검을 휘둘렀지만 사방에서 날아오는 화살을 모두 막을 수는 없었다.

비명 소리와 함께 다시 몇 명의 제자들이 거꾸러졌다.

화살비에 정신을 차리지 못하던 제자들은 그제야 방향을 가늠하고는 앞 다투어 오던 길로 내달렸다. 하지만 여전히 화살은 멈추지 않고 날아와 달아나던 제자 몇이 또 쓰러졌다.

다행이라면 조양봉으로 달아난 제자들은 사방에 솟은 바위들을 엄폐물로 삼아 더 이상의 희생자가 나오지 않았다는 사실이었다. 제자들의 뒤를 막아서던 주사경 등은 마지막에 바위 뒤로 몸을 피했다.

"웬 놈들이냐? 대체 화산파와 무슨 원한이 있기에 저토록 많은 화산파 제자들을 죽인다는 말이냐?"

주사경이 바위 옆으로 나서서 청가평 주위를 돌아보며 외쳤다. 청가평에는 수십 구의 화산파 제자들의 시신이 널려 있었는데 얼핏 보아도 오십은 넘었다.

그의 말이 끝나기 무섭게 일단의 흑의인들이 청가평 사방에서 꾸역꾸역 몰려나왔는데 눈짐작으로도 삼백은 족히 되는 숫자였다.

"주사경, 일 년 봉문을 할 테냐? 아니면 화산의 이름이 무림에서 영원히 지워지기를 바라느냐? 지금 결정해라."

흑의인 중에서 한 사내가 나서며 말했다.

"네놈들은 누구냐?"

비록 주사경이 반문은 하고 있었지만 너무도 엄청난 사태에 정신을 차리지 못하고 있어서인지 목소리가 마치 얼이 빠진 사람의 것처럼 들렸다.

"그대는 무림맹 포고령을 정면으로 위반했다. 다시 묻는다. 삼 년 봉문이냐, 아니냐?"

흑의인은 그의 말에 관심도 없다는 듯이 다시 물었다.

주사경은 입을 닫았다.

공격을 가한 자들이 무림맹 소속이라니?

역무군이 맹주의 자리를 떠날 생각은 않고 무림맹에 남은 문파들을 추슬러 말도 되지 않는 해괴한 포고령이라는 것을 발표했다는 것은 들었다. 하지만 구파일방의 대부분이 무림맹 탈퇴를 선언한 마당에 그걸 핑계로 삼아 자신들을 상대로 이런 잔인한 살육극을 펼칠 줄은 꿈에도 몰랐다.

방금 전의 공격에 목숨을 잃은 제자들은 절반이 넘을 정도였다.

화산파 수백 년 역사에서 이런 일을 당한 경우는 단 한 번도 없었다.

'맞아, 입구를 지키는 제자들이 보이지 않았지…….'

이제 와서야 청가평에 나와 번을 서던 제자들이 보이지 않았다는 것을 깨달았다. 너무나 어처구니없는 부주의였다.

하지만 그보다 더 기가 막힌 것은 무림맹에서 그런 이유를 들어 화산파의 제자들을 집단으로 주살했다는 사실이었다.

"그럼 단순히 포고령을 위반했다는 이유로 우리 제자들을 저토록 어이없게 죽인 것이냐?"

"쓸데없는 말이 많구나."

흑의인은 주사경의 질문에 대해 아무런 대답도 하지 않고 그렇게 말하고는 뒤를 돌아보았다.

창!

그가 돌아보는 것이 마치 신호였던 것처럼 수백의 흑의인들은 청가평이 진동할 정도로 동시에 도검을 뽑았다.

"이, 이런 미친……."

주사경은 분노에 몸을 떨었다. 봉문을 하더라도 그만한 이유가 있어야 했지만 흑의인은 조금의 여유도 주지 않았다.

"우리 화산의 모든 제자들이 이곳에 뼈를 묻는 한이 있더라도 봉문을 할 수는 없다. 그리고 이 어처구니없는 살육에 대해서 반드시 역무군이 책임을 져야 할 것이다!"

주사경은 악을 쓰듯 고함쳤다.

무림사에서 봉문을 했던 문파는 한둘이 아니었지만 그때마다 누가 들어도 고개를 끄덕일 만한 합당한 이유가 있었지만 오늘과 같은 경우는 듣도 보도 못했었다.

흑의인들의 반응에 주사경이 얼른 제자들에게 눈짓을 했다. 조양봉으로 퇴각하라는 신호였다. 조양봉의 본산으로 이르는 길은 두셋이 겨우 지날 만한 바위 모서리의 계단으로 이어져 막기로 한다면 일당백이라도 문제가 없었다. 일반 제자들은 장문인의 지시에 재빨리 산길로 향했고 마불위와 주사경의 사제 둘이 장문인을 돕기 위해 주사경의 곁에 남았다. 길이 좁아 숫자가 많아도 도움이 되지는 않았다.

'흐흐흐, 이 정도면 됐겠지.'

흑의인온 내신 미소를 지었다.

주사경의 반응은 예상했던 각본대로였기 때문이었다. 어차피 조양봉까지 쳐들어갈 생각은 조금도 없었다.

"화산파의 제자 중에 앞으로 누구든 청가평을 나서는 자는 여기 있는 시체가 그 교훈이 될 것이다."

흑의인이 그렇게 말하고 몸을 돌리자 도검을 빼 들었던 수하들도 다시 나왔던 곳으로 돌아갔다.

"허어!"

주사경은 멍한 눈빛으로 혀를 둘렀다. 분노하다 못해 어이없기까지 했기에 제자들의 시체롤 두 눈으로 보고 있으면서도 지금 일어났던 사실을 도저히 믿지 못했다.

주사경의 사제가 시체라도 수습해 볼 요량으로 바위틈에서 나서서 청가평으로 들어섰다가 다시 사방에서 화살이 빗발치자 얼른 몸을 숨겼다. 놈들이 떠나지 않고 있는 것이 분명했다.

그들이 죽은 제자들의 시체를 겨우 수습한 것은 해가 뉘엿뉘엿 질 무렵이 다 되어서였다.

역대로 화산파는 제자가 많지 않았다.

본래는 십수 명에 불과했지만 지금과 같이 백여 명이 넘게 불어난 것도 전임 장문인 악중명 때였는데, 무림에서 행세를 하는 문파로 거듭나려면 질도 중요하지만 양도 그에 못지않다는 주장에 의해서였다.

오늘 그 반수가 넘는 제자들이 청가평의 고혼이 되었다.

조양봉에서 나는 화산파 제자들의 곡소리는 그날 밤이 다 가도록 멈추지 않았다.

"그놈들이야. 허허허, 꼼짝없이 걸려들었군……."

역무군은 혼자 중얼거렸다.

그는 화산파의 비극에 대한 보고를 받고는 놈들에게 허를 찔린 것을 알았다. 상대는 자신이 행여 양다리를 걸치지 않을까 경계했고, 그것을 막기 위해 화산파의 참사를 그가 벌인 것으로 만들었다. 역무군을 고립시켜 손발을 묶은 후 자신들 외에는 기댈 곳이 없도록 하기 위한 행동이 틀림없었다.

뒤집어쓴 자신도 자신이지만 화산파도 운이 없었다.

제자들의 수효가 많지 않아 일을 벌이기가 수월하고 구파일방의 일원이니 효과도 만점이었다. 자신이 그런 계책을 쓴다 해도 화산파를 골랐을 것이 틀림없었다.

"우리가 한 짓이 아니라고 발표를 해야 하는 것이 아닙니까?"

뇌광이 물었다.

"그런다고 수습이 되겠느냐? 오히려 그들마저도 등을 돌릴 게다. 우리가 감히 반발하지 못할 것을 계산하고 한 행동인 게야."

그들이란 이번 반란을 지원하는 천주봉의 일당들이었다.

"후후후, 얕은 수작이지……."

역무군이 묘한 미소를 지었다.

'놈, 겨우 이거냐? 흐흐흐, 정체를 밝힐 때까지는 참아주지…….'

하북, 운성현.

창검으로 무장한 수만의 병력이 벌판을 가득 메웠다.

형형색색의 군기를 든 수천의 기병들이 앞서고 그 뒤를 각종 창검으로 무장한 보군들이 정연히 대오를 맞추어 따랐다.

소식을 섭한 운성현의 지현은 엄청난 기세에 눌려 감히 저항할 생각도 못하고 꽁지 빠지게 달아났고, 그 소문은 이내 산동과 하북의 전역을 강타했다.

순식간에 반군들이 인근 현성들을 차례로 접수했고, 황도의 코앞인 하간부에서도 이에 호응해 반란군이 들고일어났다는 소문도 들려왔다. 전쟁을 피해 짐을 싼 피난민들의 행렬이 관도를 메웠고, 그 사이로 전황을 전하는 파발마들이 부리나케 오갔다.

놀란 황제는 침식을 끊었다.

대신들과 머리를 맞댔지만 갑론을박만 거듭할 뿐 마땅한 대안을 찾지 못하고 시간만 보내고 있었다. 급한 대로 전방의 각 군진에서 병력을 차출해 황도로 집결시키라는 급전을 보냈는데, 각지에서 올라오는 병사들의 면면을 보면 늙거나 허약해 빠진 약골들이 대부분이었다.

그도 그럴 것이 서류상으로는 몇만 씩의 병력이 주둔해 있는 것으로 되어 있었지만 기실 실제 병력은 그 몇 분지 일에도 미치지 못하는 곳이 허다했고 그나마 노인들과 병자들로 채워져 있었기 때문이다.

재력이 있는 사람들은 병적에 이름만 올리고 실제로는 입영을 하지 않는 경우가 허다했다. 사실 그런 점은 상급자들에게도 이득을 안겨주었는데, 허수로 기재된 병졸들의 몫까지 군량을 타내 착복할 수 있었기 때문이다.

"그럼 여태 병적에 있으면서 군량을 축낸 것들은 사람이 아니라 귀신이었다는 말이냐?"

병사가 모자란다는 보고를 접한 황제는 거품을 물고 길길이 뛰며 대신들을 닦달했지만 그런다고 군량을 축낸 귀신들이 몰려와 반군을 진압해 주지는 않았다.

귀신들은 그들 나름대로 밤마다 할 일들이 산적해 있었다.

그것도 닭이 울기 전에……

황제는 신하들에게서 귀에 못이 박힐 정도로 듣던 한마디를 또 들었을 뿐이다.

"황공하옵나이다."

신하들은 다소곳한 자세로 공손하게 입을 모았다.

'어떻게 되겠지.'

그들의 내심이었다.

중원천하를 지배하는 대명이 그까짓 반군 몇만에 쉽게 무너질 리 만

무했다. 그들이 신경 쓰는 것은 반군들의 움직임이 아니라 자신들의 주머니였고, 혹시라도 정적들이 자신을 반란군과 연관 지어 몰아세울까 하는 것이었다.

공연히 묘안이라고 잘못 꺼냈다가 똥바가지를 쓴 경우는 수도 없이 보아왔다. 대신들은 고래 심줄보다 더 질기게 관직을 차고앉는 법을 일찌감치 깨우치고 있었다.

황도의 수비는 철통같았다.

대내고수들은 내성 안을 철저하게 경계했고, 금위군들은 기치가 정연한 창검을 들고 도성의 안팎을 오가는 모든 출입자들을 검문했으며, 동창의 당아두(십장)들은 휘하의 번자수(밀정)들을 풀어 조금이라도 이상한 수색이 있는 자들은 사정없이 잡아들였다.

겉보기에는 국난을 맞이해 자신들의 할 일을 매우 성실히 수행하는 것 같았지만 실상은 그렇지 않았다. 그들에게 반란은 은자를 두둑이 챙길 수 있는 절호의 기회일 뿐이었다. 대개 번자수들이 잡아들이는 자들은 수상한 인물들이 아니라 웬만큼 재산이 있는 관리들이나 민간의 재산가였다.

누구든 한번 그들에게 점찍히면 벗어날 길은 없었다.

언제나 그렇듯이 난이 터지면 가장 괴로운 것은 가진 것 없는 일반 백성들이었다.

양산박을 포함하는 운성현 일대는 동서와 남북의 조운이 지나는 길목에 해당하는 곳으로 강남의 미곡이 황도로 올라오려면 반드시 통과해야 하는 길목이었다. 반군들이 그곳을 점거하니 마치 나라의 맥을 짚인 형국이라 동북의 물가는 천정부지로 뛰었다.

백성들을 괴롭히는 것은 그뿐이 아니었다.

관아에서는 무기를 만들 쇠를 구하기 위해 인근 농민들의 농기구를 강제로 징발했다. 농민들도 바보가 아닌지라 자신들의 생명줄이나 다름없는 농기구를 모두 숨겼다.

먹고 살 길이 막연하니 자연히 민심이 흉흉해져 도적이 들끓었고, 밤이면 포졸이든 누구든 무기를 든 사람들은 모두 강도로 돌변했다.

〈제7권 끝〉